那些年的爱情

罗勇 著

中国文史出版社

图书在版编目（CIP）数据

那些年的爱情／罗勇著. --北京：中国文史出版社，2020. 10

ISBN 978-7-5205-2330-1

Ⅰ. ①那… Ⅱ. ①罗… Ⅲ. ①长篇小说-中国-当代 Ⅳ. ①I247. 5

中国版本图书馆 CIP 数据核字（2020）第 184065 号

责任编辑：金硕

出版发行：**中国文史出版社**

社　　址：北京市海淀区西八里庄路 69 号院　　邮编：100142

电　　话：010-81136606　81136602　81136603　81136605（发行部）

传　　真：010-81136655

印　　装：北京温林源印刷有限公司

经　　销：全国新华书店

开　　本：660×950 1/16

印　　张：15. 75

字　　数：220 千字

版　　次：2021 年 1 月北京第 1 版

印　　次：2021 年 1 月第 1 次印刷

定　　价：52. 00 元

第
1
章

蜕　变

2012年的情人节，天阴。晚上，我在公司加班，当我翻译完最后一张药品说明书，走出公司大门，天空飘起了小雨。公交车早已经停班了，一对对情侣低吟浅笑从我身边飘过，卖玫瑰花的人遍布街头，代表爱情的花朵在商业的叫卖声中含苞待放。

李红雨给我打电话的时候我正在过天桥，几个卖花的女孩蜂拥而上，把我围在中间，我捂住手机逃出来，大声说太吵了我没听见。街上还有卖花的吗？李红雨的声音渗出些许期待。我说没有了。她哦了一声，说快回来吧，我等你呢。我就怕她等我，可她偏偏每天等我，而我每次都要装出无限爱恋的样子对她说快睡吧，注意身体。家就在不远处，一抬头看见窗户里满满的灯光溢出来。

刚走进小区，电话再次响起来，我以为是李红雨打的，看都没看就摁了接听键，到了到了马上到了。那边却传来另一个女人的声音，肖容，还记得我吗？声音很熟悉，想不起来是谁了。她接着说我是江晓琴呀，和谁一起过情人节啊？

我吃了一惊，慌忙四下里看看，压低声音说一个人过。我也一个人，她说。她的脸被她的声音浮出我的记忆，使我突然陷进过去的场景里，那些原以为死去的时光，突然复活了，花一样在我眼前绽放……

夏末秋初的早晨，银丝一样的雨雾里，刘敏打着白底上绣一只黄色小熊的雨伞走进我们的教室。我心里刹那间陡然掠过一丝异样，只是一丝，像烧红的铁丝从心里抽过去，留下了深刻的记忆。

刘敏出现之前我正在思考一道难题，边思考边吃东西，感觉知识也可以像食物一样嚼碎吞到肚子里，只要食道够宽阔，囫囵吞下也没什么，唯一美中不足的是这种强迫性吞咽注定要排泄——我一直很努力地学习很多注定要忘记的知识，并且试图用它们改变命运。

刘敏走进来，跺跺脚上的泥，收起伞，一张美丽的脸便露裸在天光之下光芒四射。我感觉周围的头都在抬起，那些老被知识粘着抬不起来的头颅，刹那间获得某种神奇力量，雨后春笋般挺立。刘敏像一轮小小的太阳，照亮每一双看她的眼睛。

补习班的确和应届班不一样，放在应届班，刘敏的出现肯定招来毫不掩饰的惊叫或者恣意张扬的口哨。那些没有尝试过人生成败的学弟学妹不知道掩饰对于人的生活是多么重要。补习班表面平静如水，暗底里却有激流冲撞奔涌，每个人都小心维护与他人的关系，骄傲没有了，虚荣磨掉了，只剩下死心踏地啃课本的决心和无处不在的较量。

特别像我一样一心想跳出农门而别无他途，只得一门心思扑在读书上指望由此寻找出路的农民后代。我们之中，据说有人已经补习九年，很多脸孔我进高一时就看见在补习班里坚持不懈了，当我成为他们中的一员，他们仍在我身边坚持不懈着。比如李淘，坐教室最后一排，补习心得有几火车皮，仰着满脸知识催生出来的皱纹和老师争论奥林匹克竞赛题。以为他心如古井了，没想到刘敏使他怦然心动。

我相信刘敏到来那天早晨在很多人的记忆中留下了不可磨灭的痕迹，这在后来传闻李淘和刘敏恋爱时，许多人表现出的偏激甚至义愤填膺中得到充分证明。不知道有没有人像李淘一样暗暗追过刘敏，我是没有的，手按《圣经》起誓，我的确连给她写张字条的冲动都没有，她的美在那时对我产生了巨大的震慑，畏惧就油然而生。我最大胆的举动是偷偷把她的名字刻在课桌最不起眼的边缘，那个边缘从此成为我的理想家园，当我的手指覆盖在她名字上的时候，我的内心会莫名地慌乱。

我浮想联翩的毛病因为刘敏而产生，那些不眠长夜因为她而变得色彩斑斓，我以一个十八岁少年身体力行的自我经验，无限憧憬我与刘敏之间可以发生同时能迸发快乐的事。从那时起，我就以勤奋思考的形象蒙蔽了许多人的眼睛。

一年之后，刘敏考上大学后的某天下午，再次名落孙山的我和李淘坐在高中补习班教室最后一排的座位上，他说他记得刘敏来我们班时晴空万里艳阳高照，那是他记忆中最热的一天，他静静坐着却如跋山涉水般汗流浃背，“累啊！”李淘的眼珠被虚空里的什么东西绊住了，像一只落在融化了的糖上的苍蝇，徒劳地扇动翅膀。

李淘提起刘敏的时候我很难过，他痴迷的表情使他和刘敏之间那些属于捕风捉影的传闻具有不容置疑的真实性。那段时间，人们热衷于暗里讨论他们俩的事，有人曾在某个黄昏看见他俩徜徉在杨柳依依的河堤边，手不离书的李淘居然罕见地空着两手走在刘敏身后，帮她挎着书包，先一前一后保持距离，后来手挽手贴得很近……

这段平淡的描述让听的人们屏气凝神，然后大口喘气，众人不信，包括我，一朵鲜花怎么会自告奋勇插到牛粪上？

李淘的变化却向人们此地无银三百两地暗示什么，那段时间，他将一度荒芜的脸颊打理得寸草不生，粉质护肤霜格格不入地要和他粗砺砺的面孔黑白分明，啫喱水难以驯服的头发三三五五冲天而起。人们第一次聆听到李淘嘴里发出与知识无关的歌声，像一条受伤的蛇痛苦地从他嗓子里扭曲着身子钻出来。

刘敏坐在李淘身后，不气不恼，于寂静的课堂上泰然自若打开小镜子描眉画眼顾影自怜。人们终于相信传言的真实性，暗里议论刘敏，说她水性杨花风流成性饥不择食，李淘那种喂猪能把猪吓死的人都要，人品由此可见一斑。

我忘记自己是否参加过那些规模宏大言语偏激具有批判性质的议论，我知道我对爱情的憧憬因为刘敏的出现更加具体化了。我悄悄把刘敏的名字刻在课桌抽屉里，我常常抚摸因刻上“刘敏”两个字而变得很诡异的地方，并坚信李淘刘敏的事仅仅是无中生有的绯闻。所以那个下午，当李淘说到刘敏考取大学后向他提出分手时，我竟然不顾他与我同住一个村同行一条路同喝一口井水的深情厚谊，惨无人道地笑出了惨无人道的声音，满脸夸张的幸灾乐祸。

我做好准备，李淘翻脸我就翻脸，我和许多人一样瞧不起补习时间比自己长的人，特别像李淘这种被女人利用完了一脚蹬开的人——满校园都在传，刘敏利用李淘帮她作弊考上了大学，虽然谁也不能一二三说出个子丑寅卯，但这来源不明的推测到后来就成为不争的事实。刘敏考上大学后，再次复读的李淘成了众人的笑柄，像一把牙刷，谁闷得慌了，就拿来刷刷牙，消解沉闷的空气。李淘毫不察觉别人对他不恭，他的眼睛总在别人笑声里闪闪发光。

某一清晨，政治老师讲得滔滔不绝时，李淘突然站起来，呵呵笑了，眼睛盯着常人看不见的另一个时空，说：“美，真美啊！”表情迷醉，眼神迷离，声震屋宇，拖鞋趿袜走出教室，一屋子人目瞪口呆。

李淘就这样消失了，他的座位空着，落满灰尘，后来班主任老师嫌碍眼，把他的课桌搬走了。数月后，李淘回到学校，头缠绿色围巾，身披大红被面，面孔污黑，目光忽上忽下地飘，口里念念有词，人们才知道，李淘疯了。

而我就在李淘满街乱窜的那个夏天拿到一所普通大学的录取通知书，和刘敏同一所学校。

补习生的日子很难过，那些看不见的压力，压得你喘不过气来。第一年补习，有人同情你；第二年补习，自己同情自己；第三年补习，剩下的只有冷漠与讥笑。我不知道那些坚持复读了五六年甚至八九年的人是如何挺过来的，我常常在心里向他们致以崇高的敬意。

高考第一次落榜，我在家里和村里地位还不算低，我眼泪滔滔的当儿，父亲提起拴牛的绳子咬着下唇说，别哭了，大不了再卖头牛，回去复读吧，争取明年考上。

村里人说："肖容没考上，听说只差十五分。"语气里没有鄙视，更多的是惋惜。

我全力以赴复读一年，战战兢兢如履薄冰，结果名落孙山。我没哭，父亲哭了，一头一天能犁两亩地的牛却换不来十五分差距的残酷现实击垮了他。

村里人怀疑："什么差十五分，吹牛吧，一百五十分差不多。"

我说："爸，你让我再补习一年吧。"

父亲沉默了半晌，说："家里不是没土地，种地也不丢人，要不出去打个工什么的，挣钱也不一定要读大学啊，你看人家白惠，一个初中生，一年挣多少钱哪！”

我无法说服父亲，以为没希望了，整天昏睡，父亲却暗地里攒够钱交给我：“最后一次！”

那时我们家地位在村里每况愈下，村里人把我们家所有不如人的事都归咎于我，庄稼长势不好，说肖家培养大学生，心思不在庄稼上。圈里牛羊生病了，说肖家忙于照顾大学生没工夫管牲畜，活该。他们说的大学生不是真正的大学生，而是指人大年龄大的学生。父亲人前人后像做下见不得人的事整天低眉垂眼，一个劲儿对我说：“听见了吧，听见了吧，你再考不上我们的脸都成人家的鞋底了，想怎么踩就怎么踩！”

第三次落榜是意料中的事，从刘敏走进教室的那天起，我的内心就没有平静过，我已经预感到即使是现实生活不会因为刘敏发生改变，可我的内心世界已经改变了。刘敏的身影挥之不去，睁眼她在我心里，闭眼她在我眼前，我的负罪感油然而生。那时我待在院子里看满脸皱纹的猪吃食，想的是刘敏光洁的脸，看情欲盎然的公鸡追母鸡就暗自感伤人类对异性的追求为什么不像动物那样直接和霸道。我对未来的憧憬因为刘敏一下子全变了。我知道我不可能考上大学了，内心无比愧疚也无比忧伤。我害怕看父母的眼睛，害怕他们问我的学习情况，我常常在深夜里醒来，躺在无边的黑暗里矛盾重重地辗转反侧，但是，没有人知道我的内心！

我准备再次复读的时候刘敏已经考上大学了，刘敏的离去让我突然惊醒，我那些占据了整个思维空间的想象是多么的幼稚可笑，我和她的距离被一纸通知书拉得更加的遥远。刘敏走了，我和李淘一样地难过，只不过他受的是明伤我受的是暗伤，明伤易治，暗伤难疗啊。因此我才会在李淘无比痛苦的时候幸灾乐祸。

我决心要考上大学，尽量缩短我和刘敏的距离。当我提出再复读一年时，父亲把一个结实饱满的耳光甩到我脸上，咬牙切齿说："你吃书吧，再读下去吃泥巴都没你的份了！"

母亲咚地跪到地上，声泪俱下地说："妈求你，别读了，都读得像李淘一个样了，你还有弟弟妹妹，圈里剩下的猪羊是一家人的命根子，我们不可能把嘴巴扎起来不吃饭哪！"

第二天，我踏上了打工的路，去一个僻远的地方找小煤窑挖煤。那条数里长的山沟里遍布黑煤窑，井口不大，星罗棋布，像一张张乌黑的嘴，把人吞进去，吐出黑亮的煤。我辛苦了一个多月，挣够学费，返家时遍身煤灰仿佛浸透肌肤，洗也洗不尽。

这年复读，家里没人支持，我对父亲说，该我干的活我会按时干完，每逢周末，我没黑没白地干。村里人说肖容跟李淘一个样。父亲极少与我说话，我却因为学费是自己挣的，活也没少干，心安理得地补习，心想考不上也不会对不住谁。

拿到录取通知书，一时说不清心里的感受，我比饱经风霜的父母平静多了，他们居然泪光闪闪："出头了，出头了，终于出头了！"算喜极而泣吧。

我反复看盖着大红印章的通知书，总觉得它像寒光闪闪的刀，具有无比威慑力的武器，可以把我的形象武装得凛然不可侵犯，让那些笑我的人刮目相看魂飞魄散。我每天倒剪双手，手里捏着通知书大模大样在村子里溜达，哪里人多到哪里，也不逢人就说，只等人误以为我像从前一样手不离书，发声讥讽，便乜眼斜眉将通知书轻轻展开，慢悠悠说："录取通知书，大学的！"

我几乎所向披靡，脚手不动，却满心满肺抽人嘴巴子的快感，那些人惊异得眼珠子都快蹦出来了："大学？考上大学了，你?!"声音磨过一般尖锐，于高处分叉撕裂开来。我不多说，只把志得意满的背影留给他们细细品味。

我们村里有个习惯，逢喜事要放鞭炮，碰到倒霉事也要放鞭炮，大到娶婚生子死人抬丧起房盖屋，小到做完节育手术出院老母猪奶头堵塞猪仔断奶……取了个很动感的名字叫“冲喜”！使之充满喜庆的意思。

拿到通录取知书那天晚上我们家鞭炮响了很久，许多人来给我“冲喜”，说出头了，出头了。父亲笑得五官移位，应和着：“总算熬出头了。”

那些人看我的目光温柔绵长，好像今天才发现我颇有姿色，我端正的五官之前经常是他们指责和批判的对象，言辞简洁语气凶狠，肖容像个贼。

村长破天荒给我敬酒：“这小子，从小就机灵，一看脸面就是个大学生。”

现在距离上次他来我们家收电费仅仅两个多月，他来那天家里没钱，父亲求他缓一缓，他不无鄙夷地看父亲：“怎么的？钱都培养大学生了？打水漂的钱都有咋没交电费的？”又转头对我说：“肖容，今年能考上吗？反反复复这么多年，就啃那几本书，标点符号都背得下来了吧！”出门还嘟囔一句：“一副猪尿包相，大学就差你一个了！”

我端起酒杯，待他一饮而尽，啪地全泼到地上，笑嘻嘻说：“我不会喝酒。”

“一个三流大学生就跩得鼻孔朝天，真要上北大清华还了得?!”我循声看去，看见村长哥哥的大女儿白惠正虎视眈眈看着我，一双小得可以忽略不计的眼睛正努力在她宽阔的脸上撑开一条缝，放射出愤怒的光芒。

白惠爸在城里当工人，她妈在村里种地，白惠和弟弟从小在她爸工作的城市读书，假期才回来。她说话的腔调一半乡村一半城市，倒土不洋。村里与她同龄的女孩子大约是忌妒她时髦的打扮，说她“文言夹狗屎”，也有说“文屁冲天的”，总之没什么好话。

我还没进补习班时，有一次和几个同学在县城闲逛，碰到白惠，她在前面走着，一头长发，亮闪闪像披了一肩揉碎的阳光，高挑身材，装扮时髦，众人顿时五迷三道，惊呼：“啊，美女！”

白惠闻声停住脚步，转过头来，脸瘦颊长，眼细，鼻窄，面短，口扁阔，仿佛被谁迎面一拳给揍回去了。众人又惊呼：“妈呀！”作鸟兽散。白惠脆生生应了一声“哎”，说了句让我们脸色煞白的话：“来，妈给你们奶吃。”

我有点怕白惠，那种有钱人家的子女特有的无端的盛气凌人与她的丑陋结合，使她整个人生发出让人难以接受的怪异。

那天晚上，白惠甩脚甩手义愤填膺离开我们家时大声说：“有啥稀奇，走吧！”只有她走，人们都没动，包括村长。人们明白不管三流一流，我都是村里第一个可以称为大学生的人，白惠连高中都没上过。

就这么个人，我从来没想过要和她发生什么纠缠不休的事，没想到日后还真发生了。

我挺奇怪，当时听白惠说这些话的时候，心里突然涌起强烈地要和刘敏谈恋爱的念头，不知为什么，我觉得只有把光鲜靓丽的刘敏带到白惠面前晃晃悠悠的才能对自以为是的白惠产生无限的杀伤力。

就在我们家鞭炮响个不停的时候，李淘家那边也响起鞭炮声，村里的巫师正为精神错乱的李淘禳治，李淘不知怎么骑到房梁上，又念又唱的声音比巫师遣神驱鬼的声音还响亮。

我考上大学那年夏天特别热，父亲说的，我没有印象，当时我沉浸在无边无际的喜悦里，失去了感知自然的能力，我已经在想象里规划今后我和刘敏的大学生活了，做城里人、和刘敏在一起的梦想被一张录取通知书变为现实。父亲却说那是四十多年来他经历过的最热的夏天，人不动，光坐在树荫下仍汩汩冒汗，内裤都湿透了。

家里能拉上市的牲畜都换成钱，学费还差一大截，父亲每天顶着炎炎烈日奔忙着四处借钱筹集我的学费。那笔学费是我第一次见到那么多的钱，叫作人民的纸币码在一起厚厚一摞，分外壮观，握住便有几分威武雄壮油然而生。钱能壮胆，钱能撑腰，光口里说没有感觉，手里握实在了才能体会。

母亲花一个晚上飞针走线在我的内裤前面缝制口袋，把用手帕包好后拿毛线五花大绑的钞票放进去，再一针一线缝好。我穿上那条内裤行动极为不便，仿佛阴囊肿大的人，走路摆脚摆手，长途客车上还有人主动给我让座。

到学校把所有费用交下来，囊中羞涩得让人打不起精神，情绪挺坏，上厕所看见内裤上瘪得像老太太的嘴似的口袋就心慌气促排尿不畅。身处异地他乡，没钱就这种感觉？看什么都不顺眼，做什么都不顺心，心虚飘飘身也虚飘飘，一点踏实的感觉都没有。

我对学校的印象从交了钱拿到几张揩屁股也嫌硬的收据后开始恶化，大学永远不是我想象里的慈眉善目，它是道貌岸然的赚钱机器。我讨厌财务室那道厚重的大铁门，讨厌收费那个男老师，他头上居然长出一撮白毛，看人眼睛老眯缝着，见了钱打开得大大的，我判定他不是善类，魔鬼化身，几千年的妖道，靠吃人民币修炼成精的。

我的室友程振把那些收据火化了，黑色纸灰围着他翻飞，像花间蹁跹的蝴蝶，他抬头说了句挺得人心的话："那个收钱的长得真他妈奇怪，应该找根绳子绑了送动物园去换银子花。"

不只是我，众人很解气地笑了。

我们大学的寝室很小，摆三张上下铺所剩位置就不多了，再把我们六人的随身物品搁置下来，空间显得逼仄拥挤，每次出门都要缩肩收腹，环境所迫，大四毕业，我们居然保持了标准身材，比进校时还完美，当然这收获纯属意外，种瓜得茄，不说也罢。

说实在的，我不讨厌窄小的寝室，另外五个同志挺不喜欢，把它形容成猪窝。我父亲常说一句话："金窝银窝不如自己的猪窝狗窝。"往文里说是敝帚自珍的意思，我觉得父亲的话在某些特定的时刻就会显现出它隐藏很深的正确来，不经意间就指导了我的生活。

我们寝室编号"144"，谐音"要死死"，我们班的李红雨说这不是一个吉利数字。李红雨挺迷信也挺时尚，迷信和时尚两种元素在她身上有机结合，使她具有一种古怪的妖邪魅力。

刚进校时李红雨玩"碟仙"，画一张八卦图，拿一墨水瓶盖子，四处给人看相问卦。大二转而迷恋"笔仙"，说是"笔仙"比"碟仙"漂亮，更爱显灵。所到之处，阴风惨惨，冷气森森，此人一对小虎牙包不进唇里，眼大而圆，时常一副惊恐之相。

我在夜里看过她玩"碟仙"，两三个人一起用手摁墨水瓶盖子，李红雨小虎牙半遮半掩，双眼圆睁左顾右盼，口中念念有词，而后说来了，来了。其状尤其恐怖，我背上冷气森森，我的室友包宁大叫一声，钻进被窝，把大半个光屁股留在外面不管不顾。

无论是"碟仙"还是"笔仙"，她占卜的结果都说我们寝室不吉利，要出事。我们寝室的帅哥张仪峰嘿嘿冷笑："要是不出事，我们集体强奸你，整出事来维护你算命灵验的名声。"

我们讨厌李红雨，但没有人愿针锋相对得罪她。李红雨常来我们寝室玩碟仙还有另一个目的，那就是她看上我们寝室的程振了，不止一次称赞程振是我们寝室最帅的人。有一次她来我们寝室，众人请她算命，她见程振不在，坐都不坐转身就走，说："碟仙今天不显灵。"

"为什么?"

"碟仙来例假了。"

李红雨一度时期里成为我们寝室每晚例行的卧谈时的鄙视对象。从大一开始，我们寝室里的六个人都落下不洗脚不洗脸可以安然入睡，不卧谈却难以入眠的怪毛病。众人习惯在叨叨不休的诉说带来的疲倦里入睡。我认为这是一种病态依赖，任何正常生理活动如果需要凭借某种与其无关的其他活动来辅助完成都不正常，像拉屎必须抽烟一样。刚开始我和包宁拒绝卧谈，我把补习班里挑灯苦读的好习惯带进大学，像一只牙齿锋利年轻气盛的老鼠见了什么都想啃一气，不啃就没出路，这是我的个人经验，实践证明它对于我适用而且正确。我讨厌高政国的喋喋不休，李志海的自以为是，张仪锋的骄傲自满，程振的胡话连篇。

我无比羡慕包宁能够在嘈杂声里睡得宠辱不惊梦呓连连，我的耳朵恰如一左一右两个叛徒，老违背我最初的意愿捕捉他们卧谈的声音，心就静不下来，像深井里的青蛙，不断朝高处扑腾。

我和他们没有共同的话题，他们都是城里人，最边远的一个也是县城里的，他们的话题除了恋爱就是手机电脑汽车衣服，他们不知道猫发情叫"叫春"，猪发情叫"打圈"，他们不知道春种什么秋收什么，他们的生活离我很远。我唯一能和他们交流的是感情上的事，但答应刘敏不向任何人说彼此过去的事，我只能保持沉默。

刘敏很讨厌我提起我们过去的事，特别是她和李淘的事。在大学里第一次见到她，我无意中提到李淘，刘敏灿烂的脸立刻阴暗潮湿了，我表示对不起之后她仍咬牙切齿地说："恶心!"

她可能真的恶心，之后老用手抚摸胸口，间或努力吞咽，一副强制自己不反胃的样子。

我担心张仪峰把话传给刘敏，根据我细心观察，他的嘴比教学楼顶上的高音喇叭还喇，喇得没有分寸无边无际草原般辽阔，他一出现，那两只屁股对屁股的喇叭的宣传功能就黯然失色了。

这么说不是无中生有地血口喷人，刘敏第一天来我们寝室，张仪峰就说："你是刘敏吧，肖容说你挺抠门，第一次见面就让他掏钱请客。"

我正给刘敏倒水，手抖一下，水溅落地面，响声噗噗，像敲打蒙了帆布的鼓。我的脸烧得厉害，不知说什么好。当时如果脚底下裂开一条缝，我会毫不犹豫跳下去，哪怕是万劫不复的深渊，宁愿死也不愿面对似笑非笑的刘敏。

我像所有中国人一样深深爱着面子这种看不见摸不到的东西，甘愿为它肝脑涂地。

我惶恐地转过脸，刘敏没看我，耷拉着眼皮，画了眼影的眼睛重叠堆出罕见的三眼皮。刘敏接过水，没有顺着张仪峰的话往下说，她喋喋不休甚至有些语无伦次的叙说让人想起"欲盖弥彰"这个词，表情极不自然，和任何人都不对视，眼睛盯住李志海床边成龙卖弄胸肌的画像讲述大学里的奇闻异事，杯里的水一口未喝，出门时我听她如释重负长叹一口气。之后，很长时间没来我们寝室。

不知道刘敏恨不恨我，我很讨厌张仪峰，太不给人面子了。相信别人从脸上很难看出我内心的情绪变化，这是在三年复读生涯中练就的看家本领，或许可以称之为撒手锏。

张仪峰说的是实话，我说的也是实话。

在大学里第一次见到刘敏那天真的是我请客。当时，刘敏在新生接待处和许多男男女女嘻嘻哈哈说笑，看见我她收敛了笑，严肃地走到我面前，伸出手让我握一下，她丝毫没有表现出他乡遇故人的欣喜，我激动的情绪在她的冷漠里冰冻了，像冰面下的鱼，不停在我心里扑腾。在来学校报到前的无数个日夜里，我无数次地想象我和她见面的场景，详细到了每一句话和每一个动作，我甚至无耻地想我们也许会拥抱，这个想法很是激动人心，我坐起来睡下去，手不是手脚不是脚了。我有许多许多话想跟刘敏说，那个刻在课桌的名字，那些失眠的夜晚，我在黑煤井里的艰辛……我眼前现出她泪眼朦胧楚楚动人的样子，我的心就温暖无比。

这些想象细节生动，内容翔实，使我整个人沉浸在无边的幸福之中，因此，当我再次在村外的小河里挑水碰到洗衣服的白惠，我一改之前见到她总绕路的懦弱，勇敢地迎接她居高临下的目光，主动和她打招呼，洗衣服啊。她以为我不敢和她说话的，没有准备，把她吓了一跳，不敢相信地四下里看看，确定我不是和其他人说话才转过头来，有些惶惑地点头微笑。我是第一次如此近距离地端详白惠，远看打扮得万水千山的白惠，近看只剩下满脸的雀斑，一口四环素牙暴露在天光之下那么厚颜无耻地对着我。我站在路边，侧身让她从我身边过去，她的发丝被风掠起来，拂过我的脸。我就那样看着她，心里想要是她就是刘敏该多好啊。白惠走远了才回过头来，大声问我，你什么时候走啊？要不我们一起走，路上有伴。我说不知道，我就莫名其妙笑了。我当时就想把这件事告诉刘敏的，我还想添枝加叶说白惠喜欢我，让刘敏吃醋。其实，我已经暗自决定和刘敏一起走了，我正设法和她联系，可惜最终的结果是她假期没有回家。

我和刘敏的见面场景让我十分意外，我一厢情愿地将刘敏的冷漠理解成害羞，她如同尽职的导游引领我走遍校园，介绍新生必须知道的场所，脸上始终没有笑容。她说晚上请我吃饭为我接风洗尘时，脸上仍没有笑，语气是命令式的不容置疑。

晚上我们在学校餐厅吃饭，餐厅里挤满了食欲旺盛的人，红光满面热情洋溢地湖吃海喝。天花板上垂下来的灯绳上硕果累累结满了苍蝇，吃饱喝足的一动不动，饥肠咕咕的正全力以赴地四处飞舞，伺机落进人的盘子里饱餐一顿。

我和刘敏在餐厅角落寻到两个空位，她去点菜，旁边戴眼镜的男生吃着吃着就脱了鞋，一脚下垂，一脚伸到另一张椅子上，恶臭立刻兴风作浪袭击我的鼻子，我陡然发现头顶盘旋的苍蝇多了起来，密密麻麻轰赶不开。

因为那双臭脚，晚饭我几乎没怎么吃。在鼎沸的人声里，我和刘敏不得不声嘶力竭脸红筋胀地聊起亲切的往事，我就在那时提到李海。刘敏把脸朝我这边伸过来，大声说："你也相信那些瞎传的屁话？"

我说："不信。"

"不信你干吗说？肖容我告诉你，以后对任何人也别说我们过去的事，包括补习多少年那些事，不光彩，丢人！"

后来刘敏笑了，我记得我说下面这句话她就笑了，我说："你变了。"

我指的是她的口音，她没说我们家乡的方言，操一口城里人的腔调，"吃饭"说成"瓷饭"，"睡觉"说成"岁觉"。

她的笑容花朵般盛开："难看了吧？"

"不，漂亮了，像个城市人，一点不像农村人。"

"四（是）吗？"她突然笑得清脆悦耳。

买单时她走前面，中途停下来系鞋带，结打得很复杂，老系不好。我走到前台掏出钱她才赶来，说："我请我请，初来乍到就让你请客，不好意思。"

她拒绝我请客的动作幅度太小，挡不住我虚情假意的客套、三心二意的掏钱和骑虎难下的买单。

我们下完楼梯，一个瘦瘦的男生从后面追来，他的额头闪闪发光，眼眶深陷，眉毛短促，却长了一根笔直的鼻梁，可惜鼻尖肉乎乎的像一滴下坠的浓痰陡然凝固了，永久保持着下坠的态势，使人涌起想采摘的冲动。他把一枚巧克力喂进刘敏嘴里，挺白痴地问：“甜吗？”

那人就是刘敏的男朋友王欣，我握着他的手说很高兴认识你。那一瞬间我突然想起戴绿披红的李淘以及我刻在课桌上的文字。我确定，心里山呼海啸的感觉两个字足可以囊括：难过！我突然感觉到了自己的卑微和渺小，城市俨然一座高山，大学如同爬上高山上的台阶，我只不过来到了山下，抬头看去，高山仰止，山何其高路何其陡，一切离我那么遥远，包括原本以为离我很近的刘敏，我还在地上跋涉，她已在云端遨游。

我很希望刘敏来寝室看我的，但她好久没来，其他人的老乡走马灯似的来，她不来，大概真的生气了。偶尔在餐厅里碰到她，笑是笑的，看不出生没生气，好像是故意躲我，也不和我多说话，想试探一下苦于找不到机会，讨厌的王欣像吃屎的狗屁颠屁颠跟在她后面。心里那些想对她说的话，见到王欣，都堵在嘴里不愿出来，索性什么也不说了。

我很失望，看见他们俩手挽手穿过林荫小路，这种感觉尤其明显，抑制不住想大喊大叫，后来我渐渐摸索到使自己平静的方法，把刘敏想得一无是处，在心里用最难听最下流的话骂王欣。那段时间我经常独自发呆，紧紧抓住树枝或者栏杆，外表平静内心波澜壮阔，室友们说我心事重重，班干部王倩还说我像个虔诚的基督教徒，真正懂我的人一个也没有。

实践证明，我对刘敏的感情经不起时间检验，确切一点，是经不起美女检验，在我认识其他女生之后，刘敏立刻黯然失色。王倩、许露露或者曾晓萍……我们班上的女子，随便反手捡一个出来就能毫不费力将她坚决而彻底地比下去，甚至外表最不得人心的吴敏慧、李红雨都比她引人注目，吴敏慧皮肤白呀，李红雨头发长。再有一点，人家是货真价实的城里人呀，刘敏冒充得再像，骨子里仍是个村姑。我突然明白，刘敏不愿和我往来的最主要原因是我和城里人的差距太大了，满口方言，一身村气，而她自以为已经融入城市生活了。我想起那天我们一起吃饭时她告诫我的话：该装你得装，这些人瞧不起乡下人。我一时没明白过来，我不知道怎么装，城里人能装出来吗？

我对自己的评价是鼠目寸光，有道是："山外青山楼外楼，美女全部在后头。"区区刘敏，何足道哉。

思想通了，我很快乐，偶尔碰到刘敏，来自内心的不屑使我倍加坦然，话多了，言语也顺畅，偶尔拿王欣和她开开玩笑。我想，这大概是促成她给我介绍朋友的原因，刘敏对我的评价达到了前所未有的高度："肖容，你有点像个城里人了，注意改一下口音！"我笑嘻嘻说咬着舌头说话就能变成城里人了吗？这城里人也太好当了！她把脸拉下来，十分严肃地说："我也不愿那样，被逼的，时间长了你就知道了！"

我对刘敏更加不屑一顾，特别是大二那年春天见到江晓琴后，我对刘敏更加嗤之以鼻了，内心无比鄙视自己当初对刘敏的恋慕！

我们寝室没有恋爱经历的人只有我和包宁，李志海、高政国家乡小城里有女朋友，张仪峰的恋爱史据他说三天三夜讲不完。程振呢，初中谈两次，高中谈四次，按此倍数增加，大学应该谈八次。包宁自称对女孩过敏，但据张仪峰透露，经过他长期观察，发现包宁包皮过长不宜恋爱，不知是真是假，没法验证，包宁对此矢口否认。

说到底最见不得人的是我，如果张仪峰的话是真的，包宁尚情有可原，我他妈一切都正常得过分了，连一次恋爱都没谈过，整天为跳出农门读死书死读书，大好青春全淹没在题海里，好不容易对刘敏春心萌动一次，那也是自己一厢情愿的单相思，人家刘敏根本不知道。说到底我他妈还停留在意淫的初级阶段。我脸不丑腿不瘸，恋爱的感觉都没实实在在地体会过，人家高政国、李志海等人，到了和女朋友打过胎的地步。我他妈可怜啊，可悲啊，没天理啊。同一块蓝天下的人民群众，城里和乡村的差距何止天壤之别。

但他们知道的“事实”是我们六个人中只有包宁没有恋爱过，因为我没对他们说实话。众人纷纷追溯恋爱史的夜晚我保持高度警惕假装睡意浓酽，在他们盘问声中慵懒地说：“那些陈芝麻烂谷子的事，说他干啥，没劲！”我忽然觉得，我有点理解刘敏了，我已经开始伪装自己。这种恰到好处的伪装换来室友们对我的另眼相看。我总装出身经百战的厌倦漫不经心地懒懒应和他们的提问，时常在他们极度兴奋的时候假装毫无兴趣沉沉睡去，事实上我不知道该怎么往下编，有限的经历和几乎一穷二白的经验让我无法自圆其说，只好选择沉默和回避。我开始佩服刘敏，长年累月地伪装自己那该是多么艰苦多么艰巨的事，而她似乎做得如鱼得水。

结果，我的室友们因此认定我是真人不露相，高手中的高手。张仪峰不止一次对外宣称，我们“144”乃藏龙卧虎之地，个个情场高手。我躲在被窝里无地自容。

我第一次在他们面前换回自豪，刘敏说得对，我们没有什么能和城里人比的，比钱我们口袋是瘪的，比穿我们衣服没件像样的，比吃我们刚好解决温饱，哪一样能让人瞧得起自己呢，只能比装了。

我开始暗暗观察他们的生活，暗暗学习他们的生活方式，尽量不让别人看不起自己，让人看不起是件万分不幸的事，我在复读的岁月里就深有体会了，那时我是复习生，人家瞧不起情有可原，现在我已经是大学生了，我不能再活在别人鄙视的目光中。

所以，我必须明装暗学，即使他们和女朋友通电话的时候我也留心着，我希望能从他们的谈话中找到编谎言的灵感。高政国和李志海时常趴在床上给女朋友打电话。李志海称之为哄女朋友开心，高政国喻此为抒发感情，说法不一样，表述方式也不尽相同。

李志海打得抓耳挠腮如同便秘，吭哧吭哧往外一点点拉："金菊，我想你了，真的想，从来没这样想过，我怎么会这样想你呢，理由只有一个，那就是一天比一天想你证明我一天比一天爱你……"

李志海每次打完电话，躺在床上直喘气，一副产后虚脱的样子。高政国一天打好几次，有时长达个把小时，每次都是陈芝麻烂谷子的事："阿梅，今天我拉肚子，从早晨八点到现在已经上了八又二分之一次厕所，怎么会出现二分之一次呢？说来话长，十点过三分的时候我觉得又想上厕所，爬起来就跑，路上不小心撞到一个人，他见我没有赔礼道歉，骂我狗日的，我很生气，也骂他狗日的，以牙还牙嘛，你知道我的脾气。其实我在心里骂的，内急，来不及了，要不我们俩准得打起来。那人个子小，和我们寝室的包宁差不多，对呀，包宁你没见过，大概一米六五吧，长得像个农村小子，傻乎乎的。我跑到厕所解开裤带，蹲下来猛一用力，原来是一个屁，其他什么没有，所以出现了二分之一次。阿梅，屁好呀，平时放说明身体健康胃肠道通畅，拉肚子时放说明病快好了……"

那边说："哟，飞蛾？飞蛾！"

"啥，咬到你没有？"这边弹起身子，眼睛狠狠盯着电话。

"没有，飞蛾不会咬人的。"

"是呀，飞蛾怎么会咬人呢！"边说边放出一串响屁，表示他完全放心而且心情愉快，用另一种方式别一种歌声表达出来。

高政国的抒情电话和蚊子臭虫一样成了我们寝室的公害，聊到哈欠连天仍不愿放下。

我见过那俩人的照片，叫金菊的穿着一套某单位的工作制服，肩部到脚像刀切割的一般齐齐整整，如同在一块长方形的木板上安装了一颗女人娇小的头颅。李志海介绍说她中专毕业，已经参加工作了，每月给他寄两条烟，他因为离不开烟间接地就离不开她了。

叫阿梅的相片不止一张，好像是一套，贴在高政国枕畔那张是放大后胶塑好的，照片上的阿梅打一把仿古纸伞，穿一身粉红色日本和服，眉粗浓，眼三角且大，鼻头很高，其上肉极丰富，嘴唇红艳，微噘，仿佛闻到臭屁似的满脸厌恶之情。俩人的女朋友都不怎么的，和我们村里的白惠比丑也一点不谦虚，城里人的丑比咱们乡下人还实在。高政国自以为是地问我你谈过的女朋友有阿梅漂亮的没有，大伙听了他的话，无比期待地看着我。我想了想说，你见过刘敏吧，都比她漂亮，要是她再漂亮一些，我们俩早就好上了。

说谎的感觉真好！

按说我抽烟历史比李志海长，小学三年级就偷父亲的旱烟吸了。旱烟有一股黏稠的涩味，一般人抽两口就晕，我一口气能抽半支。五年级开始攒钱买一角二分钱一包的“一串红”或者“翠屏山”。衣袋里揣着打火机和廉价香烟，嘴上叼一支被鼻涕濡湿半截卷烟的形象是我童年最潇洒的形象。我呼朋引伴的生活从那时开始了，一群小孩，躲进厕所或者没人的危楼里，一人吸一支或者共同吸一支，吞云吐雾泪水涟涟咳嗽声声。

那时，我们一帮人中，威望高低由荷包里有没有烟来决定，通常说话粗声大气的那个孩子除了打火机肯定还有香烟。我们孤立或者惩罚人的办法是不给他烟吸，特有效，那些被老师罚跪也无动于衷的孩子这时无一例外脸上会出现遭人唾弃的悲伤神情。

我进补习班之后才不抽烟，谈不上戒，因为没有瘾，抽烟为了和大家合群，好玩。后来不抽是因为觉得抽烟花钱，没意思。七八年时间里父母不知道我抽烟，他们常对别人说我虽然成绩不怎么好，但还算听话，不抽烟不喝酒，不像某某，其实我抽烟时某某连烟味都没闻到过。

可见，父母对孩子的了解一般只能到某种程度。

李志海高一学会抽烟，大器晚成的他心得硬是比我多——李志海属于善于总结经验的人，懂的东西很多。据他说光看女孩的眼睛他就知道人家是不是处女，摸摸男生鼻尖能判断出是不是处男，吓得许多女生不敢和他对视，男生们多数都不愿拿鼻尖让他摸。我们寝室他就摸过包宁，挽起衣袖，闭目凝神，像老中医号脉号住包宁肉乎乎的鼻头好半天，说："原装处男一个。"

包宁感慨："真准。"

在李志海的感召下，包宁和张仪峰对抽烟生发出浓厚兴趣，买来香烟，潜心向李志海、程振学习（主要是李志海），每日供给二人烟抽。李志海不吝赐教，以身作则，言传身教，辅以经典口诀："一要卷烟松，二要口腔空，三要鼻孔畅，四要吸得凶。"

张仪峰、包宁有高人指点，进步神速，与其他进大学才学抽烟的人相比，锋芒渐露。

李志海的评语是："后生可畏。"

我呢，自惭形秽。没钱买烟，就算抽得再好也没机会表现，老蹭人家的烟抽人家讨厌自己也觉得丢人。和他们相比，我想起我抽烟的光辉岁月顿时心生自豪。但我终于说不出口，我的现状对曾经的辉煌没有能说明问题的延续性，我假装从不抽烟，不想让他们觉得我说谎，那样我就前功尽弃了。

包宁是个专心致志的人，只要他感兴趣，学什么都像抽烟一样快。包宁的这种状态被李志海诊断为“处男综合征”。

张仪峰的心思却没完全放在抽烟上，一段时间以来，他不停地发手机短信，只发不收，就怀疑高科技的产品质量不可靠，改写情书，批量生产，再花十块钱请程振吃回锅肉，帮他把信送出去。张仪峰喜欢上我们的班长王倩了。

程振很喜欢做诸如帮人送信之类的事，他和李红雨其实有很多相似的地方，比如说胆大，敢说敢做。程振自恃有几分姿色什么也不怕，李红雨仗着长得与众不同谁的账也不买，他们在一起应该有共同语言的。但程振对李红雨不屑一顾，他公然宣称，就算天底下只剩李红雨一个女人了，他宁可选择自杀也不愿和李红雨待在一起。我们一起和他同仇敌忾！

让我难过的是此后不久，李红雨居然说她看上我了，我什么也没对室友们说。

王倩算不上我们班最漂亮的女生，但她是班上最有地位的人，班长嘛，几十号人马里才出一个，又是女的，就更人物了，普通人难以望其项背。张仪峰一身排骨下埋藏着一颗包天大胆，出乎人的意料，可谓人间奇迹。

高政国冷冷评价：“这种爱情，成不了的，缺乏最起码的理解沟通，开学才多久？狗屁的爱情，性冲动还差不多。”说狗屁，放的却是人屁，先一个，接下来一串，如同水里吐气泡的鱼，连绵不绝。

高政国的态度惹恼了张仪峰：“对，狗屁，你还有吗，尽管放！”

高政国伸手抚摸墙上的照片，手指停在照片上那张红艳如怒放的花骨朵的嘴唇上，干笑几声：“嘿嘿，有啊，我估计不怎么合你的口味。”

我们村里逢年过节或青黄不接的时候，乡政府会拨下一批救济粮来，由村长根据实际情况支配。这个时候，村长更加神气活现，拄着竹竿，拿着花名册，站在贫困户屋外，以一副救世主的姿态粗声大气地喊：“某某某，出来，有好事!”贫困户欢天喜地出来，把村长当菩萨迎进家门，好吃好喝地招待。

村长马着个脸，眼睛不看人，只瞅空无一物的高天，仿佛那些粮食来自天上。

那天下午刘敏也这么叫我的：“肖容，出来，有好事!”

刘敏站在二楼走廊上，斜倚栏杆，左手拄脸，右手指有节奏地敲栏杆，笑得口眼歪斜，白痴似的看我，重复说有好事，上来我告诉你。我站在刘敏身边，惶惑地看她，她伸手打我一下，说我给你介绍个女朋友，我们班的，叫张鹏，你们好好发展。我没见过张鹏，心里有些犹豫，但刘敏保证绝对漂亮，她说怕啥，人家也没见过你，人家可是正宗城里人，你得好好表现，说不定人家还看不上你。

刘敏说得有道理，我正需要一次及时的恋爱，好在室友面前展示一下风采，要不然我装出来的一切显得太虚幻了，缺乏有力的证据支撑。我特郁闷的是，刘敏怎么知道我正处于青黄不接需要救济的非常时期呢？她以过来人的成功经验一再告诫我：“不要说自己是农村的，人家看不起，最次也得当小镇上的居民，那种地方近年来爆发户多，大家都知道的，千万别装露了，我没告诉他你的任何情况，你想怎么装就怎么装，空间大着呢，好好发挥。”

我回寝室就迫不及待告诉室友们有个大二的女生追我，我还不认识她，就约我见面了。一屋子的惊呼及时响起来，还是肖容厉害啊。我随口瞎编的，没想到不一会儿刘敏的电话就来印证了，说张鹏约我晚上见面。幸福来得太突然，我有点蒙，他们却在旁边一个劲儿怂恿，去吧去吧，人家女生都主动约你了。他们无比羡慕地叫我容哥，说我们等你的好消息。我糊里糊涂地答应了。

这是我有生以来第一次和女生约会，我激动得不知如何是好，看自己哪里都不顺眼，头发没个正型，衣服没一件像样的。我怕室友们看出我的激动不安，只身一人来到操场，不停地走来走去，心咚咚直跳，满世界都是我的心跳声，按也按不住。我盼望时间快些流走，好让我尽快见到张鹏，又怕时间快了，自己没准备好就见到张鹏，让人家看不起自己。我怎么不是一个风流倜傥的公子哥呢？我怎么觉得自己没有一样能让自己挺直腰杆吸引别人的东西呢？我从未像现在这样憎恨我的贫穷。刘敏让我装，可我怎么装啊，死刘敏，也不给我传授点装逼的心得体会。我忐忑不安看着日落西山，饭也没心思吃，无奈地等待夜晚降临。

风高月黑，凉风飕飕，我在约定地点等张鹏。那里有一棵高大的泡桐树，枝叶繁茂，伫立在漆黑的夜里，厚重的轮廓披头散发状如鬼魅。一对一对人儿相依相偎走过来，消失在黑暗深处，想起那阙流传很广的《如梦令》：昨夜饮酒过度，误入花园深处，呕吐呕吐，惊起鸳鸯无数……就在地上摸，摸到一个空饮料瓶子，往远远的树丛里扔，瓶子破空飞行，呼呼有声，呛啷一声落地，果然听见几声男女惊呼，人影幢幢地四下逃窜。

夜很黑，路灯的光芒被浓密的树枝挡住，我和张鹏坐在黑暗里的石阶上，间距一尺，看不清彼此的嘴脸，只觉得此人脸极宽阔，且方，状如门板，线条僵硬，黑暗里依然有刀锋般的锐利。眼黑似洞，嘴深如沟，唯不见鼻子，想来很扁，身上香水味太浓。我的心又不争气地跳起来，手紧紧抓住一根树枝，一把一把地往下捋树叶，所有白天想好要说的话，一下子逃得无影无踪。张鹏很自然，抱着膝盖安静地坐我旁边，说树叶很脏的，你别老弄那个。我丢开树枝，手不知往哪里放，只好去扯脚边的草。张鹏嘎嘎地笑起来，笑声像我家那只老母鸭。她说你很紧张吧，是不是第一次约会啊，你今年多大了？我说，十九……还是二十，二十吧！我有些慌乱。张鹏笑得更厉害，连自己的年龄都记不住，你也太农民了。我不是农民，我仿佛被高压电流击中，猛然坐直身子，我真不是农民。她说我知道你不是，哪有你这样秀气的农民！我紧绷的神经倏然松散开来，心里悬着的石头呼啸落地，人就坦然了许多。

话没说上几句，她直截了当问我："你有喜欢我吗?"没等我回答，又说："干吗坐那么远？怕我吃了你呀?"说完兀自吃吃发笑，像一根燃烧的导火索。

话没怎么说，但并不防碍我们拥抱，指天发誓，那天晚上一直是她占主动，拉我的手，环住我的脖子，坐到我腿上。像小学数学里的四则混合运算一样，先乘除后加减，一切按部就班有条不紊进行，她的动作是习以为常后的熟稔。我紧张的情绪被超过大腿承受能力的重量渐渐压缩了，直至完全消失，只剩下对那一堆身外之肉的掂量——我估计张鹏的体重应该在一百五十斤左右。

不是凭空猜测，我有我的根据。我读高一的时候，家里的一头猪死了，小镇上有家专收死猪肉的饭馆，晚上收，白天冒充新鲜猪肉出售。我和父亲摸黑背死猪去小镇，父亲视力不好，三十多里的山路多数由我背，到饭馆一称，一百三十多斤。父亲累坏了，我没觉得，双腿闪也没打一下。可抱张鹏起身我的腿抖个不停，她还说她最近瘦了不少。老天可怜我，赶在她减肥的大好时候！

张鹏提议吃夜宵，我迟疑一下，心里默数一遍兜里的钱，爽快地答应了，无论如何，这是一个值得庆贺的夜晚。

灯光下我看清她的脸，两眼间距离较宽，鼻果然扁平且多皱，像只旧的白色皮鞋，嘴大唇厚，但唇面红润饱满。她打量我半天：“刘敏一点不夸张，你长得不错。”放心地大吃起来。

我想起刘敏的话，我想应该继续装下去，至少该用语言把自已装扮得光鲜亮丽一些，可她对我的身世一点兴趣也没有，一直在和老板娘讨论面条放什么不放什么，我只得作罢，坐在一边看这个突然从天而降的女人，和我拥抱亲吻的女人。是的，我们还亲吻了，就在我们起身离开的时候，她紧紧抱住我，一张很肉感的嘴不由分说罩住我的嘴，我有些惊慌失措，还没有来得及反应，她肉乎乎的舌头像一条滑腻的泥鳅，十分强势地游进我的嘴里。多年前，我读到一篇写初吻的文字，说初吻是“天神用爱河的水斟满的杯中饮吮的第一口甘露……是生命之树上第一根枝头的第一朵鲜花……”这样的描述美得使人战栗，不由使人无限神往。我一直以为初吻该是个多么令人神魂颠倒、多么庄重的带有告别仪式色彩的时刻，我还没有做好准备，我的初吻已经淹没在张鹏奔涌而来的口水之中，来如天坠去如电逝，我还没来得及体会，她毅然决然地拔开嘴，大步朝前走去。

一个小时前，我们还是陌生的，一个小时后，我们做了最亲密的爱人之间才会发生的事。一切像是梦，一切又不是梦，把像梦一样的事情变成现实，这感觉有点莫名其妙。

我做东，刘敏事先交代过我的，据说这是恋爱规矩，男人必须请女人吃东西。怕她多消费，事先我准备了零钱，如果出现意外情况就假装换衣服忘了带钱，把衣袋亮给她看。可不知怎么的我摸出了内衣里唯一的一张百元大钞买了单。我们在图书楼前分手时，她突然问我：“你叫什么名字来着？我记性不好，转眼间就忘了。”

“肖容。”我有点诧异，都那样了还记不住名字，什么人啊！

“肖容，我真的好爱你哦，你有爱我吗？”

我不知道说什么好，紧张地看着她，表达感情的话没说出口，她果断地挥挥手说："明天我们老地方见吧，你这人哪，我们都好上了你还紧张，这有什么好紧张的，太农民了。"边说边打着饱嗝走了。

我有些沮丧，回到寝室，室友们羡慕的询问使我忘记了心里的不快，我第一次毫不夸张原原本本地向室友们叙述了一件真实的事情。在他们的赞叹里我赢得了安慰！

第二天清晨，在操场上碰到刘敏和王欣，一人手持一饼，张口下去，半弯残月卡在嘴上。刘敏张开鼓鼓包包的嘴对我说："感觉还可以吧？"她的笑容有点坏，我估计张鹏把一切都告诉她了。

"太重了！"我脱口而出，在他们的笑声中知道说漏了嘴，脸火辣辣的。

"进步还真快！"王欣不怀好意瞟刘敏。

刘敏说："人长得挺不错，你们俩很合适，我说得不错吧，张鹏比我漂亮。"即使眼睛近视到两万度的人也不会看错刘敏脸上潮涌般的骄傲。我终于明白，女生承认别人比她漂亮是什么意思，那些真正比她们漂亮的人她们根本没有勇气去夸奖。

更让我气馁的是离开他们的瞬间突然意识到刘敏好像讥讽了我，她的话犹如带刺的玫瑰，好看，同时扎手。她说我跟张鹏相配，不就是挖苦我吗？我觉得自己像只贪吃的狗，钻进了刘敏连同食物一道扔来的圈套里。

心里气愤，课就没怎么听，老想起从前刻刘敏名字的事情，傻逼傻逼的，悔得肠子发青——怎么对这样阴险的女孩单相思那么久呢？唉，没办法，打落门牙和血吞吧！

那个阳光明媚的早晨，我开始怀疑从前对于爱情的美好憧憬，开始怀疑从前的生活。窗外，风徐徐摇动校园里高大的梧桐树，一浪一浪的绿波起起伏伏。树下长椅上零零星星坐了些人，成为风景里的点缀。那些人，或者一对，或者一人。一对的相依相偎，女的枕着男的肩膀，男的看书。女生好像是睡着了，嘴角扯出浅浅的笑，不知道梦见了什么，也许是初恋情人偶然相遇，也许是意外捡到了一叠百元大钞。独自一人的，无论男女都陷入了冥想。这个世界到处遍布想入非非的人。

人最初对爱情的憧憬大多愚蠢可笑，像我，借用一句张宇的歌词："如今全都走了样。"可你又能怎么样呢!? 生活里四处充满无能为力的无奈!!

第二次和张鹏约会是星期天晚上，天空飘起淅淅沥沥的小雨，我们俩挤在一个刚好能避雨的门廊下，像两只饥饿的狼，凶猛地扑向对方，抱在一起又啃又咬。当我怀着强烈的求知欲望想更进一步探索她身体的其他秘密，她索然无味推开我，说她想吃夜宵。我想这算什么事啊，我还急需在她身上获取新体验新知识回寝室卖弄，改写我一穷二白的感情史，不能一无所获啊，那样太对不起我花在她身上的钱了，那钱是爸妈的血汗换来的。

我爸常说钱要一分当作两分用，会过日子的人，跌倒在地也要抓起一把泥来，任何时候都不能空手而归。我到不了我爸说的那个境界，今晚注定一无所获。我悻悻地看她，心里想回寝室，又不好说出口，只说还早呢，吃什么夜宵，人再次朝她扑过去。她用手死死抵住我的胸口，说好了好了，差不多就行了，时间还长着呢，一口吃不成大胖子。我终于屈服在她嗲声嗲气的讨吃要喝里，自己安慰自己下次一定会有收获的。

我坐在食堂大厅里偷看我的初恋情人，不忍心正视她，长久地看一张难看的脸是对脸主人的残忍伤害，最人道的做法是偷看。

我忽然想起村长发放救济粮的脸，神气活现里透出钱粮无忧的满足，捎带几分对贫困户的鄙夷和不屑。张鹏是刘敏发给我的救济粮，不同之处在于救济粮是让人吃的，张鹏是吃人的，而且我相信她不只吃我一个，那身晃晃悠悠的肥肉单靠个人力量根本无法养育出来，必须依靠集体的力量才能达到如此效果。

我兜里没几个钱，为了节约，我强忍食欲说我不饿，坐在一旁看张鹏吃，嘴里的口水咽下去又满了，咽下去又满了，我不好意思用力吞咽，假装系鞋带，在低头的瞬间使劲吞下去。张鹏边吃边问我：“你是不是真爱我啊？”

“是。”

“但我感觉你好像不爱我。”

妈的，我自己饿着肚子舍不得吃，光顾满足你的食欲了，还说这样的话，我说：“怎么会呢，我对你比对我自己还好。”这是真话，开学到现在，我从没吃过夜宵，家里给的那点生活费维持正常运转都要精打细算，每天晚上，室友们相约去吃夜宵的时候我躺在被窝里，推说自己有胃病，不能吃夜宵。想到他们坐在餐馆里吃得山呼海啸的样子，胃会一阵一阵地抽，可怜的胃啊，长在穷人身上，太闲得慌了。

“我感觉你对我不诚实。”

“怎么会？我很诚实的啊。”我不明白她的意思。

“以后我问你什么问题你必须如实回答我，要不我们俩也别好了，今晚就分手。”

张鹏毫不掩饰地骂一句脏话，筷子拍到桌子上。她的情绪突然上来了，我不知道为什么。默默在心里检讨一遍自己的言行，没什么不对啊。一切才刚开始呢，我不能不明不白地和她分开了。我说我做错什么了吗？你好像很生气？她笑了，伸手捏住我的脸颊左右晃晃，与你无关，但以后我问你什么，你要如实回答我，要不我和你吹！

说实话，我很讨厌张鹏，但我迫切地需要从她身上获得全新的感受，好在夜谈的时候确立我的地位。我在寝室里的地位因为她的出现迅速提升，我是我们寝室第一个在大学里谈恋爱的人，而且人家主动追的我。特殊的待遇和身份的反差形成的强烈对比在我心里产生了奇异的快感，内心的卑微日渐消退，我突然获得了某种强大的力量，开始试探着斜了眼睛和李志海争论，和程振叫板，与高政国讨价还价，指责张仪锋，使唤包宁。实践证明我在慢慢走向成功。

第三次见面我对张鹏说："一会儿我们去学校外面吃宵夜，学校里的东西太难吃了。"

"要想钓鱼先下饵。"这也是我父亲说的话。我发现，始终指导我不断向前的不是来自学校的高等教育，而是我那农民父亲的话语。果然，张鹏义无反顾地朝我扑来，将我扑倒在地，一根粗壮的舌头带着黏稠的液体一头撞进我嘴里，口水源源不断。我每次和她接吻过程其实是忙着吞咽她口水的过程，她汹涌的口水装满我的喉管，流进我的气管，呛得我憋不过气来。我后来对室友们的美妙描述，大多借鉴了爱情小说里的描写。每次当我想重新来过的时候，她总说好了好了，差不多就行了，这东西一次吃不饱的。我不知道她说的东西是指口水还是什么，如果是口水的话我已经很饱了，每次接吻之后我会打好几个力道十分强劲的饱嗝。

今晚，我答应她去外面吃东西，这次付出很巨大，必须有所进展。我鼓足劲试着朝她扑了几次，她张开的五指准确无误牢牢罩住我的嘴，中途把我的欲望推回来，我始终没有得逞。太晚好吃的东西都卖光了，她只惦记吃的。我还想要别的，站在原地不动，她走出几步又折回来，还没够是不是，来吧来吧。我们的嘴再次粘在一起，就在我的手搭上她乳房的瞬间。她啵的一声拔开嘴，说我问你个问题，你必须如实回答我。说吧说吧，我控制不住自己的手，浑身发热。她一把抓住我的手，双眼直视我："刘敏家住哪里？"

"和我一个地方的啊……威宁……县的。"

“我问你她家住农村还是城里?”

“农村还是城里呢……城里吧，城里的，没错，城里的!”

“你确定吗?”

“我听她说城里的!”

“她说她父母都是城里的教师，你们俩住一栋楼，从小学到高中一直同学，你不清楚她家的情况?”

“我没和她家住一个院，”话一出口我就知道露馅了，死刘敏，事前怎么不沟通一下，攻守同盟才能顺风顺水地往下装啊，自诩聪敏的刘敏这回马失前蹄了。“我家后来搬走了。”我听见自己的软弱无力，心往虚空里飘，汗水涔涔，做人怎么就那么累!

张鹏握住我的手，轻轻放在她的胸脯上，隔着衣服，我依然清晰地感受到了那里面鼓涌的温热和柔软。“你对人家一点不好，一句实话没有，我对你多好啊，什么都依你!”

我紧紧抱住她，她很及时地移开我的手:“你说实话!”

“她不是城里的，我们俩是农村人，在县城上的中学。”我估计我迷糊了，自诩的坚强在一瞬间丢盔弃甲，全军覆没，我心里突然生发出释放的快感。

“她可真能装啊，连王欣她都骗，他妈的纯粹是个狐狸精，王欣也他妈的白痴，被一个村姑骗得团团转。哼，他妈的！肖容，你帮了我的大忙了!”

“什么大忙?”我把刘敏给出卖了，心里有点紧张。

“告诉你吧，王欣原来是我男朋友，我们刚进大学就恋爱了，后来被刘敏抢跑了，刘敏骗了他，骗了我们所有人，他妈的，今天是个好日子!”

“你别告诉她是我告诉你的。”我这话说得连我自己都觉得多余，我看明白了，因为王欣，张鹏很恨刘敏，她一定会揭刘敏老底。

“我不会。”张鹏挺人道地安慰我。

“你不嫌弃我是农村的吧?”

“只要你不嫌弃你自己，没有人会嫌弃你，你千万别学刘敏，老那么装，欺骗自己也欺骗别人，太可恨了!”

说实在的，我很感动，我的感动化成深情的拥抱，张鹏小声说，你不是想摸我吗？你就摸一下吧，不准多摸。

我无比庄严地伸手摸了一下。

张鹏瞪大眼睛问我：“我没有嫌弃你吧?”

我有点喜欢张鹏了，这个外表不怎么样的女孩，带给我全新的感受，就算得罪刘敏也值得。我们的约会由她主动变成我主动，我们在一起的话题，大多数时候围绕刘敏和王欣，似乎我们见面就是以讨论他们为目的的。让我欣慰的是，张鹏总会给我惊喜。我精打细算的生活费，在我和张鹏一步一个脚印的恋爱进程中，作为必须的代价装进了餐馆老板的荷包。当我的小手可以自由自在地在张鹏的乳房上游走的时候，我已经身无分文，物质的匮乏未能击退我对张鹏的喜欢，她的身体如一座险峰，无限风光近在咫尺，而我，没有了金钱的支撑，像一个失去了双腿的攀登者，连攀登的可能性都没有了。这时父亲来信了，我对张鹏的憧憬被父亲歪歪扭扭的文字击得粉碎。我想从感情上感化张鹏，只要感情深不怕在农村，只要感情在哪怕吃酸菜，我相信我的真诚会感动她。

一个星期六晚上，月亮紧张得隐到云层后面，偶尔露脸瞧我一眼，慌忙火急缩回头去。张鹏任由我像和面那样揉她的乳房，我说：“我想和你谈谈。”

她说：“我们不是在谈吗？街口新开了家脆皮鸡，王欣经常请刘敏去吃，好吃得不得了，我们也去吃一次嘛，你从来不请我去那些地方，每次粉啊面啊的打发我，你是不是不爱我啊?”

“爱啊，我怎么不爱你呢，我没王欣有钱。”

“对女朋友也这么抠，一点诚意也没有。”张鹏拿开我的手，站起身来。

我慌了:“我真的喜欢你，我没钱，可这并不妨碍我喜欢你!”

“拿什么证明你喜欢我?”

“我的真诚啊!”

“拿什么证明你的真诚呢?”

“我……”

她转身要走，我一把抓住她:“我还知道刘敏的很多秘密。”

张鹏停住脚步，我说你坐下来嘛。她顺从地坐到我怀里，无比温柔地搂住我的脖子。我就从刘敏补习一直说到李淘发疯，说得嗓子都哑了。可张鹏听完并不领情，冷冷说你拿这个换取我对你的爱情啊。她终于挣脱我的手，头也不回地往前走。我想起她吃面喝汤的样子，心里就不是滋味，朝她发起最后攻击，几次都被她有效击退。她呼哧呼哧地喘气，嘴里说没钱还想谈恋爱，没钱谈狗屁恋爱，你去谈你的农民恋爱去。最后一次，我把她按倒在地，手已经伸到了她的大腿上。她突然笑了，说:“人穷志不短，贼心还挺大的，你还没那个本钱呢，休想!”

“我把刘敏的秘密全告诉你了，你不能说走就走。”

“你自己要告诉我的，我没强迫你说。”

“可你听了……”

“你还跟农民工讨工钱似的认死理啊。你以为说话也跟种地一样种进土里就有收成呀?我告诉你城里没有土壤你下多少种子也白下。放开我!”

“不放。”

“放开我，农民，我他妈的瞎眼了和你这种人谈恋爱。”

“不放不放不放不放。”

“强奸啊。”

她的嗓门儿大得惊人，我看见安静的天空里突然乱云飞渡，慌忙跳起身来往黑暗里绝尘而去。

我躲在黑暗里，仰脸看天，天空依然安静，漫天的星星如同无数晶莹的泪珠。我想痛痛快快地骂张鹏，张嘴叫出的却是父母的名字：“肖科明——王莲芝——，你们把我生到世上来丢人啊！”我恰如大病初愈般虚弱，我呼喊的声音只有自己能听到。

第二天，张鹏打电话给我说我们俩到此结束吧，没等我说话她就挂断电话。当时寝室里的人都在，我立刻端正身子，理直气壮高声对嘟嘟的忙音说我早厌倦你了，你别来烦我，你这样的我根本没放在眼睛里，哭？你再哭也没用！啪地挂断。

他们问我是不是和张鹏吹了，我不置可否说他妈的太烦人，一天老想见面见面，我又不是氧气离开我会死啊。

“你和人家那个了怎么说吹就吹呢，太狠了！”高政国说。

“男人就得这样，提得起放得下！”李志海朝我竖大拇指。

除了高政国，大家纷纷表示要向我学习。

我心里的难过只有我知道，那一夜，我在假装的鼾声里彻夜失眠了，我给张鹏发了无数条讨好卖乖的短信，她一条也没回。

我对刘敏心生愧疚，好久不敢见她的面，她也不联系我，偶尔在路上碰到，我远远地避开她。让我略略感到安慰的是，她和王欣并没有如我想象的那样被张鹏搅和分手，也许他们是真心相爱的吧！

张鹏没事人一般，见到我主动打招呼，日子过得挺滋润。有个周末晚上，我在餐厅看见她和一陌生男孩坐在角落里吃东西。男孩瘦瘦高高的，戴一副深度近视眼镜，面色苍白，安安静静坐在旁边。他们面前的桌子上摆着几只吃空的盘子和碗，男孩吸着饮料，张鹏舞动筷子埋头苦干，恨不能脱光衣服裤子一个猛子扎进碗里海吃海喝，事业心之强让人惊叹。

我想起曾经的自己，对那个面色苍白有营养不良之嫌的男孩寄予深深的同情！

和张鹏轻而易举地分开了，没有痛也没有恨，我怀疑影视剧里那些分手的感人情节全他妈瞎编的，哪有啊！分就分呗，各走各的路各吃各的饭。人家张鹏多么潇洒，我还没反应过来怎么回事，人家已经开始约会了。我想我得学会适应生活，人类社会里适者生存的自然法则无处不在，比动物界隐晦些，杀伤力却更强大。

只是突然之间沉静下来，有点不太习惯，心如同放飞到天上的风筝，忽上忽下、忽高忽低地飘着，收不回来。整个世界是空的，人寂寞得不得了，常常听见自己的耳鸣，嗞嗞的响声充满我的世界。很怀念补习班紧张压抑的生活，埋头苦干，奋力拼搏，时间被挤得满满的。而那时，我特讨厌枯燥无味的学习生活，一心想早日考上大学解放出来。人哪，拳头大的一颗心，变小时插不进一根针，变大时装下地球还嫌宽，没有个满足的时候。我父亲说“人心不足蛇吞象”，不切实际，但还不由自主地去想去困扰。

生活平静了，心没有平静，我只好加入到室友们的夜谈生活。每个人都发挥想象，把自己的过去编得精彩动人，甚至充满传奇、暴力甚至血腥，更多的是缠绵悱恻的爱情故事。难以消磨的时间被不辨真假的故事稀释了，流淌得无影无踪。

这时候，谎言适时泛滥成灾，主要是打发时间，大家并不在乎谎言漏洞百出甚至重复抄袭或剽窃，往往张仪峰说的事没几天程振捡来套用，众人说好像听过了。一回忆，张仪峰早八百年就说过。程振脸不红心不跳：“天下的事相同的太多，生活不就是你重复我我重复你吗?”说得还挺有哲理，最不爱上哲学课的程振说出这番话，也算人间奇迹了。

李志海主要向众人传授奇特的闻所未闻的知识，说是有一种迷魂药叫“迷死你不偿命”，随便撒一点点在心仪的女孩身上，喊一声走，女孩就乖乖跟你走，而且随叫随到，让干啥就干啥。这种药的奇特功效着实令人兴奋，大家问哪里可得。李志海手搓着肌肉滚滚的胸脯说自己制，但可遇不可求。接着说制药方法：找四条没有和异性发生过性关系的公老鼠腿，生石灰爆炒、焙干，埋于盛开的牡丹花下七七四十九天，挖出来连晒十天太阳，连淋十天小雨，太阳要求没有云彩遮盖过，小雨一刻不能停歇，然后晾干，研成粉末，此药成也。

这剂药方的独特功效让人着迷，我们打心眼儿里由衷佩服祖国医学的博大精深。众人来了兴致，兴起一股捕鼠热，一有空闲就翻箱倒柜折腾。终于逮住一只，却犯难了，因为如果老鼠不亲自开口，无法知道它有没有和异性发生过性行为。李志海摸鼻尖看眼睛判断处男处女的方法用在老鼠身上失去了效果，众人面面相觑。李志海拧起老鼠尾巴研究它的屁股，吹毛求疵半天，说：“女的，不行。”他憋着笑，一急，“母”说成了“女”。

谁想出的绝招我忘了，我们在那只老鼠身上浇上酒精，拿到操场上点燃，一团火球四处乱窜，引来无数围观者，发出一片片惊天动地的呐喊声，那场面很像世界杯现场，人们的疯狂毫不掩饰。火灭了，剩下一小团烧焦的皮肉，皴裂的皮缝里露出粉红的肉。煳臭的皮肉味道与人们的快乐纠结在空气里，慢慢随风散去。后来我们寝室的人和别人提到这件事都眉飞色舞说：“我提议大家把它烧了，于是就……”其实，谁也记不住谁出的招。引人注目的事，大家喜欢往自己身上揽。

没隔多久，包宁拿饭钵时发现箱子里蹲着一只小老鼠，打瘪饭钵抓住它，再问李志海那药的制作方法，李志海刚睡醒，双眼惺忪："好一场春梦，刚开头就被你们吵醒了。我哪里记得住制作方法，头天晚上做梦梦见的，早忘了。"

我相信所有聊过的故事中，高政国说得最真实，因为他的故事最不精彩，真实的事情都不太精彩，我索然无味地听着，在他的絮絮叨叨里慢慢睡去，他的故事不吸引人但很催眠。他自己却兴奋得不得了，提到阿梅脸放红光，满脸痤疮个个饱满起来，显山露水，呼之欲出，眼睛闪烁着迷醉的光芒。说他们的相识相恋难舍难分，沉醉的只有他自己，别人一脸不爱听的神情，原因是他老重复，昨天刚说过今天又说上了，到后来他一提头张仪峰和程振就接着往下背，搞得大家都不高兴，争论几句，无言地躺在黑暗之中，只听见间或的屁声响起，有时响亮有时低沉，有时甚至是一股悠长的气流，乍一听，还以为谁在深深叹息呢！

大学最大的好处是课程没有高中紧，少了那种火烧屁股般的紧迫感，许多从高中焦头烂额考进大学的人，觉得上大学是享受生活来了，难怪张仪峰说他是来玩的。我终于明白墙上那条"六十分万岁"的小标语是什么意思，那是许多人的心声呀。

当然，也有学得一丝不苟的，自修室的灯一到晚上就雪亮，如果不提前去连座位都没有。

念专科的想上本科，念本科的要考研，疲于奔命追赶热门知识。

我见过外语系一传说中的高才生，会用英语夹杂比英语更难懂的方言骂人，普通话却处于夹生状态，蹩脚到几乎残疾，去邮局交信说成去"信交"，于众人的哄笑声中振振有词说英语和汉语是反着来的，说英语说顺嘴了。妈妈的假洋鬼子，我特痛恨这类连中国话都说不完整就一窝蜂学外语的人，据说他们想做国家栋梁，连自己的脊梁骨都挺不直，怎么做国家栋梁呢？

虽然心思没怎么在课本上，课程基本上没落下来，学习也是打发时间的法宝。我对考试的感情特别复杂，最先进的仪器也没法把这种感情成分分析清楚，往大了说是又爱又恨，我现在的生活是考试给我的，将来的生活依然要靠考试来改变，考试压迫着我们，离开了考试基本不能实现理想。我曾经估算过一个活到七十岁的人一生要考多少次试，以我积累了十多年的数学知识硬没把结果算出来，因为许多考试尚属未知，如同高速公路上的收费站，峰回路转你才发现它在眼前，别无他途，只能乖乖就范。

我理解一心想要考高分的人，也理解呼喊“六十分万岁”的人，人生百态，学生也百态，人人都有自己的理由，对与错的标准本来就隐藏得很深。

我的室友们呢，有的学有的玩，我呢既学也玩两不耽误。除了缺钱缺女朋友，其他基本能独立自主自力更生，偶尔还可以小资情调一把，遇到小小灾情搞个生产自救什么的也还不成问题，数月时间忽悠而过。

没多久，经济危机在我们寝室全面爆发，势不可当席卷每一个人。

先是包宁囊中告急向大家借钱，谁兜里也没余钱，仅够养家糊口。他给家里打电话，那边的财政大臣表示，时间不到，不能乱套。包宁一急，仰天躺倒床上，手抚额头哀声长叹：“老包啊！你不要你的亲生儿子了吗？我都成非洲难民了！”

包宁的生活费每月一千元，属于寝室里的中产阶级，包宁加上额外抽烟喝酒上网等项目，一千元仅够维持半个月，后面十五天基本上靠死皮赖脸地蹭饭度日，实在蹭不到，就去食堂赊账，人家不敢多赊，每餐几个馒头一碗稀饭，精神状态极其不佳，烟抽不上就赶在别人抽的时候蹭两口抽，把李志海等烟民搞得精神高度紧张，劝包宁别抽了，抽烟不如闻烟香，又说抽烟不如闻屁，闻屁还有股粮食气，不合算。

包宁便每日酣睡，说为了减少能量消耗。每晚夜谈皆要述说从前吃过的美味佳肴，回锅肉肯德基，喻之为精神大餐，咂嘴吮舌回味无穷。包宁钟情于网络，喜欢学习这方面的东西，理想是做一个比尔·盖茨式的人，此时若再问他理想，绝口不提开发软件的事，叹息一声："唉！我的理想是每天吃上一顿油汪汪的面条，另加一个外黄里脆的煎鸡蛋。"

接着，张仪峰沦落到蹭饭的境地，此君收拾打扮抽烟喝酒外加上网请女生吃东西等活动，花费自然不菲。紧接着李志海也加入到他们的队伍，蹭饭的多了，不蹭的自然没有好脸嘴，环境所迫呀，平时笑嘻嘻的，吃饭时就变成了刺猬，随时一级战备防范被蹭。

借钱无门，饭总要吃，张仪峰和包宁一人拿一把勺，游荡在餐厅里，小勺一下一下敲打手心，眼睛四下里看，见到熟人，蹑手蹑脚走过去，猛伸手舀来一勺狼吞虎咽。

程振从不在学校吃饭，除他之外我们五个人中，我生活费最低，却最后一个没钱。我的生活标准低，消费自然低，如果不和张鹏谈那狗屁不是的恋爱，我绝不会囊中告急，一想起这事我便加倍痛恨张鹏，如今只怨西北风不能充饥，我不得不加入他们的行列。

真是天无绝人之路，某一天，包宁的老乡告诉他，学校大门外私人小餐馆里可以欠债吃饭。众人闻言，喜上眉梢，呼啦啦涌去。那里一排小饭馆生意兴隆，一问，果然。便挑一家，按老板们行规押了学生证，在一本厚厚的油腻腻的写满人名和数字的本子上签名，菜单就无比优美地递过来，老板笑盈盈地说想吃什么自己点。跟回到家一样，着实让人感动。

那一顿丰盛的午餐比初恋更让我难以忘怀，之后的许多夜晚，我们的话题围绕着那顿饭展开，众人热情之高，发言之积极，观点之统一，态度之和蔼，实属罕见。

我们“144”的团结，充分体现在赊账吃饭这件事上，我们不像其他人单打独斗孤家寡人细嚼慢咽，把吃饭当任务完成。我们五个人统一时间统一步伐冲向定点赊账的小饭馆，集体点菜集体吃饭，平均分摊记账。菜就丰富了，而且热闹，气氛好，发愤吃饭乐以忘忧，吃饭变成了舒适的消遣，胃口出奇地好。

暗暗的不满大概出现在三个星期之后，吃三碗的不满吃四碗的，爱吃回锅肉的不满专吃瘦肉的。碍于情面，这种不满往往化成暗中进行的竞争，吃三碗的争取吃四碗甚至更多，回锅肉不吃了专拣瘦的吃，钱是大家的钱，不吃白不吃。饭桌上话渐渐少了，只见筷子林立，但闻一片迫不及待的咀嚼声，五张嘴鼓鼓包包，五双眼睛苦大仇深盯着盘子里最后一片肉，谁动了，眼珠转向他，暗骂一声：“急狗，噎死你！”

有时候也喝点啤酒，赌气似的喝，有人便在吃饭前使劲撒尿，腾空肚子多装酒。我们寝室的人常常带了酒意去上课，有时五人都醉了，洋相百出，笑话出得最多的是张仪峰、高政国，不胜酒力还死喝。

有一次高政国醉了，伏在课桌上鼾声如雷，课无法续继上下去，老师推醒他，还没开口，高政国先开口了，说：“你，你哪个班的……走错了……出……出去……出去！”边说边动手推老师。

张仪峰醉了爱吐，吐完后便痛心疾首看着一摊秽物感慨：“你们一个个都不吐，就我吐，太可惜了，我他妈真没出息！”声泪俱下的，其状极惨。

当时，各种各样的组合正风靡校园，学校里有个土生土长的演唱组合叫“兄弟”，很出名，经常在学校搞演出，粉丝很多。也不知道谁给我们五人取了个“饭桶组合”的绰号，很快人尽皆知。我们扬言找到始作俑者要出人命的，说说而已，谁会认真去找，也就嘴上快意恩仇了一番。

所谓组合是注定要分开的，迟早而已，原因大同小异，有钱有名的为钱为利，没钱没名的也为钱为利。因此，“饭桶组合”的解散，纯属历史的必然，没有什么好惋惜的，只是没想到那么快，前后总共持续了一个月。该组合的解散意味着小范围内粮油肉菜价格将出现小幅下跌，给社会造成的影响仅此而已。

月底的一天下午，阳光明媚和风习习，大家挥汗如雨风卷残云吃完饭，有的拍肚子有的剔牙，正准备离开，老板说各位兄弟，今天结账，请等等。打开油腻腻的本子，密密麻麻的数字像他家天花板上的苍蝇，排在我们亲笔签下的名字后面，每个人都有一个或几个专页。

老板薄唇微启，茶渍斑斑的牙露出来，手指在计算器键盘上灵动飞舞，计算器语音来不及报数，只听一连串“加加加加……”加得人心惊胆寒。

数字排长了，小数点逐渐往后移，这真是个触目惊心的场面，让人屏气凝神，心里一个天大的问号：这是真的吗？众人皆不见了点菜时指点江山的豪气云天，不见了吃饭时当仁不让的英雄气概，互相瞅着，瞅不出答案，眼皮耷拉下去，怒气冲上来：要是我一个人吃怎么会欠下这么多钱呢？白喂狗了，好话没得一句，还斜眉搭眼地看人。

争论从那“5”除不尽的77元开始，谁也不愿分担那个余数，嘴里说这个月的还结不清呢。心里说我吃亏太多，不能再分担，哪怕一分也不成，让吃得多喝得多的去承担吧。谁愿主动承认吃得最多？矛盾终于有了焦点，争论开始了。先是挖苦讽刺，接着谩骂，主要是口头凭空指使猪狗等动物和对方的母亲发生不正当关系，有时也会把动物转换成主人公“我”，物种的变异如此之快，达尔文听了肯定当场气死。

我和张仪峰还动了手，他说我必须多出钱，我吃得最多，农村人吃饭都特厉害。餐馆里有好多人，大家好奇地看着我们。张仪峰的话像一把刀，刺痛了我的心。我说你再说一遍。他不甘示弱站起来，脸贴近我，农民吃得凶，怎么的，你还会吃人啊。我一拳就揍了过去，我他妈吃得凶咋的，吃得凶力气大，农民什么都没有就有力气。张仪峰仰面朝天直直地摔下去，双手捂住脸，像只被谁踩中尾巴的猫，嘶声尖叫，血从指缝间流出来。

场面一下子乱了，老板哭丧着脸急慌慌地护住电视机，又急慌慌护住冰箱，别打了别打了，打烂东西你们得赔我。我被张仪峰撕破的面皮在他倒地号叫的瞬间奇迹般恢复了，其实我没想再打他，可我不能草草收场，不能辜负那么多双无比期待看着我的眼睛。李志海死死抱住我，我故意挣扎着挥舞拳头，围观的人们都用崇敬的眼光看我。

李红雨、王倩分开人群挤进来，王倩说有完没完了你们，在这里打架，真丢脸。俯下身去看张仪峰，狗日的突然加大油门叫得更惨，班长，你得主持公道啊，我要去住院。王倩说先去医务室吧，别叫了，死不了。指挥包宁、高政国和她一起扶张仪峰去医务室。

一场混战，账没结清，可敬的老板和颜悦色说这个月结不清下个月结，欠债很正常的，不欠债算不上英雄好汉，人家《水浒传》里那些英雄，谁进店不是大声武气说："赊（筛）两碗酒来，英雄都得欠债!"

李红雨关切地问我为什么打架，我一句话没说转身离开，她又问其他人，没人告诉她答案。她又想满世界传播新闻了，小喇叭广播的瘾犯了吧。

回到寝室，李志海说："从明天开始，我们各吃各的。"

"饭桶组合"就此分崩离析宣告解散。

晚上，李红雨打电话给我，说想见我。问她什么事，她说电话里不方便说，在操场边等我。我有点纳闷，磨磨蹭蹭的不想去，没过几分钟，她的电话又来了，说再不来要来我们寝室了。和李红雨接近是件拿不出手的囧事，况且我现在已经明目张胆地树立起一个敌人，他正等着看我笑话呢。我吓得连声说马上到马上到，刚才去厕所了！

我站在离李红雨不近不远的地方，问她什么事。和李红雨在一起，我内心的卑微没有了，反而有一种居高临下的得意，她先天不足的长相使我获得了某种不可告人的安慰。

“你过来嘛！”

“我听得见你说话。”

“我能吃了你啊？”妈的，和张鹏一个腔调。

我固执地站在原地，她走过来，站在我身边，仰脸看我，你是不是欠了餐馆很多钱？

这是件很丢脸的事，我不想回答她。她得不到答案，自顾说，你呀，不该和你们寝室那些人混的，自己该过什么日子就过什么日子。你什么意思？我该过什么样的日子啊？我的戒备仿佛刺猬身上的毛，马上立了起来。

“没什么意思，我想借钱给你还债，总共欠了多少？”

“没几个小钱，我能还！”

“怎么还为那几个小钱和人打架啊？你别不好意思，我是借你，等你有了再还我。”

我的确需要钱来缓解燃眉之急，家里寄给我的生活费，从现在起不吃不喝三个月也还不清欠下的债。可我不知道该怎么向她开口，低下头，拿鞋尖踢地面。

她拉起我的手，往我手心塞了一卷钱，这是一千块，不够再给我打电话，记住，是借你的。说完转身走了。我待在原地，看她的背影消失在迷茫的路灯光里，心里五味杂陈。

其实我欠下的债远不止一千块，可我已经对李红雨感激不尽了。刚回到寝室，她的电话又来了，我以为她想再次申明还钱时间，忙说我会尽快给你的。她嘻嘻笑了说不是和你说这个，忘了问你，你和那个叫张什么的吹了吗？不愧玩碟仙的，什么都知道。我根本没和她好过，我的抵赖有些力不从心。她说吹吧你就，肖容我告诉你，不要和那些人往来，那叫什么啊，真正爱你的人哪能那样啊！

我无言以对。

有了李红雨借我的钱，第二天我去餐馆结账，老板很意外地看我半天，他们都没来结账呢，你就结了？他的眼神让我受不了。我说你到底要不要钱，不要我下学期给你。老板笑容立刻就可掬了，把一支烟亲自培植在我的嘴里，打火点燃，重重拍一下我的肩膀，这年头有钱的低调没钱的高调，平时怎么没看出来呢？兄弟，没钱的时候尽管来，哥信任你。我说你信任钱。大概觉得我挺守信用，没结清的余额也不催我。

我们寝室因为欠债的事关系空前紧张，闲话四起。他们几个人都和我说过其他人的闲话，连不爱背后说人的李志海也说张仪峰曾悄悄找老板赊烟记大家的账，不止一次，活该挨揍。我相信李志海说的是真话，有段时间张仪峰抽烟的确大方，见人就散，抽半截扔半截，以前他可不这样，经常躲旁边抽，烟屁股舍不得丢，一直抽到过滤嘴烧焦为止。

后来的组合叫“三斤”组合，由我、高政国、李志海自愿组成，我们仨饭量差不多，每顿一人一斤，号称“三斤”。性格基本上合得来，为保障生活质量自愿组成，名字是我们自己取的，难听的话自己主动说出来和别人说出来完全两回事。

“三斤”组合寿命长一些，断断续续一直持续到大学毕业。

我们家没电话，写信成了唯一的通讯方式。

家里来信，差不多通篇围绕钱说话，大意是要我节约再节约，既然节约可以闹革命，节约当然能读大学，鼓励我战胜困难积极向上的是一句毛主席永垂不朽的语录：“好好学习，天天向上!”父亲没多少文化，写出这三页纸所耗费的精力大概与挖三亩荒地差不多，我能读懂父亲的苦心，父亲却永远不懂我的苦楚，他不知道我生活在一个什么样的世界里。我们村里，没有钱人依然能活下去，在我生活的世界没有了钱，连脚都迈不出去。

我没告诉家里人这里的一切，只说我很好。我不想增加父母的负担，他们已经很不容易了。

偏偏屋漏又遭连夜雨，有一天，在楼梯上碰到王倩，说八号是她生日，邀请我去凑热闹。这种场合，钱单独去尚有热闹可凑，若人单独去不带钱，热闹就变冷闹了。是啊，礼物也行啊，礼物怎么来的，叠只纸飞机能当礼物吗？礼轻情意重的年代早过去了。

我特别后悔那天碰到王倩，我本来想上厕所，结果看见一个特清爽的女孩在前面走，一袭白衣，长发飘飘，风里飘动着好闻的味道，盎然尿意摇身变成了盎然情欲，只为看清她是哪个班的，结果撞上王倩这个冤大头，活该命中有此一劫。“前世注定的”，这是我母亲对那些没法避免的事情的唯一解释，现在拿来用用，嘿，挺能安慰人。

事实证明这的确不可逃避，因为全班五十二个人，五十一个均得到班长的正式口头通知。那天班会课上，班长一二三地说了三件班上的事，最后她顿了顿，清一下嗓门儿：“八号是我生日，请大家捧场!”

我暗自欢喜，所谓灾难，一个人承担和许多人同时承担感觉截然不同。

寝室里多出一项议程，每日讨论送什么礼物给王倩，有人主张送笔，有人主张送手表，有人主张送衣服，意见统一不了，就各自策划。

高政国说：“我送一个气球，又大又好看——饭都是赊来吃，还要送人礼物，晦气!”

张仪峰说：“送什么气球，以你的实际能力，送屁得了，自产的，成本低廉。”张仪峰一直追王倩，炮制无数情书，未果。这次他最忙碌，买了个比他还健壮的玩具熊准备送给王倩。我和张仪峰的关系在讨论送王倩礼物的过程中逐渐缓和。

高政国本就看不惯他：“别以为合你胃口的别人就喜欢，众口难调，知道不!”

直到七号晚上，我还没想出送什么礼物给王倩。我爸我妈都奔五的人了，还没见他们过生日，城里人三岁小孩都知道生日怎么过。我矛盾极了，礼物不比饭，饭可以赊，礼物只能是现钱现货。我本想说服高政国一块儿同仇敌忾不向世俗低头坚决不参加王倩生日的，几次话到嘴边又滑回肚里。这个表面立场坚定的家伙其实也遍身媚骨，屁颠屁颠和李志海一伙人上街买礼物去了。

我独自穿过操场，内心充满被世界遗弃的悲凉。天空下起星星点点的雨，月亮隐在云后急急地走，一会儿不见，一会儿又探出头来，好像在盯梢我。我在赊账的餐馆里赊了一瓶酒，一转身就看见李红雨，笑嘻嘻对我说酒瘾犯了？我说是呀，一块儿喝吧。她说好呀，一瓶不够喝嘛。就又买来两瓶。

我想一个人静一静，白天收到父亲来信，说花脚母猪死了，一同死去的还有它肚子里的一窝小猪崽。花脚母猪在我们家生活了八个年头，从第一次产崽开始，每年产两次，最多的一次产下十六只小猪崽，养活十二只，出售那十二只猪崽的收入使我们家整整半年衣食无忧。花脚母猪是我们家的银行，它的肚子承载了我们太多的希望，想起它瘦骨嶙峋的样子，哼哼叽叽的声音就响在耳际，它是累死的，父亲说它不声不响就死了。父亲摸黑把它背到小镇上的饭馆，卖了一百多块钱，他在信里一个劲儿抱怨饭馆老板的秤有问题，后来又高兴了，说我下个月的生活费总算有着落了。花脚母猪产十六只猪崽那次，我母亲说，将来花脚母猪死了，要像埋人那样将它埋进深深的土里的，它是我们家的功臣，是我们的“恩猪”。生活的窘迫让母亲情深义重的许诺变成了落花流水，为了我的学业，我们家的功臣死了都没个好结果，被餐馆老板大卸八块，以次充好变成盘中餐。

李红雨跟在我身后，她不知道我在想什么，人与人之间最远的距离在心里，有些距离花上一生的时间也无法到达。我们在操场边的长椅上喝酒，她说适量就好，不要喝多，有量留到明天王倩的生日晚宴上喝。我举起瓶子朝她照一照，说喝吧，然后无语了，我的喉咙里堵着一团东西，咽不下去吐不出来。

我们沉默着喝了一瓶，要喝第二瓶的时候她抓住我的手说肖容你不能喝了。声音柔软得像阳光下的绸缎，边说边把打开的酒往地上倒。

我粗暴地一把抢过来：“你知不知道酒是粮食酿的？你知不知道酿一瓶酒需要多少粮食？”

李红雨不生气，坐近我说：“骂吧，你心里不痛快骂过了就好了。”

“我没骂你，我心里不痛快，因为我的银行今天死了……”

她打断我：“你真的醉了，回去休息吧。”

我躲开她的手：“我的银行真的死了，你不明白，你们的银行有工行建行农行，一张卡什么都解决了的。我的银行是一只猪，花脚母猪，你们有自动取款机，我有老母猪的产道，我的自动取款机没了。”

她别过脸去，不看我注视她的眼睛，双手使劲拉我：“回去吧，你真的醉了，都胡言乱语了，明天晚上好好喝。”

我和她一起走上环校道，云散了，天蓝莹莹的，半弓像白纸剪成的月亮薄薄地贴在天幕上，夜露潮上枝头，凝结成水珠从树叶间隙里零星掉落。我估计周围一对一对细语呢喃的恋人刺激到了李红雨某根神经，她突然紧紧抓住我的手，说："肖容，我喜欢你!"

这是我在大学里遭遇的第二次爱情，在我酒意盎然的时候，来势突然，并且汹涌。

我有点蒙，看着紧紧抓住我手臂的人，她很矮小，头还不到我胳肢窝，她仰视我，我俯瞰她，李红雨絮絮叨叨述说她对我的感觉，基本上就是把她曾经对程振说过的话复述一遍，把程振的名字换成我。而那些话，程振当作资本不知跟我们说过多少遍了。

我一一掰开她的手指，双手抱头蹲在路边干呕，对她说："你走吧，我很恶心!"

我没看见李红雨的表情，她在我身后站了很久我都没回头，我一再重复说你走吧，把酒留下。她离开的脚步声很重，像是要把这个渐渐安静的世界重新惊醒。

喝完李红雨留下的酒，我站起来，用头试着撞身边的树，头没挨到，皮肤就痛了，心一紧，撞上去的变成了手。妈的，没出息。我像一只决斗中的公羊，一步步往后退，这回，酒劲绳索似的绊住我的脚，我跌倒在地。我觉得很失败，重新站起来，将空酒瓶握在手里，举起来，轻轻放到头上比好位置，然后再举起来，像气功大师那样猛喝一声，瓶子碎裂的一瞬间，月亮黑了，在倒地的一瞬间，我想明天终于可以冠冕堂皇地不用出席王倩的生日晚宴了，然后十分欣慰地昏了过去。

我借了本笛卡尔的书，和高政国一起去自修室。天空黑沉沉的，浓黑的云像发情的非洲母狮，不停翻滚，制造出一种激烈的伺机出击的蓄势待发，一道闪电撕裂夜空，刺破城市的脸，一闪而逝的世界苍白、清晰。雷声隆隆滚来，蹿到摩天大楼的另一边轰一声炸响。风突然就紧了，凉浸浸的，仿佛洇湿的布裹着人，我感觉全身汗毛陡然立了起来。

自修室灯火通明，照着黑压压的脑袋，我们找了一圈，没有找到空位，没人坐的地方放着一本书或者一瓶水什么的表示座位有主了，其他人不能侵犯——这是我们学校独特的一景，餐厅、阅览室、图书室经常出现。我每次看见这些代表主人意图独霸一方的物品，心里就想起死人的灵位。我走在前面，口中低低地对高政国说瞧，又是一个灵位。

高政国说："去阅览室看看吧，也许没这么多人。唉，咱们国家，计划生育搞得太晚。"

刚走到门口，大雨哗哗浇下来，像一片为高政国的话鼓响的掌声。一道闪电亮起，照见满天亮亮的水线，密密麻麻，才几分钟，已经听见地上积水流动的声音。玻璃窗边聚集起无数飞蛾蚊虫，鼓动翅膀往里飞，有的被斜飞的雨水打下去，有的飞着飞着就落一边去了。窗台上堆满了它们杂乱的尸体。

笛卡尔看不成了。我听见有人叫我，一回头，看见李红雨从人缝里探出头来，努力招手，尽量使自己显眼，她喊："肖容，过来。"

高政国推我一把："去吧，土行孙叫你了。"

李红雨旁边有个空位，她把占位的书拿开让我坐下，我回头看高政国，他脱衣服顶在头上，飞跑进雨里，开始衣服像翅膀似的在他头上飞，后来就垂下来，裹住他的头，脚下踩起的水花一朵一朵，恰如动画片里地雷爆炸的画面。

李红雨打开一包话梅递给我，我伸手拈出一颗，还没塞进嘴里，耳边响起一个冷硬的声音："起来。"一个脸圆圆的女生面无表情看着我，手轻轻往上抬示意我离开。我妥协地合上书，李红雨啪的又打开了。

那女生说："我的座位。"

李红雨说："你从家里带来的？你祖传的？"

"你坐的才是祖传的！"

"这是公物，公物就是大家的知道不？"

"我用书占了，座位就是我的，那么多废话，懂不懂规矩？"那女生白李红雨一眼，不过瘾，又白了一眼，咬牙切齿地说，"没教养！"

"不懂，"李红雨一笑，露出她的小虎牙，"你说是你的，总得说出个一二三来，我还说座位是我的呢！"

"我用书占了就是我的！"

"上面写着我的名字，你瞧，我的名字，我早就占的了。"

我一看上面果然有李红雨用圆珠笔写的名字，便把手搭在椅背上，仰了头，架起腿，脚尖一晃一晃地目不转睛看那女生。僵持了许久，那女生圆脸一红，收起书转身走了，砰地砸上门。

李红雨大声说："损坏公物照价赔偿。"

离开自修室的时候李红雨骄傲地问我："有人为你吵过架吗？除了——我！"她的眼里充满期待。

我想了想，说："有啊，我妈！"

李红雨一直为我喝酒受伤的事内疚，她总认为是她的话刺激了我，我喝酒过多造成的结果，她无限悲哀地说你不喜欢我就算了，犯不着借酒浇愁。我无言以对。让我高兴的是我和王倩的关系却因为这件事有了很大的改观，她在生日晚宴后就来看我了，还提来一大堆水果，手抚着我缠着绷带的额头安慰我。让张仪峰耿耿于怀了好久。

我很佩服李红雨，那么小一个人，每天为我和她的老乡王倩占座位，并且天天有保障，困难可想而知。那些天我从不担心去自修室没有位置，总是慢条斯理优哉游哉的，惹得其他人很眼红。李红雨占好位置会打电话跟我说：“搞定，快来吧。”每次都气喘吁吁的。

李红雨终于在一个月朗星稀的夜晚灵光乍现，于两张毗邻的我们认为比较舒适的课桌上刻下我们的名字，她刻的是一个简单却很奇怪的加法算式：“李红雨＋ 肖容＝？”她说结果要等很久以后再刻上去，由我亲自刻，她眼里闪烁着期待的光芒。见我反应不热烈，就垂下眼皮，长长的睫毛在脸上投下一排细密阴影，一闪又睁开了，拍着手说：“这回看谁还敢和我争。”

那天晚上李红雨很不安静，弄得椅子吱吱直响，一目三行地翻着书，后来干脆不翻了，小虎牙咬着笔帽出神地望着窗外深蓝的天空，循着她的目光，我看见一颗流星从天边陨落了。好半天，她碰碰我说：“肖容，你相信命运吗?”不等我回答，她转过头去，手拄下巴望着流星陨落的方向，自言自语说：“我信！命里有时终须有，命里无时莫强求!”

有一天，李红雨来寝室找我，敲开门，伸进一颗小巧的脑袋脆生生叫我，看见程振，猛地推门进来：“肖容，起来陪我上街!”

门哐地撞回去，差点夹住她，可她不为所动，几丝长发被门带起的风撩拨得飞动不已。

我不敢不去，还欠着她的钱，她要翻脸我怎么办？我让她在门口等我，程振悄悄对我说：“准备好一架小梯子，必要时让她爬上去增加海拔，要不然打 Kiss 你可得鞠躬尽瘁了。”

我说别把你的经验介绍给我，我只是发善心关爱一下残疾人，不像你酸冷不忌一网打尽。

我陪她在街上走，李红雨不说话，一脸严肃的表情进出童装店，她的身高穿不了成人衣服。我看见她试穿小孩的牛仔裤忍不住想笑，终于没有笑出来，她走出试衣间，我对她说挺好看的。李红雨毫不犹豫就买下来。后来，我发现她特别喜欢穿那条裤子，右边裤腿上有一只可爱的米老鼠图案。

我们在女生宿舍门前分手，李红雨接过我手里的袋子，说：“和我在一起是不是觉得特丢人？别辩解了，肖容，我知道，我什么都知道，你们看不起我！”

我低下头，以为她走了，抬头才发现她还站在楼梯口微微笑着，僵硬的脸突然生动起来，小虎牙露在红润的双唇之外，眩目的白。她说：“肖容，谢谢，你是第一个陪我逛童装店没有发笑的人！”

那天之后，李红雨再没有找过我，当然也没有为我占座位了，以后的日子里，我想起她主要是我还没有忘记欠她的钱。大四那年的某一天，我在自修室里无意间看见了这李红雨刻在课桌上的算式，那时它已经有了结果，变成：“李红雨 + 肖容 = 零。”我连忙用手掩住，因为我旁边坐着江晓琴，她冰冷的手插进我的衣袋里，正附在我身上取暖。

集体生活中的人仿佛河里的泥沙，总是不停地相互碰撞着往前流动。我是这么认为的：一个头脑正常四肢健全的人，特别是男人，一生如果没有和别人打过架的记录，这个人就不是有血性有胆识的人。就像程振说的，身上没有伤疤的男人不叫男人，叫男性。许多平时三天三夜想不明白的道理，在别人拳头落到身上或者自己的拳头落到别人身上的刹那间就豁然开朗了。

那段时间我觉得很无聊，突然遭遇的两次爱情使我对爱情的美好憧憬陷入一片空白之中，那种空白是陡然沦陷造成的缺失所留下来的，也就是说先前它所处的位置充实而完美，现在一切都消失了，留下一个不明所以的空白，这样的空白让人充满难以弥补的失望。

我找不到适合的词形容当时我内心所憧憬和理解的爱情，曾经让我激动不安的美妙想象被糟糕的爱情经历撞击得模糊不清了，我的大脑像架在烈焰上的锅，把那些想象都煮进去，熬成一锅稀粥，打捞不出成形的颗粒。因此，我讨厌和别人讨论爱情，讨厌别人投入恋情，我对所有的爱情一律概括为寓意深刻指代不明的两个字："狗屁!"在猥亵的语言和无端夸大的攻讦里寻找丢失的自信。

我几乎不和人来往，那些已陷入爱情或正准备陷入爱情的人统统成了我的肉中刺眼中钉，所幸我不是个性特别张扬的人，因此也就少了许多是非。我最不满的时候就是冷冷注视着想入非非的人们，在内心深处无情鄙视和批判他们。我缺损的自尊，总在那样的时刻得到最好的修补。

这种状态持续了三四个星期，毁灭于那个不知名女孩出现的一瞬间，我不是个坚强的人，缺乏忠贞不渝和持之以恒的胆识毅力。后来我才知道这一切归咎于我内心的胆小怕事和外表的大大咧咧，这其实是根本无法中和的两种性格，它们的畸形结合导致我对人对事无端地愤愤不平。我的贫穷抹杀不掉我追求爱情的决心，我是一个复杂的矛盾结合体，不知道什么属于自己，什么是自己想要的。

那个干燥无雨的春天，她像一场缠绵的雨悄然降临我龟裂的心田，那些枯死的意念一下子复活了，焕发出勃勃生机。我又躺在床上开始对爱情的憧憬，一切都相当突然，来如天坠，去如电逝。

她的出现在晚上，没有月光，我和高政国穿过操场，路灯很暗，吹过脸颊的风干燥得有棱有角，刮痛了人的肌肤。我们在开水房门外排队打水，长长的队伍，再加上有人嬉皮笑脸从前面插队，队伍移动很缓慢，像一条临死的蛇，间或微微挣扎一下。

高政国排我前面，不停给女朋友发短信，收到一条，嘻嘻给我看，大意是说他们要做一对老鼠，笨笨地相爱傻傻地等待拙拙地厮守，即便大雪封山也要相拥着相互取暖，直到春暖花开。

高政国说：“真感人，经典吧?”

“狗屁。你们会死掉，没有吃的嘛，大雪封山了，老鼠又不会冬眠 。”

“枯燥地活着不如浪漫地死去!”

“我靠！谁先死?”

“她先死，无论如何，我都要死在她后面。”

“她死了，你可以把她当成干粮吃了继续活命!”

“不，我想亲手为她合上眼睛。”

我浑身冒起无数的鸡皮疙瘩，不屑地转过头，就看见了她，不知名的女孩，眼珠黑漆漆的，睫毛扑闪着，像鸟儿的翅膀，她的气息带着温暖的湿润扑到我干燥的脸上，她离我那么近。我被突如其来的奇妙感觉击打得有些眩晕，我听见心里花开的声音由远而近。

提着开水回寝室的路上，看着昏暗的路灯，莫名其妙地觉得我和女孩之间会发生一些意外的故事。

见了那女孩之后，我几乎包揽了全寝室的日用开水，我孜孜不倦的勤劳十分的迫不及待，有时还偷偷把水壶里大半壶水倒掉。提着空水壶去开水房打水，成为我偷看那个女孩最冠冕堂皇的理由。

苍天不负有心人，终于有一次，女孩排在我前面，长长的头发披在肩上，鬓边别着紫色发卡，上面镶着一只亮晶晶的蝴蝶。女孩打完水，看我一眼，走过去，再看我一眼。我激动不安回到寝室，包宁接过我的水壶晃几下，侧耳听听，疑惑地看我：“空的?”

我愣一下：“没水了!”

十天后的下午五点五十分，天晴，天空飘着几朵细瘦的云，太阳西沉，靠近落日的山头上，天空红红的，停泊在晚霞里的云朵被染得恰如浸过鲜血的棉花。我吃完饭，刚走下楼梯，迎面过来几个人，女孩也在其中，我对她笑笑。一个壮实的男生指着我问她："是他吗？"

另外几个人说："认准了，我们的拳头不打无辜的人。"

女孩无声地点头，刚洗过的满头秀发披散下来，遮住她好看的眼睛。

我被一阵拳脚掀翻了，倒地的瞬间，我看见女孩奔跑的背影，头发在风里飘飞，像个无法捉摸的梦，隐入绿树丛中。

当我流着鼻血满身脚印躺在冰冷的水泥地上，听见心里花谢的声音天塌地陷。身旁躺着被踩瘪的饭钵，鼻血和嘴角流出的血混合成一股，滴落地上，像一簇簇溅开的火星。我周围林立无数男男女女的脚，响起无数男男女女的声音：

"这人太不经打了，两三下就给摆平了。"

"瞧，流血了，还挺多。"

"多啥多，杀个鸡的血也比这多！"

……

我慢慢站起来，觉得灵魂还躺在地上，扭曲着身子，面目全非，如同我手里的饭钵。我穿过操场，身后响起无数杂沓的脚步声，人们说："走啊，看看去，他肯定回寝室搬救兵或者找武器了。"

我躺在床上，听见杂沓的脚步纷纷离去，失望的声音不绝于耳："妈的，真没劲！"

我不敢告诉别人挨打的真实原因，打落门牙和血吞吧。我急于要辩护的是我之所以被打得如此狼狈是因为对方人多势众。我拒绝他们报告校方的英勇气质赢得了普遍的赞誉，我知道，他们明白我潜在的意思，君子报仇十年不晚。实际上，我连报告校方的勇气也没有，我不知道该怎么叙说这件事情。我心里的疼痛比身上的伤痛严重几十倍。

我开始离群索居，除了上课的时候几乎不敢到人多的地方去，我怕我那些见不得人的心思被人看穿，就开始借酒浇愁。事实上，李红雨一直在暗暗观察我的动静，所以，当我再次握着酒瓶往角落里走的时候，她突然出现在我眼前，挡住我的去路。又喝酒啊你？我说是，一起喝吧！

“你喝酒太乱，我不敢和你喝，前次都把我内疚死了。”

“那……那事啊，与你无关，我自己拍的。”

“拍的？”

“啊哦……听不懂了吧？我们农村土话，摔跤叫拍跤。”

“你真是农村的，怎么一点看不出来？”

“在你们心里农村人是什么样的啊？衣衫褴褛？粗俗？下流？无知？一穷二白？”

“不是这意思。我陪你喝酒吧。走啊，别喝白的，喝啤的。”李红雨去买了一件啤酒。

因为是空腹，喝第二瓶啤酒的时候我有了醉意，我骂学校，骂寝室里的人，骂城里人：“你们拽什么拽？脱了裤子都一样，谁怕谁啊！”李红雨低头凝听的样子让人特别受用，“我他妈从现在起专门和城里人作斗争，农村包围城市，搞死你们。打我，血债血偿知道不！”

李红雨看着我，眼睛清澈，明亮，倒映了远处的灯火，像两颗晶莹的星星：“我就没瞧不起过农村人，我还挺喜欢农村人呢，比城里人纯朴多了。”

“你说的纯朴是傻吧？”

“……”

“你说我他妈还算大学生吗？告诉你我在我们村里可牛了，几百年来我是第一个，村长都不敢惹我。到这儿我成什么了……呜呜……”我忍不住稀里哗啦哭了起来，哭得山不是山水不是水的，我的委屈和眼泪饱嗝一起消散在晚风里。

回寝室的路上刚好碰到领头打过我的男生，他和他的女朋友站在路灯下，女的似乎生气了，男的在解释什么。我对李红雨说你等等我，径直朝他们走去。

我说：“嘿，你们好，还记得我吗？”

男的回过头来，奇怪地看我，当他看清我是谁后，神情异常紧张：“你想干吗？”

他居然退到女朋友的身后。

“我想和你比比力气，农村人什么都缺就是不缺力气，信不信我喝醉了你也打不过我？”

“人怕寒心，树怕翻根。”这也是我爸说的话，我现在心寒如铁，伸手给了那男的一记耳光，接着朝他扑过去。我没有打架的经验，但我有和猪斗争的方法。在我们村里，每年年关要杀猪腌制腊肉，杀猪没有其他辅助设备，只能靠人力，三四个人，硬生生把一头活蹦乱跳的大肥猪摁倒在地任人宰割，需要体力，也需要适量的智慧。我把那男的当成了待宰的猪，因此，我毫不费劲就让他倒在我的脚下，我的拳头意义复杂地朝他砸过去。

李红雨拉开我，我的鼻子流血了，我把鼻血抹得满脸都是，哈哈笑着冲出围观的人群。我不知道自己笑什么。一路狂笑回到寝室，我轻描淡写对他们说我把人打了，报仇了。就不管不顾往床上爬，边爬边说：“我他妈什么也没有就有力气，谁惹我揍谁。”挨个儿点名让他们承认我的力气大，我看见他们惶恐的表情越发开心。我把嗓子笑哑了，就那样面带笑容睡了过去。

醒来已经是第二天下午，睁眼就看见李红雨，和其他人一样微笑着看我，仿佛他们一直就那样笑着等我醒来。

“昨天喝多了!”我有点不好意思，“没得罪你们吧?”

“没有，没有。”他们的头摇得我发晕。

“如果学校处分你，我们到时候给你做证不怪你，他们先打你的，我们集体做证，不信斗不过那两人。”

我说谢谢的时候心里有点酸楚。

晚饭我和李红雨一起吃的，她说：“肖容，你别这样了行不行？人各有各的活法，别人的眼光不重要，关键是自己的心态！如果老在乎别人的眼光，”她低下头去，“像我，早就活不下去了。”

我无言地转眼看别处，她往我的碗里夹菜：“吃吧，也别觉得对不住我，你别多想，我帮你并没有企图。肖容，凡事往宽里想，请人帮忙不是什么见不得人的事，这世上还是好人多。你啊，总走不出你心里的阴影!”

第
2
章

摁不住的欲望

假期里的一个傍晚，我坐在村子东边的山头上看夕阳西沉。

光秃秃的山顶在落日的余晖中隐去了白昼的丑陋，显现出几分清浅的柔媚，山下面一片凝重的苍茫。坡地上劳作的人们逆光而动，单溥的身子如同纸剪成的，柔软轻飘，仿佛随时会乘风而起。暮色渐渐浓酽了，浸染天地之间，鸟雀们飞舞的身影变成快速拉长的黑线，从这边山头呼地扯到山那边，远远的丛林里响起它们一天中最后的聒噪。晚归的牧人，踩着牛脖子上的声声铜铃悠然往回走，鞭梢斜垂，入睡了一般安宁。安静了一天的村子就欢腾起来，到处是小孩妇女吆鸡唤狗的喊叫声。

当我居高临下审视这一切时，内心落日一样苍凉，我的希望和太阳一起降落，以难以接受的速度迅速消失，这种苍凉和黑夜一道弥漫天地之间。我用一个旁观者的姿态体验和审视生我养我的小村，曾经津津乐道引以为荣的一切已经被莫名其妙的厌恶和不屑所代替，我发现村民们面无表情目光呆滞，对他们的愚昧无知自以为是发出只有我自己听得见的冷笑，这冷笑里包含着蔑视和同情。城市生活正以它美妙得难以抗拒的方式改变我的思想和眼光。我身在农村，心在城市，我如同游离的灵魂，在黑夜里孤寂飞舞，来往于城市和乡村之间，找不到适当的栖身之所。

城市和乡村，在我的世界里变成了一条通道两端的两间玻璃屋子，我不停地在通道里往返，清晰地看见了两间屋子里的生活，却找不到那扇进入的门。

已经不是第一次有这样的感触了，好久之前的某一天夜里，站在学校天台上看万家灯火的城市，这种游离的感觉尤其强烈，城市的声浪无论白天黑夜都像一锅沸水，那声浪里没有一滴水的声音属于我。但我喜欢这种循规蹈矩按部就班朝九晚五的城市生活。这就是促使我每天躲开村里人独坐山头的原因。我希望在黑暗里等来一场可以涤荡心灵增加勇气的眼泪，等来的却是眼睛越来越干越来越涩。

下山时碰到李淘站在河边抽烟，他肩上扛着锄头，抽得烟头咝咝响，卷烟痛苦地燃烧。李淘进过精神病院，从那里出来就与从前判若两人了，除我之外他几乎不与任何人交流，经常独自躲在一边看着天空发呆。昨天傍晚我也在这里碰到他，那时天不算暗，他孤零零地坐在河岸上，双脚浸进冰凉的河水里，背佝偻着，却努力仰面看天。我跟他打招呼，吓他一大跳，转头茫然地看我，说了句莫名其妙的话："孔雀开屏虽然好看，美丽的屏后却是肮脏的屁眼！"

我很愿意和李淘沟通，特乐意给他讲城市和大学生活，这种兴趣的浓烈程度超过讲初恋故事，我把我置放于城市生活的最中央，一切都围绕我展开，娓娓的讲述总能让我获得无尽满足和快乐。村里其他人都不喜欢听我讲述，他们总在我说话的间隙里不失时机记起圈里的猪牛羊马和地里的庄稼，他们事不关己的冷漠是那么无知和愚蠢，自甘堕落不求上进使他们成了农民里的农民。

李淘却是例外，他爱听我讲也爱讲给我听，偶尔他会提起刘敏，但从不说她的名字，“那只骚母狗”成了他对刘敏的特定称谓。这时他的目光暗了，死死盯住某处，腮帮上滚过一波肌肉疙瘩，又滚过一波肌肉疙瘩，一字一顿地说：“孔雀开屏虽然好看，美丽的屏后却是肮脏的屁眼！”我没有告诉他刘敏在大学里风生水起的生活，我带着无比的同情掩盖了所有真相，我说在大学里她什么也算不上，走路都不敢抬头走。李淘就十分释怀地笑了。

按李淘本意，他病愈后还想接着补习，未达目的的半途而废为他想象自己继续补习所能达到的高度增加了无数种诱人的可能性，他常常说：“假如我继续补习，北大或者清华都是有可能。”

李淘因此对反对他补习的家人耿耿于怀，他总在他们身无分文愁眉不展的时候火上浇油：“只要咬一咬牙挺着让我补习，日子就不是这个样子了。吃了没文化的亏，上了缺知识的当，穷得活该！”家人反驳，他就举我的例子：“肖容读书没我多，人家都考上了，我会考不上？”

他父亲气得嘴唇打战：“你都老得能当人家爹了，还好意思跟人家比！”

李淘没有朋友，他和村里人格格不入地生活在同一片狭小的天地里，相互瞧不起，相互诋毁挖苦。他看不惯村里人脏衣脏脸却喜笑颜开，他们瞧不起他读书读成这样了还自命不凡，吃了文化的亏，上了知识的当，大家都是一线儿齐的人，卖弄啥，家里穷兮兮的，连老鼠都不愿去安营扎寨。

李淘下地劳作时穿得很整洁，胳肢窝下夹着书，头发干净得蚊子歇上面都会摔跟斗。下地之前和干完活之后，他怔怔地站在地坎边，目不转睛看灰黑的泥土。恰巧我经过他身旁，他忧伤地看着我，指指新翻的土地说：“看，肖容，这就是我一辈子的衣食饭碗！”

晚饭后，李淘准时走进我家，白衬衣刚换的，散发着加酶洗衣粉的味道，劣质卷烟腾起的浓重烟雾虬结在他头顶久久不散，他挥手驱赶，烟雾丝丝缕缕缠绕着他的指头。看见我叠得整整齐齐的校服，他伸手摸了摸说：

“好质量！提起衣服当胸比一下，我这身材，天生穿这种衣服的料，可惜生错命了！”

我们的谈话从批判村里人的陋习开始，因此显得特别畅快，几乎滔滔不绝一泻千里。那种众生皆浊我独醒的悠然超脱使我们俩红光满面快乐异常，笑声像鸭子的欢叫，手掌拍打得如同鸭子的翅膀。

李淘从精神病院出来后，去城里打过工，混迹于广大民工之中，却无法将自己同普通卖苦力的民工等同起来。他非常苦恼：“我是文化人呀，可那些城里人硬看不起我，让我干粗活重活，他妈的不干了，有什么了不起。那些老板账单上签的字，不是吹牛，我闭上眼睛左手签出来的都比他签得漂亮，狗眼看人低，不干了，受不了那种窝囊气！”

“你想干什么样的工作？”

“虽然比不上你们大学生，干个办公室文员什么的那是小菜一碟，他们让我烧锅炉，整天灰头土脸像地洞里的老鼠，比种庄稼还脏，想起来让人寒心！”

“还想出去吗？”

“想，每天都想，农村太苦了，苦扒苦挣种一年地还不如人家城里人一个月收入高。除了你我，还有白惠，村里人都无知，村长也不行，可他们居然不听我的话。村长呢，放个屁人家当宝贝捂着，你说气不气人！”

“不听就不听呗，有啥稀罕，我还不想说给他们听呢，浪费口舌！”

“可是。”李淘下巴抵在椅子背上，左手紧紧握住右手，眼睛直勾勾看我，神色哀凄，“可是，我觉得我什么也不是了！”

我愕然，很想紧紧握一握他的手。

他的手突然垂下去，像两只钟摆，不停地晃来晃去。

白天，白惠肩上挎着手里提着，硕果累累走在村间土路上。她的头发刚拉过，柔软垂顺，耳朵里塞着耳麦，牛仔裤，露脐装，浑身弥漫着城市的味道。我站在村口的小河边，看着这个一年后与我纠缠不清的女孩迈着城市的步子走在乡间小路上，弄得尘土飞扬。

白惠妈早在村口候着，她以一个标准农村中年妇女的审美观打量女儿的装扮，结果使她心惊肉跳，没来得及和女儿说话，就猛冲上去往下拉白惠高高在上的衣服，遮盖她眼中的丑陋。她中肯地评价女儿："穿成这样，太不像话了!"

白惠摘掉耳麦，挡开她妈妈的手，但她城里女人的娇弱姿态挡不住农村劳动妇女的一意孤行，放手任她妈妈拉，笑嘻嘻地说："衣服本来就这么高，你往下拉，上面怎么办？上面没下面重要吗?"

当妈的立刻意识到问题的严重性，手缩回来，埋怨道："花钱买这么短的衣服，不怕人看见呀!"

"谁愿看谁看，看得见得不到，看也白看。"

她的话比露脐装更让妈妈吃惊，这个身体壮实的中年妇女转动着不太灵巧的身体警惕地四处观察，迫使我不得不蹲下身子去，突然站起来，装作刚出现的样子，一脸茫然看着她们。其实我早就看清白惠的肚脐眼儿，像一颗黑色的纽扣钉在略显棕黄的肚皮上，不会让人产生其他想法，最引人注目的是肚脐眼儿上那个闪亮的环，我第一反应是猜金属的属性，丝毫没有对肚脐眼儿想入非非。

白惠妈以义不容辞的庄严姿态一丝不苟挡在女儿前面，走路磕磕绊绊的。白惠大声抗议她老挡着她走路，但她仍以高度的责任感不折不扣挡着女儿，她看见路边的我，有些不高兴地说："肖容？在这儿干吗?"语气里充满不自觉的紧张和敌意。

“玩，看风景。”

“看风景，有啥好看的?”

“啥都好看。”

白惠看见我，表情木然，那张黑瘦的脸形如陈年木雕般僵硬，没有生气。一年后，当她絮絮叨叨地述说她对我的深情厚谊时，我惊奇的不是她的话而是她的脸，木然的表情依然如我今天所见，她像个会说话的木偶，诉说着内心的惊涛骇浪，脸上却水波不兴。

白惠走到村里引发了大面积的鸡飞狗跳，杂沓的脚步声纷乱如万马奔腾。一个三十多岁的光棍牵牛出村，迎面撞见白惠，人就中了孙大圣的定身法一样保持奔跑的动作定在那里，手指松开，牛缰绳掉了。正值青春年少的公牛对白惠没有兴趣，它早看见河对面草坡上尾巴高高卷起的小母牛，撒腿狂奔而去。

光棍半天才回过神来，满脸激动追赶和他一样激情燃烧的公牛，一溜烟经过我身边，牛远去了，人刹住脚步，拉我到树后，气喘吁吁地比画着:“大学生，你看见没有，肚脐眼儿上吊着个耳环。”

光棍追上公牛，公牛正和小母牛头挨头地厮磨，响鼻打得温柔缠绵。光棍一把抓住缰绳，双脚死死撑着土坎拼命往坡塬下拉情欲盎然的公牛。

同样激动不安的还有李淘，把我拉到一堆玉米秸秆旁讲他暗恋白惠的事。

白惠妈给李淘介绍过一门亲事，那户人家是白惠父亲厂里的头目，头目有个妹妹，上到大学二年级时不幸患了脑膜炎，留下弱智的后遗症。花朵一样的人儿，从此口眼歪斜目光呆滞，走路一摇一摆像只笨鸭子，话只说得清单音节的词，比如说“吃”或“睡”，嘴张开老半天，就这样等着，话才长途跋涉般磕磕碰碰冒出来。人到三十多岁仍无人问津，父母早过世了，她成为哥嫂躲不开逃不掉的负担。

白惠爸多次在上司面前拍胸口：“妹妹的事就是我的事。”这几巴掌把他从一个看门的拍成了车间主任，他也没有食言，吩咐老婆在村里张罗。这年月，农村人削尖脑袋想进城，许多人宁愿一无所有睡大街捡垃圾也不愿回乡下去做一亩三分地的主人，粮食不值钱了，脸朝黄土背朝天地辛苦一年，还不如进城打工三两个月挣的多。他上司家这么好的条件，打着火把也找不到，况且人家没有特别要求，只要是个男人，有力气会伺候人就行，这样的人村里一抓一大把，他有把握玉成好事。

白惠妈天生是块媒婆的料，天上飞的鸟能哄下来。经她在村里宣传，相亲的挤破了门。人一多，就有竞争，有人提上烟酒，晚上找白惠妈“单独坐坐”。可相过亲回来，都说宁愿跟猪过跟狗过也不愿和那样的人过。眼看事情要黄，白惠妈一急，突然想到李淘，不是一门心思想要做城里人吗？他和那女人天生那叫一个配。

李淘听了白惠妈的介绍，花半天工夫将荒芜的脸颊打理得寸草不生，兴冲冲地去了，那户人家的条件迷住了他的眼，粘住了他的脚，一切都是他梦寐以求的，还答应帮他办理城市户口，也就是说只要他死心踏地一辈子守着那个树桩一样的女人，他就是城里人了，他的生活从此将发生天翻地覆的变化。

他和那女人生活在一起，每天做饭洗衣服打扫卫生，服侍那女人吃喝拉撒。那女人不认识他，连对他笑一下也不会，一天到晚同一个表情，像铁铸成的，嘴张大了，圆睁着眼，仿佛每分每秒这个世界都充满让她惊奇的事。

李淘很苦闷，一有空就上街逛，看漂亮女人，看车水马龙和高楼大厦。他常常把自己收拾得干干净净，吃过饭了还喜欢在大排档里再吃一点，要的是感觉，要的是享受。然后买单，他仰起头，眼睛眯缝着看笑容可掬的服务员，说：“快点，我急着回家！”

家就在城里，离繁华街道不远的地方，幸福像潮水般涌上来，心生出翅膀，一扇一扇，人就飘飘然然！

时间还早的话他就到街边小摊上擦皮鞋，和手掌粗糙的擦鞋匠聊天，问人家乡下的事情，嘴巴张成“O”形，随时准备发出不理解不明白的惊叹。完了还是那句：“快点，我急着回家！”

家里的事很多，女人如同襁褓中的婴儿，裤裆里夹了大号尿不湿，每隔一小时换一次，被她的屎尿弄脏的衣裤必须当天洗干净，不能过夜，等等，全是女人的哥哥规定的。

女人的哥哥每天来一次，像监工似的检查李淘当天该做的事，喝斥他这个村里的高级知识分子恰如喝斥小孩。李淘想找点事做，他梦想着像那些上班族一样，穿戴笔挺，朝九晚五，然后给女人找一个专职保姆。他把想法跟女人的哥哥说了，那人立刻横眉倒竖：“你能干什么？你一个农民能干什么？知足吧李淘，要钱给钱要物给物你还不满足？我妹妹命不如人了，要不你这样的给她提鞋她还嫌你手糙！”

同样的话，白惠妈也多次对他说过，语气不同而已。在城里他不认识别人，就经常去白惠家，那时白家对他很好，白惠常常陪他聊天，开导他要长远打算，说以后站稳脚跟了淘哥你可以养二奶呀，有钱想要什么样的女人没有啊。

白惠很想进工厂办公室，她总在他们聊得最投入的时候嗲声嗲气地说：“淘哥，你帮我嘛，帮帮妹妹嘛！”白惠乞求的眼神使他充满勇气，尽管这勇气有点空穴来风。

李淘向女人的哥哥提起白惠的事，女人的哥哥没有骂他，女人的哥哥放下茶杯，放下架着的腿，坐直身子，双手拄在膝盖上审视他，良久，一字一顿说："李淘，你敢背着我妹妹和别的女人发生什么，我对你绝不客气！"

李淘很失望，他觉得自己除了像一台机器围着女人转外，再也没有什么作用了，他和白惠共同面对的失败让他内心生发出与白惠的患难之情，他爱上白惠了。一个奥林匹克竞赛题都难不住的高中生，怎么就成了看人眼色服侍人的角色了？他和白惠才是天造地设的一对呀！

李淘离开女人的时候据说相当悲壮，他在女人哥哥痛哭涕流的苦苦挽留中毅然决然地朝白惠家走去，站在白惠面前开始了他庄严的爱情表白："只要感情深不怕在农村，只要感情在不怕吃酸菜。"

五分钟后，他被白惠和她爸撵狗似的撵了出来。接着，他看见白惠爸朝女人哥哥家绝尘而去。

李淘回到村里那天下午，白惠爸从还没待够的车间恋恋不舍地朝锅炉房走去，那是他的新岗位。白惠爸对着那天毒辣的太阳发誓："从此以后，变猪都不与李淘同槽了！"

李淘也发誓，一定要和白惠在一起，除非是死。

李淘写了一封长达七页的情书，请我送给白惠。我讨厌白惠如同她讨厌我一样，这种势均力敌的敌对情绪促使我们更加疏远。我想帮李淘，为了他，我和白惠有了这么多年来初次近距离的接触，我第一次见识到农村特有的烟火味道和香水味混合产生的奇怪味道，它足以使体格强壮的苍蝇当场毙命。

她接过我手里的信，笑了一下，扁平的鼻翼旁扩出两道括号般的肉纹，嘴角后扯，一嘴四环素牙暗淡无光暴露在阳光下，干瘦的手指触到我手背，短暂停留了几秒钟，神情没有丝毫我想象中的羞怯，大大咧咧塞进牛仔裤袋里，神采奕奕地说："这么老土，递纸条子，有什么话直接说不就得了！"

白惠是头天晚上我去她家亲自约出来的。答应李淘后，我整天坐立不安，我母亲怜惜地问是不是痔疮发作了。我表现出的不安的确有点像痔疮患者发病的症状。那时，我心里盘算着如何约白惠出来，按时完成李淘交给我的任务，因为除了我会帮他，别人绝不可能帮他，他已经成为他最瞧不起的那些人茶余饭后打发时间的笑料。

李淘不止一次去白惠家，白惠冷脸相待，白惠妈毫不留情把他赶出门来。但他坚信他和白惠有共同语言，相信好事多磨，尽管他曾在转身那一瞬间听到白惠母亲咬牙切齿说过一句："也不撒泡尿照照，癞蛤蟆想吃天鹅肉！"

他把她理解为农村妇女的小眼狭气和鼠目寸光："白惠不会这样认为，我们都是受过教育的人，曾经那样谈得来，应该惺惺相惜才对，她怕她妈才这样的。"

我知道困难重重，可我已经给李淘夸下了海口，我说："看我的吧！"

去白惠家路上我想的不是如何想方设法约白惠出来，而是如何应付李淘，我担心他脆弱的精神世界已经禁不起摧残，我不愿失去这个与我在精神上相依为命的人。抬手敲白惠家大门，灯应声熄了，我把手电光对准自己的脸，高声叫："白惠，我是肖容。"院子里响起零碎的脚步声和嘻嘻的笑声。

"我找白惠借本高中英语课本，我的带到学校忘了带回来。"

白惠妈根本不听我的借口，她说："呀！大学生，稀客，快进屋吧。"她笑容可掬地给我泡茶："你们聊吧。"转身走出屋去，她关院门的声音很响，唱着《十五的月亮》越走越远。可惜李淘没把信给我，错过了好机会。

很轻松地约到了白惠，这有点出乎我的意料，现实里的易如反掌比较想象中的困难重重，让我感到隐隐的失望，仿佛一个已经做好准备站到起跑线上的运动员，突然被取消比赛资格一样失落。

第二天，走出家门就看见白惠蹲在村边小河岸上，那是我们约定的地点，她的头发刚洗过，白色T恤纤尘不染。我把信递给她，转头四望，李淘苍老的脸庞隐藏在一棵树皮斑驳的杨柳后面，不认真细看，几乎辨别不出那是人脸，像树干多余生出的疙瘩，他的笑容久久定格在我眼前，恰似一朵枯萎的花。

晚上，白惠敲响我家的院门，我有些意外，说进来坐吧。她说不了，找你有事。然后压低声音说去老地方，我在那里等你。说完急匆匆转身走了。我想她可能给李淘回信了，这事情是有点麻烦，两人当面锣对面鼓的直接说多好，偏偏把我牵扯进去。这个李淘，什么时候都忘不了卖弄肚里那点墨水。

我去小河岸上，白惠已经等在那里，弯腰靠着树干，双手捂住小腹，脚不停地跺。我说你怎么了？肚子痛吗？看不出来呀，人家想尿尿。夜色朦胧，看不见她的脸，她语气里没有羞，却充满娇。你不来我不敢去，怕人家看见。

这都什么话，怕人看见不怕我看见，我不是人啊。一瞬间，我明白了白惠的意思，我已经不是她怕看见她隐私的人了。我的心咚咚跳起来，在极富挑逗的夜色里，听了极富情欲的话，小心脏有点把持不住。

我说你去吧，我给你望风。她说好。走到树旁边，环佩叮当，人就蹲下去了。村里稀稀落落的灯光映过来，能清晰地看见她屁股的轮廓。一阵水声响起，春水涧石般悦耳动听。我的身体陡然热了，呼吸撞击着我的胸腔，好半天没回过神来。

她靠着树，我蹲在她旁边，一时无语，我的心跳声还没平息，捂也捂不住，我只好站起来又蹲下去。她嘻嘻笑着说是不是你也急啊，急就去吧。

我不急，你给李淘回信了？给我吧，他等着的。

回什么信，他把我们家害惨了，我回什么信，要不是看你的面子，我早骂上他家门去，把信撕碎摔在他脸上，当众给他几耳光。他不配给我写信！

我怔怔地看着她，她的脸依然模糊，我说这样啊，那我走了。

白惠站直身子，似乎想说什么，见我转身要走，忙说等等，你把他的信还给他吧。

你看过没有？

看过了，特有意思，他说他想带我在梦想的花园里飞，他会带我到世界上最美丽的地方，给我想要的生活……你说这样的话是正常人说的吗？也不撒泡尿照照自己什么样！

“拒绝或是答应，你都应该给人家回复的。”

“我已经回复了，在里面的。”

我回到家，想看看白惠怎么回复李淘的，拿出李淘的信，中间被什么东西粘住了，使劲撕开，里面什么也没有。我忙扔到一边，想了想，用火钳夹起来丢进火炉。李淘那脆弱的神经哪里经得起这样无情的打击啊。

我刚长舒一口气，李淘幽灵似的伸进头来，一张脸笑得如同揉皱的草稿纸，吓我一大跳。他喜滋滋地问我怎么样。我说你怎么知道我去见她了？晚上没事，我经常去她家附近走走，感受她的气息，我看见她出门，就跟踪她了。她答应了吧？

没有呢。我看见他的眼神倏然暗淡下去，忙改口说，啊……没有明确答复，她说要多了解了解，还说……特别喜欢你写的信，有文采，想象力丰富，读了还想读。

真的吗？他灰暗的眼睛突然闪闪发光，身子好像长高出一大截，人就挺立了。我说你继续写吧，我给你送，爱情得慢慢来，得有耐心，吃点苦头也是应该的。好好，李淘几步跨出门，我回去写信。声音颤颤的，跑着回去了。

那个假期我总共帮李淘送了三封信给白惠，第一封七页，我烧了。第二封十五页，白惠看也没看就撕得粉碎，第三封二十八页，我求她别撕，无论如何写几个字给李淘。我因此和白惠见了三次面，一次见面的时间比一次长，她总有许多的话和我说，而我常常语焉不详地应付她，我知道李淘就在某个黑暗的角落远远注视着我们，他内心的煎熬没有人能够体会。

白惠却误会我的用心，她以为我之所以帮李淘送信是找一个冠冕堂皇的理由和她接近，李淘是我接近她的垫脚石。她的理解让我吃惊，她说你别不承认，村里人都在传了，说我们俩的闲话呢。

我没有等到白惠给李淘的回音就回学校了，不知道有没有结果。临走的头天晚上，我去看李淘，他家没有电灯，由于交不起电费，电线被村长掐断了。昏暗的煤油灯下，李淘正在一笔一画地精心研制他的情书，灯光把将他孤独的身影写到墙上，单薄得如同秋风里的一片枯叶，闪闪颤动。

李淘死后，我第一次看到他孤零零的坟墓时，眼前老是浮现出最后一次见到他的情景，耳边响起他那句充满绝望的话："我什么也不是了。"

那是一个阴雨连绵的冬日，他坟上的荒草一片枯黄，往下滴着眼泪般晶莹的水珠。

母亲在我临开学的前几天里，常常仰望西沉的落日感叹："白天怎么这么短哪?!"

漆黑的夜里，老木板床吱吱呀呀响个不停，母亲充满无奈的哀叹穿越厚重的黑暗钻进我的耳朵，她奇怪地对父亲说："这天，怕不会亮了，夜这么长?!"

一家人，为我的学费愁眉不展。父亲每天拄根打狗的竹竿，奔走于亲戚朋友之间，赔笑赔得满脸尽是密密麻麻的皱纹，鱼尾纹如拉开的折扇，露出皱纹深处白嫩的细线，将他苍老的脸切割得像龟裂的田地。说好话说得嗓子干燥，硬把一副大嗓门儿折磨成公鸭嗓，一开口就沙沙响，仿佛带了电流杂音的喇叭。

父亲早出晚归，早晨带走一家人全副武装的期盼，晚上带回一家人丢盔弃甲的失望。希望落空了，暂时无处找寻，开学的日子却在一分一秒迫近，母亲就感叹："白天怎么这么短哪！"恨不得找根绳子绑住太阳，不让它西沉下去。让时光停留，今天永远不要过去。借不到钱，父亲倚在墙根抽烟，大黑狗摇头摆尾把头伸到他两脚之间，寻找它习惯的抚摸，寻来的是父亲的一脚猛踢，正中狗腹。黑狗塌了脊梁，尾巴被煮熟了似的垂在屁股上，哀哀地叫唤，不解地看一向对它爱抚有加的主人，看到主人满脸恼怒，远远去了，趴在墙拐角的石凳上委屈得呜呜叽叽叫个不停。一只公鸡大摇大摆走来，看见黑狗脸上有只苍蝇，伸出替狗除恶的正义之喙啄一下，黑狗一跃而起，院子里立即鸡飞狗跳。

父亲抽完一锅烟，支起鞋帮笃笃磕尽烟锅里的烟灰，对母亲说："都不愿借，亲亲热热的亲戚，一提钱脸上就上了一层霜。"母亲说："焐在箱子里也不会生儿育女，不怕沤成一堆钱粪花不出去，占地方，还臭。你明天去我姐家试试，她家刚卖了八只猪仔，应该有钱。"

"去过了，你姐说给他们家财宝定亲事，正需要钱。他们家财宝多大呀？"

"比肖容小好几岁呢，这就定亲了？肖容不上大学，我们都抱孙子了，这书念得硬是金贵，那学费用来娶媳妇，得娶多少个哪！""你懂个屁！"父亲闷闷地说，"再金贵也得念，等孩子毕业，啥也不愁了。"

母亲感叹起来："花脚母猪在就好了。"沉默一会儿，说："明天你去白惠家试试看，他们家有钱，听说搁箱子里焐出霉斑来了，支个大簸箕在屋顶晒。"

"白家的钱有利息，承受不起。"

"有利息也得借，后天肖容开学，你让他空着手去呀！"

父亲坐直的身子随着母亲的话软软地塌了下去。

隔天，父亲走进白惠家青砖铺地的院子，毫不费力以每月百分之四的利息贷了五千块钱。白惠妈说："哎呀，不好意思，白惠打工挣的钱，她嫌银行利息太低，放家里让我帮她赚点利。我手里没钱，要不白借也行。孩子大了，做父母的做不得主，特别是钱的事。太不好意思啦！"

父亲用一块分不清颜色的手帕像保护初生婴儿般包好五千块钱，哆哆嗦嗦放进内衣口袋，拄着竹竿一步一步走出白家的院门，白惠妈追出来，四下里看看，低声叮嘱我父亲，有人问起利息的事，就说每月百分之五。

父亲走在明媚的阳光下，田野里到处是挥汗如雨的庄稼人。父亲双手拄着竹竿，重心前倾，竹竿弯成了弓。他空身走着，却如同负重而行的人，步履沉重蹒跚，脸上的汗水汇成一股股水线流进脖子里，走几步就捂着衣服里的钱喘气——这是他有生以来欠的最大一笔债。一个歇工的人迎面走来，说："肖伯，怎么了，胸口疼？"

父亲抹一把汗水，张开五指往地下甩，汗水像暴雨来临前的雨点，噗噗钻进细细的灰尘里，一点一湿。父亲对那人说："百分之五。"那人笑了："不愧是大学生的爹，说话这么文气，有点疼是百分之五，很疼应该是百分之百了？"

父亲羞涩的笑容像个被人说中心事的少女。

父亲敲响白家院门时我和白惠站在村边河岸上，那是我唯一一次在白天见她，我兜里揣着李淘写给她的信，她正滔滔不绝地说话，看见父亲被她家两条黄狗围住狂吠，说："有人去我家？"

"是我爸。"

"你爸？他去我家干吗？不会去找你吧。他也听到人家说什么了？真好玩！"她咯咯地笑个不停。

"找你妈。"见白惠脸色变了，我才把"借钱"两个字说出口。白惠的眼睛眯成一条细缝，恰如一道皮肤上的皴裂，扁平的鼻孔斜斜对着我，让我瞻仰到了鼻孔光滑的内壁和细碎的绒毛。她居高临下的目光从眼皮下挤出来，变成无数细小的鞭子，抽打我的脸。我说："你们家有多少钱？村里人说多得焐出霉斑，支簸箕在屋顶上晒。"

"那倒不至于，我妈手里有点钱，让她存银行里她嫌利息低，非要自己赚点利。我才不呢，挣一分花一分，钱是啥，钱是手心里的泥垢，留不住的。"白惠架起脚，尖尖的红皮鞋一摇一晃，她将双手拄在草地上，身子向后倾斜，仰脸看河面上起起落落的白色水鸟，使她脚上的红蜻蜓皮鞋和脖子上的白金项链全方位暴露在我眼前。父亲走出白家院子时，我刚好将李淘的信送进白惠手里，转身要走，白惠说："再聊会儿吧！"

"不了，"我转头看她，"我爸和你妈都完事了。"

白惠的脸猛地缩皱成一团，在缩皱的过程中凝聚惊人的爆发力，没等她舒展开，我哈哈笑着走远了。

我怀揣从白惠家借来的钱回到学校，新的学年，该有新的开始了吧。

九月，过往的风里已经有秋天的凉意，树上的绿叶边略略浸染了黄，疲倦地在风里瑟瑟发抖。学校的甬道上，一路落叶。干干净净的阳光温柔地抚摸每个人，年老的教师家属坐在草地边的椅子上昏昏欲睡，半梦半醒看着来来往往的学生，满脸受人惊扰的厌恶。

一阵风来，我随手把学校开具的收款收据撕得粉碎，撒到风里，纸屑纷飞，像冬日的雪花漫过头顶，飘散到远处。我以这种方式作别昨天，开始新的生活。那一刻，我心情愉快，未知的生活道路使我充满十足的信心和美好想象，一切都足以令人激动不安。

我站在九月的阳光下这样鼓励自己："过去属于历史，未来属于自己！"

李志海、高政国一路谈笑风生朝我走来，李志海额头更亮了，倒映阳光，像只日光灯光芒四射。高政国的痤疮更加饱满，鼓胀成危险的喷涌之势，每个面对他的人都情不自禁抬手掩脸。俩人身后跟着俩女的，胖胖的吴敏慧，另一个我不认识，好像在哪里见过。

李志海给我介绍那女的："我女朋友，郭金菊。"指指我："'三斤'组合成员，肖容。"

郭金菊噗一声笑了："肖容可比你们俩秀气多啦！"李志海说："怎么说都不听，非要来看我们学校，看我生活的地方，还没成名人呢，就把我当名人追捧了。"

郭金菊只是笑，不说话，她没有像照片上一样穿线条僵硬的制服，白色衬衣，蓝色牛仔裤，休闲鞋，身材匀称，皮肤光洁，眉细眼大，鼻直口弯，唇红齿白，比照片上漂亮很多，打心里羡慕李志海找了这么好的女朋友，刘敏、张鹏、李红雨和郭金菊一比，我连跳楼的心都有了。只把个吴敏慧显得不堪入目，多看一眼都觉得于心不忍。

高政国说："人家不放心你，实地考察，看你有没有姘头。"吴敏慧说："才不会呢，从她手里抢走李志海，恐怕比登天还难。"李志海说："你要不要试试？也许比上厕所还简单。"

郭金菊开口道："谁抢走我感谢谁，免得老为他担心。"说着挽住李志海的手，幸福的笑脸开放在九月的风里，看得人心惶惶。晚饭李志海请客，全寝室的人都参加，吴敏慧当时以李志海老乡的名义参加，话不怎么说，只顾喝酒吃菜，瞅准机会附和众人大笑。谁也没有预料到，两个月后的一天，她走进我们寝室，宣誓般说："我是李志海的新女朋友!"

当时，李志海躺在床上抽烟，欠起身说："不用自我介绍，大家认识你，大名鼎鼎的胖子老吴。"

当晚，吴敏慧坐在郭金菊身边开口闭口"金菊姐"，众人兴致颇高，敬李志海和郭金菊喝酒，结果弄得个个酩酊大醉。我们回寝室，碰到曾晓萍和许露露背靠背坐在路边椅子上吃雪糕。曾晓萍叫住我，说了些什么，我一句没听明白。

我恶心得要命，没等她说完就呕吐起来。

第二天，在教室门口碰到曾晓萍，老远就笑呵呵的，指指我的肚子，说："胃还在吗？我以为你把胃吐出来了，今天早晨锻炼的时候听见扫地的校工骂你。"

"怎么骂我？"

她用手捏住脖子，憋着嗓门儿学道："谁他妈的拉稀屎，拉得到处都是!"

"没骂我，他骂的是'谁'，我名字不叫谁。"

"虽然是狡辩，但确实可以理解，不狡辩一下安慰自己怎么办，难道跳出去说他妈的是我拉的稀屎，怎么着，不让拉啊。"边说边笑得哈哈的，曾晓萍挺喜欢笑。

说起来，我和曾晓萍关系的拉近还有点意思，前学期放假的时候，我在车站等车，车还没开，我去了趟公厕，五角入厕费，我递钱给守厕所的中年妇女，嘟囔了一句："这么贵啊!"

她白我一眼："嫌贵？拉在露天坝里，进厕所干吗？"

“我出来的时候她喂了一声：钱呢？”

“刚交了。”

“没交。”

“交了。”

只要有足够精力，这种争吵可以无限往下延伸，我转身要走，没想到她跑出来，抓住我，粗声大气说开了，弄得我的面子像斑驳的墙皮哗哗往下掉。

“谁看见你交了？”中年妇女抓住我的弱点，步步紧逼，嗓门儿逐渐打开，“没素质，五角钱就打瞎你眼睛了。”

我忍气吞声，准备掏钱给她，一只手从后面抓住我：“别给！”曾晓萍呼地蹿到我面前：“刚交的，为什么交第二次，你这不是讹人吗？交给你的五角钱，上面用圆珠笔写了个猪字，不信拉开抽屉找找看。”中年妇女悻悻转身走了，我如蒙大赦，抹把汗说多亏你。

“路见不平，拔刀相助嘛！”曾晓萍笑起来的样子很迷人。

我们聊了会儿，她给我留下地址和电话号码，没纸，就写在手背上。我给她留，她不让我在她手背上写，挽起袖子露出白皙的手臂：“写这里吧，隐蔽，不易发现！”

我说：“写手背上多方便呀！”

“不行，有人来接我，那人老爱握我的手，一握就没了。”

上车时她给我介绍“那人”，“那人”一身名牌西装，一笑，整张脸像揣久了的纸，纵横交错的皱纹惨不忍睹。他似乎特别在意年龄，一见面就问我多大，我说了，他略表惊讶地啊了一声：“我比你大三岁，我有你这么大的时候已经参加工作了。”

“你大器早成哪！”

“哪里哪里!”

曾晓萍趁那人下车买水的当儿对我说：“保持联系，要不小心开学我揍你……噢，今天天气不错，估计晚上不会下雨。”

我回头，发现那人就站在身后，疑惑的眼睛像大瓦数灯泡炯炯盯着我。

假期我们俩通过几封信，我给她讲村里的事，她回的内容基本上是读后感，很少写她身边的生活。她一直抱怨我们村里不通手机，说肖容你们村子是不是一个原始部落啊，那么吸引人。高兴时她在信纸上写下一连串“哈”字，最多的一次竟然有二十五个。可她却告诉我，喜欢笑的人不见得快乐，喜欢哭的人不见得悲伤，笑和哭是外在表达方式，和内心真实情感并不完全统一，你看到的很可能是假象。我不太明白她的意思，但我认定，曾晓萍是个很有趣的人，她不同于之前我接触过的任何女性。

我和曾晓萍一前一后走进教室，她说：“我昨天说什么话你肯定记不得了。”

“根本没听清，当时形势危急，紧要关头，请你原谅。”

“问你假期收到我给你写的几封信?”

“两封。”

“不对，应该是三封，我总共写了三封!”

“可能你寄晚了，我没收到就回学校了，没关系，现在把信里那些话重新对我说一遍。”

她想了想，说：“不行，写和说是两回事，写出来的东西说出来没有原来的味道，说出来的东西一写可能也没意思了。”

“你这么一说，我更加想知道，大概意思就行。”

曾晓萍站住了，一本正经说：“我考虑考虑，也许五分钟后我会告诉你，也许你一辈子也不会知道——如果你看不到那封信的话!”

我想，和曾晓萍这样的人谈恋爱，一定轻松加愉快，满脸皱纹的“那人”真有福气。

有月亮的夜晚，我们寝室的人常常坐在教学楼天台上，坐成一排，双脚垂吊在墙体外沿晃晃悠悠。从大二的某个夜晚开始，后来渐渐成了特定聚会，到了大三，人越来越多，不分年级，不分班次，男男女女，有时多达百人。那时，人海里反而找不到最初发起人——“144”的兄弟们，嘈杂的人声里再也找不回大二时的感觉，不去还好，去后反而更加失落。

上天台消遣不是为追求浪漫，兜里没钱，好玩的地方不敢去，待在寝室没意思，就到天台上。月光朦朦胧胧，从上往下看，树荫浓得像一团团墨汁，宿舍楼里嘈杂的人声使这边的夜晚显得更加宁静，听得见露水滴落的声音，听得见草地里夜虫此起彼伏的低吟浅唱。萤火虫飞来，拖着一条弯弯曲曲的光亮轨迹，闭眼轨迹亮在近处，睁眼它闪在远处，越过树冠，消失在楼房背后，像童年里一个难以忘却的梦，从岁月纵深中飘出来，飘过记忆的天空，消失在时间堆叠起来的缝隙里，无处找寻。

我们低声唱起歌来。

有时候，也自己编歌，编了很多，最广为人知的只有一首，可见，精品都是不可多得的。那天晚上，心情挺郁闷，高政国说：“我们编一首自己的歌吧!”

众人击掌叫好，开始选曲，经过再三斟酌，选定了苏联歌曲《莫斯科郊外的晚上》，填词张仪峰发挥主要作用，其他人只是做些添枝加叶的修改。那时候张仪峰追班长的事已见分晓，他将自己的心情改头换面填进那首歌，“歌词”是这样的：

我的心上人，

对我要求高，

要我买手机和名牌表。

我是穷学生，

兜里没有钱，没有钱，

只好上街偷钱包。

钱包没偷着，

就被抓住了，

她在旁边微微笑，

笑你妈个头，

老子是为了你，为了你，

我才堕落了！

这首歌一经我们唱出，迅速传遍校园，后来被张仪峰刻在课桌上，几乎无人不知，无人不晓，成为刚进校的新生们猜测和想象的焦点。当他们轻轻抚摸课桌上那些不知年月的痕迹时，他们可曾想一想，留下痕迹的人们，是否记得依然清晰的刻痕。

张仪峰和王倩的爱情几次约会未果之后宣告失败，事实上，从一开始张仪峰就没有成功过，他批量生产的情书，据说占据了王倩的枕头下面和箱子底层，电子信箱，手机内存卡，到处塞得满满的。他充沛的爱情到她那里已经具有了垃圾的本质和特点——污染。据说，张仪峰的信一度成为王倩她们寝室的一大公害，那些白纸黑字的信在脸盆里桌屉中随处可见。谁鞋底上粘上一团纸，扯下来，是张仪峰的深情表白："我爱你，就像老鼠爱大米！"

聪明的王倩因此发明了一条歇后语："张仪峰的情书——遍地都是。"

这天晚上，张仪峰第 N 次（据不完全统计，N 的取值范围应当大于100）约定见面地点，浮想联翩等待想象里的爱情降临，王倩来了，她的笑是张仪峰从未见过的，她挽着李红雨出入咖啡屋小餐馆，张仪峰手捏钱夹大义凛然跟在她们屁股后面付钱时班长也没这样开心笑过，那时，她的笑容浅浅的，像一层敷在绿叶上的薄薄灰尘，风轻轻一吹就悄然而逝，看不清从哪里来，也看不清到哪里去。

即便如此，张仪峰依然很快乐，当他疲倦不堪回寝室的时候，他仍高兴地对我们说："她对我笑了，笑得真好看！"

今晚，王倩笑得非同寻常，她朝张仪峰走来，手被另一个男生握着，那男生张仪峰认识，学校篮球队中锋，近视眼，文质彬彬的，可一上球场，眼镜用橡皮筋固定好，冲锋陷阵威猛无比。他们手挽手笑嘻嘻走来，近视眼中锋突然发现树影暗处的张仪峰，说走吧，这里有人。这句极其普通的话给张仪峰留下特别大的想象空间，他仿佛一只受伤的鸟，在这个空间里扑腾，无奈地看着自己的爱情吊在别人的臂膀上渐行渐远。

自称曾让九个女孩伤心欲绝的张仪峰，站在星空下瑟瑟发抖，遭遇第一次变被动为主动的爱情，伤心欲绝的他变成了头发凌乱、衣衫不整，如同一团被人揉皱的信纸。

当时，我和高政国刚好从天台上下来，无言地行走在阒无人迹的环校道上，转过拐角的一张石凳，石凳旁的地上坐着一个人，头夹在两腿之间，像无法抗拒地心引力似的垂着。我们走过去好远了，高政国说那人好像是张仪峰。

张仪峰抬起脸的瞬间眼里闪烁着奇迹出现的惊喜，展开拥抱架势，当他看清拉他的人是满脸痤疮的高政国，手像煮熟的面条软软地垂下去，他说别动我，我正寻找一条可以钻进去的地缝——我失恋啦！

他萎靡不振的形象，让人无从想象他曾在九个女孩的苦追中叱咤风云应对自如，与大一时站在床上振臂高呼“我一定要把王倩拿下让全班男生气得吐血”的张仪峰判若两人。他说完王倩有男朋友后，陡然扑进高政国怀里抽抽搭搭得泣不成声。

我和高政国架着张仪峰穿过校园花台和楼房，瘦削的张仪峰大概因为背负了异常深重的痛苦，体重比我预料的重得多。眼泪鼻涕流满不算难看的脸，头像熟透的瓜吊在精瘦的脖子上。有相识的人迎面走来，同我们打招呼，问怎么回事，还没等我们开口，张仪峰头耷拉着，嘴里说：“病了，头痛，没见过生病呀！”

我们在女生寝室楼前碰到曾晓萍，她大概知道事情的原委，正眼不看张仪峰，嗔怪地埋怨我们寝室没人接电话，说找我有急事。

送张仪峰回寝室后，我迫不及待找到曾晓萍，她点一下我额头，说：“肖容，桃花运来了，我们寝室的冯华喜欢你，让我跟你说说。”

“冯华，她不是说我黑得像非洲土著吗？”

“人家现在就喜欢你这黑，说是国际流行色。”

“冯华？”我脑海里浮现出冯华的模样，身材丰满，皮肤白，眼睛大，唯一美中不足的是唇上有圈细细的绒毛。

“行吗？”

“我……不知道。”

“你考虑考虑吧，千万别失眠哪，再像张仪峰你们寝室就变成病号房了！”

瞧这人间世道，真是几家欢乐几家愁啊！

张仪峰是个持之以恒不轻易言败的人，起码他内心是这样认为的。因此，当他在床上昏睡两天后，第三天起床，虽然脸色苍白眼泡浮肿，但忧伤已经在他脸上一扫而光。他伸了个懒腰，呼地跳下床，仰头喝干足有半斤的白开水，“砰”地将空杯子甩进桌屉，猛抹一把嘴，手指点着一二三地数寝室里的人，一个不少，今晚我请你们喝啤酒，我将重新开始追班长。

他失恋那天晚上，我见识到他身上持之以恒的韧劲——从进入大学第一天起，张仪峰睡觉一直用一块塑料薄膜先盖在上身，然后盖上被子——他懒得洗床上用品，为保持干净，想出这么个绝招，实践证明，他是正确的，他的床铺和他的衣领袖口一样干净。他常说自己难过一点不要紧，关键要让别人看着舒服，形象高于一切——失恋那天晚上，回到寝室后他仍泪流满面，抽抽搭搭爬上床，找出薄膜铺在身上，然后打开被窝，整个过程一丝不苟有条不紊，像程序指挥下的机器人一般。

大家无话可说的日子里，张仪峰睡觉翻身的哗啦声和程振不厌其烦刷皮鞋的霍霍声周而复始，成为我们寝室的主旋律。

酒在寝室喝，啤酒，每人一瓶，咣地碰在一起，泡沫飞溅。张仪峰大喊道泡沫是好东西，别让它流了，干！响起一片液体急速流进喉管的咕咕声。一瓶喝光，张仪峰说再喝，我仰头的瞬间看见天花板上“要上天”三个字，觉得身子轻飘飘的，真的要飘上天的感觉，冯华的脸在高处鸟瞰我，笑容如清晨初绽的花朵般清新。喝别人痛苦的酒，想自己快乐的事，生活真他妈美妙啊！

张仪峰眼睛红了，黑眼珠浸在红眼白里，使他显出几分难得一见的彪悍和大无畏，他说：“谁陪我去问问王倩，为什么不喜欢我？”“六个人一起去，一个都不能少。”李志海已有几分酒意。

众人大呼小叫穿过操场往女生寝室去，叫出王倩，王倩一见这阵势，说：“干什么你们这是？劫色呀？”

张仪峰站出来，一贯机关枪般嗒嗒往外射子弹的嘴，这会儿射出的却是带着温度的棉花。酒精并未使他完全丧失理智，他在寝室里表现出来的大无畏其实是为了鼓舞士气应运而生的。他把手从裤袋里掏出来，交叉搭在小腹上，手指不停地相互绞着手指，深深吸一口气，说："王倩，你为什么……不喜欢我？"

"不喜欢就是不喜欢，不为什么。"

"你为什么喜欢他？"

"我自己的事，没必要告诉你。"

"他哪里比我强，可以告诉我吗？"

"他比你高大。"

"这一点，我承认。"

"他篮球比你打得好，身体健康，精力充沛，积极乐观。"

"是。"

"他英语一级棒，还准备选修法语。"

"……"

"他的成绩全班第一，最高奖学金获得者。"

"……"

张仪峰垂头丧气回来，一言不发拧起啤酒瓶猛灌，他认为最具营养价值一向颇为珍惜的白色泡沫顺着嘴角流进脖子。他扔了空瓶子，双手拄着膝盖喘气，突然站起身来，猛地砸碎一个空酒瓶，捡起玻璃碎片飞快划向自己的手臂，嘴里说："我看你感不感动，感不感动，感不感动！"

他的嘴角抽搐，脸颊上的肉皮通了电似的不停颤抖，鼻翼翕动，翕出两汪泪水，呼地滚下脸庞，拖出两道湿淋淋的水痕。

刚划下的口子，先是一道道白色痕迹，慢慢浸出一点血来，渐渐浑圆，欲往下坠落，随即扯成红色的一线，接连四线，汇到一起，从指尖往下点点滴落。

这次，我主动跑去告诉王倩："张仪峰为你划手了，血流成河。"王倩果然着急，声音有点抖，不知是不是感动所致，说："血流成河?"

"流了很多，满地都是!"我怕吓坏她，马上改口。

张仪峰看见王倩，脸上堆起满足的笑，手上血还在滴，但他拒绝任何人以任何形式包扎伤处。在我离开寝室找王倩的时间里，他不停地从上往下挤压血管，嘴里叫喊着："血啊，快出来吧，越多越好，越多越好!"

他甚至为包宁急着帮他止血，慌乱中踩到了地上的血而大发雷霆："我好不容易挤出来的血，血啊，你怎么给踩了!"

张仪峰谁的话都不听，一副视死如归的劲头，这会儿乖乖地和王倩去学校医务室，止了血，伤口不是很深，医生说不用缝针也可以。王倩不转的眼珠这才灵活起来，给张仪峰打上点滴，王倩走出来对我说："医药费我出，不管多少，算我欠他的，你告诉他，我和他根本不可能。太可怕了，自虐狂！有事你打我电话。"边说边逃也似的离开。

我们在天台上编歌的夜晚，张仪峰手上还缠着纱布，他挥动的手如一支白色船桨，划动了朦胧的月光。

那首歌开始传唱后，张仪峰每每听到便暴跳如雷，说别人侵权唱他的歌，那是他用血的教训感悟出来的。后来，他将那首歌词一字不漏刻在课桌上，下面注明：作词，张仪峰。字刻得很深，内容多，占用面积较大，桌面被他弄得坑坑洼洼，不垫上本厚书几乎不能写字。有人揭发，学校后勤处按图索骥找到张仪峰，要求他赔偿公物。张仪峰二话没说，英勇地如数掏钱，连收据也不肯要。

校园里的银杏树叶黄了，颜色很清浅，微微透明，一片一片飘落下来。

留在树上的，微风抚过，飒飒翻动，如同一树黄蝴蝶翩翩起舞。每一片树叶都给人带来了想象：美丽的，忧愁的，痛苦的，快乐的……

这个蓝天黄地的季节里，冯华穿一件粉红色秋装，手插进衣袋里，迈开大步，踩着满地落叶急匆匆朝男生寝室走来。那是个落雨的早晨，霏霏细雨落地无声，像一场庞大而无言的倾诉，世间万物都在聆听，只有人各有所图不停奔忙。冯华来到“144”门口，抬头确认一下寝室编号，像个前来接头的特务，四下环顾，抽出手笃笃敲门，不见人应，抬脚就踢。

当天是周末，我们寝室的人睡在灰暗的天花板下做五彩缤纷的梦，敲门声惊醒了我，我欠起身，准备开门，李志海边打哈欠边说别理会，肯定是隔壁寝室来蹭牙膏或者蹭烟的。

我躺下，敲门声渐大，变成踢门，李志海一跃而起，穿着内裤边拉门边骂：“谁他妈拿公物不当回事，抢人啊……”话没说完，刚拉开一条缝的门砰地关上了，往后跳开一大步，掩嘴惊呼：“女的，冯华，春光外泄了。”呼地钻进被窝。

冯华在门口叫起来：“肖容，你出来，我有事找你。”

曾晓萍那天对我说的话，我还没来得及想清楚，也没给她回话，冯华自己出马了。我有点不知所措，赶忙答应一声，躺在床上来三个深呼吸，然后以最快速度出现在冯华眼前。她靠在墙上，悠闲地看着细雨蒙蒙的天空，慢慢转过头从上到下打量我。那种眼神，只有女人买衣服的时候才会出现，挑剔、刻薄、一丝不苟，像一只无形的手，将我全身每一个部位细细抚摸一遍，直到符合她心里某些标准为止。她和我说的第一句话是：“皮肤太黑了，头发也长了些，整体还不错。”

接着说第二句：“我让曾晓萍给你捎话，她捎到没有？她说她当面跟你说的，这么久你也不给我回话？”

“她没骗你。”

“怎么不回话？愿不愿意得有句话呀，这是礼貌问题，你不像不懂礼貌的人嘛！”

“我正在考虑之中。”

“需要这么久吗？三天了。”

“还没考虑成熟。我……”

“别伤脑筋，等你考虑成熟，我都老了，先试着好几天，如果没感觉就算了，有感觉就不用考虑那么多，一切都会好起来的。考虑还没有发生的事对事情发展没有帮助，我从不考虑自己认定的事，做了再说，那么累干吗？”

“习惯问题，想好再做也没什么不对。”

“如果你同意和我好，今天晚上就约会，这次算我约你。你面子真大，有女生主动上门追你，你们寝室谁享受过这种待遇？”冯华笑一下，唇上的绒毛闪开，露出一嘴白灿灿的牙，她干脆利落定下约会地点，毫不拖泥带水地转身离开。她像那些来寝室推销商品的家伙一样，事成之后语重心长叮嘱她的顾客：“别考虑太多，玩玩呗，陷深了不好。”

寝室里的人穿戴整齐坐在床上，果然为冯华主动上门“追我”表示出意外的惊讶和不明所以的好奇，只有程振不以为然。张仪峰感慨世界上的事物是反其道而行，优秀男生大抵属于阳春白雪，曲高和寡无人问津，邋遢男人却成了抢手货，一次性消费品：“女人哪，鼠目寸光的女人！”顺手将耳麦塞进耳朵，开始听他的英语广播讲座。张仪峰遭受班长沉重的打击之后，开始新一轮学习，背唐诗，学英语，练日语，墙上的日程排得满满的，他说外语并不难学，关键要有良好的对话环境，我们寝室对话环境太差了，几乎没有人可以用英语表达日常所思所想，张仪峰因此将他进步缓慢归咎于我们的平庸，近朱者赤，近墨者黑。

众人皆不以为然，高政国不止一次评价张仪峰属于盲目“大跃进”，因此断言历史悲剧将在张仪峰身上重演。

我茫然地坐下来，李志海问：“感觉怎么样?”

“感觉?”我说，“像进了一回菜市场!”

高政国想必憋了半天，猛放出一巨屁，屁音落，话声起，一样刚劲有力：“嘿，这算什么爱情，说得不错，和进菜市场买青菜一样，讨价还价，交易。”

包宁说：“管他，要是我，照单全收，送上门的不要白不要，门庭若市才好呢，女人就像软件，各有所长，关键在开发。”

晚上，雨停了，风仍然潮湿，吹上脸颊凉浸浸的，团团乌云飘散了，露出久违的蓝天。我走过操场，看见天边半弯月亮，微微泛了黄，有气无力斜倚在天幕上。

冯华如约而至，粉红色秋装在暮色里十分抢眼，她说：“走，跳舞去。”

学校没有专门舞厅，每逢周末晚上，室内篮球场上就成了舞池，彩灯眼花缭乱，音乐震耳欲聋。走到入口处，冯华突然挽住我，她以为我会拒绝，用了很大的力。她的手掌很大，骨节突出，紧紧握住我的手腕，我们步履机械地在舞池里走了一圈，到篮球架下，冯华放开我，说先等等，人多了跳起来感觉更好。

我靠着篮球架，把外套拉链一上一下拉得霍霍响，冯华看我一眼，没说话，眼睛四处看，像搜寻什么。大约二十分钟后，他猛地拉起我，说跳，跳，开始啦。那时舞曲已过半，我们滑进舞池时撞到别人，冯华连对不起也没说。她的眼睛停留在某一处，根本没注意到这些。

冯华舞步零乱且没有规律，她几乎以摇摆的身子牵着我在舞池里走步，尖尖的鞋跟好几次踩到我的脚，痛得我咝咝抽冷气，可她很漠然，连头也不回。有时，她突然停住脚步调整舞姿，搂着我跳得又稳又好，还把头靠在我肩膀上，一副深情款款的姿态。

我想知道冯华在寻找什么，可舞场里太黑，无法顺着她的目光找寻。我看见程振搂着一个腰肢纤细的女孩，他是我们寝室最爱跳舞的，他明明看见我的，却故意没看见一样，迅速跳到人堆里去。这个无耻的家伙，重色轻友。

我和冯华的爱情，以闷闷不乐的方式拉开了奇形怪状的帷幕，上演的将会是什么呢？我内心很惶惑，但枯燥无味的生活促使我需要寻找一些消遣的方式，更重要的是她从不像张鹏那样嗲声嗲气的只知道讨吃要喝。我们第一次去跳舞，完事后一起去学校的超市，她问我抽不抽烟，我说不抽。她有点意外地看我一眼，嗯，习惯挺好，不过男人不抽烟没气质。她给自己买一盒烟，说，我都抽一年多了，进大学就学会了。她给我买一大堆零食。付账我抢在她前面的，她一把拉住我，十分严肃地说我来，你别管。我们告别的时候，她拉拉我的手，十分体贴地说辛苦你了，肖容，谢谢！

不管怎么说，我再一次开始了我的爱情生活，尽管她那么的不尽如人意，有总比没有好。所以，当我把一大堆战利品抱回寝室和室友们共同分享，我毫无意外获得了阵阵叫好声。大家吃得津津有味，程振推门进来，给他什么东西都不吃。你吃点吧，这是肖容的胜利果实。程振回头朝我笑一下，容哥舞跳得不错啊。你看见我的怎么不和我说话，这家伙，重色轻友。程振不接我的话，自顾刷牙，呜里呜啦说，容哥，凡事多个心眼儿。我没理会程振，这有什么好担心的，人家冯华旗帜鲜明地说了，合适就好，不合适就分，一点后顾之忧也没有，怕什么！

我从没拒绝过冯华的任何约会，只要她打电话来，不管干什么，我一股脑儿搁下朝她奔去，有点儿义无反顾的意思。周末以外，冯华平时基本上不约我，我和她的关系跟其他普通同学没两样。李志海奇怪地问我你们这是干吗？同志式的恋爱方式？我们的关系只有在周末特定的氛围里，像压缩饼干泡到水里，一下子膨胀起来。

我唯一主动的一次约会却被冯华冷冰冰拒绝了，连一个敷衍的借口也没有就说不想去。我握电话的手抖一下，莫名其妙的委屈涌上心头，我挂断电话，待了五秒钟，做了三次深呼吸，确信表情与平日无异才去自修室，我边走边打口哨，一首简单的歌都吹不完整，乱七八糟的哨音回荡在楼道里。

冯华果然没有来，却碰到曾晓萍，边走边梳刚洗过的头发，指尖流淌出洗发液的清香。头发漆黑，脖子白皙，脑袋显出小巧。她站在楼梯上等我，说："可怜的人，我知道你约她了，她不同意，你猜她现在在寝室干什么？"

"生病了，躺在床上等死神降临！"

"善良的人，你永远也猜不到，她正给梦中情人发信息呢。那人是你们寝室的，肖容，我觉得挺对不住你，冯华那样对你我内心不安，我当初不知道情况，帮她捎话，还劝你。有些话，我想告诉你，但又怕你伤心。"

"我知道那人是谁了，程振对不对，我好像被人玩弄了。"

"没错，冯华并不喜欢你，她嫌你是农村的，说她很后悔找你，她爱程振，程振不理她，我不知道冯华怎么想，说要找一个条件最差的人气气他，就找到你，你们每次跳舞都是跳给程振看的，你一点不知道？"

"不知道，只感觉到不对劲。"

"伤心吗？"

"不，气愤，如果她明说，我会配合得更好，我喜欢这种助人为乐的方式。"

"肖容，算了吧，天涯何处无芳草，东方不亮西方亮。山外青山楼外楼，美女全部在后头。”

“这是谁的诗?”

“当代著名诗人曾晓萍，题目叫《劝肖容同学失恋歌》。”我在曾晓萍面前的坦然是装出来的，那时我心里感到深深的失落和难以名状的感伤，不仅仅为冯华，美好的憧憬与现实的格格不入不得不让我重新审视一遍走过来的路，这种审视让我感到痛苦和绝望，坐在人头济济的自修室里，恍如踽踽独行于阒无人迹的漆黑深巷中，听见自己脚步空旷的回响，声音跫然，人却更加孤单，无助，慌乱，不知所措。

收拾课本走出自修室，看见坐在角落里的李红雨，她目光里流露出担忧，她极快地躲开我的眼睛，低下头去。冯华和我的事她应该知道，我和她还经常一起聊天，但从没提起那些过去的事，包括借她的那些钱。本来开学我就还给她的，她不要，说你先用吧，我不急。我执意要还，她脸就冷了，是不是还完钱不和我来往了？我只好讪讪缩回手来。我对李红雨心存感激，有时候也想把和她的关系弄得更近一些，我知道，她喜欢我，从没改变过，可我无法接受她。说到底，我的内心和别人一样歧视她身体的先天不足。

和冯华分开后的一天晚上，李红雨给我看手相，说我情感线分叉多，波折大，很难找到善始善终的爱情，生命线很长，估计可以活到两百多岁，手形散，握不住财，虽有家财万贯，生性挥金如土，难保终有一天会成为穷光蛋……我笑得挺开心，企图用其他东西来努力掩盖发生过的事实，但这种掩盖适得其反。

我和冯华的“恋爱”在相对无言中结束。一天，我们俩狭路相逢，她不理我，我不睬她，像陌生人似的平淡得正眼也不看对方，我和她的“恋爱”就这样画上了句号。

她和程振的关系却终于拉开了序幕，我们第一次在一起吃饭，我还不知道事情的真相，冯华看程振的眼神使我心慌气促，程振的表现也很热烈。我很难过，找不到发火的理由，就当着他们的面直接打电话给李红雨，我无中生有地说了许多肉麻的话。电话那端沉默着，不知道她有没有听，我看见他们所有的人都在注意我，我心里山呼海啸地快乐。我还跟李红雨约好见面地点，当然，他们不知道我打给谁，我始终没有说出李红雨的名字，挂电话时顺手把号码删除了。

我没有赴约，李红雨打电话问我为什么，我说开玩笑的。她沉默着，却没挂断电话，我知道她在哭，无声无息地流泪。那次之后没多久，冯华成了程振的女朋友，经常出入我们寝室，但我俩从不说话，视对方为无物。我和冯华闹翻后第一次说话是在一年之后的某个黄昏，她找不到程振，我主动带她去，跟在我身后的冯华磕磕绊绊总走不好路，我却快乐得视坎坷若坦途。那时我身边已经有江晓琴了，江晓琴给了我善待一切的信心和勇气。

这份迟到的快乐，一年以后才来到，在这之前，对冯华，无论我怎么说服自己，到最后总是耿耿于怀地横眉相向。

李志海喜欢用奇谈怪论吸引人们对他的注意力，和吴敏慧打得火热的李志海很少给郭金菊打电话，接郭金菊的电话说的也只是天气情况，如同122 台不厌其烦地向郭金菊报道阴晴变化，温度高低，风雨大小，末了对着电话咂一下嘴，挂上电话来一句：“麻烦，形式主义。”

相反，他和吴敏慧在一起自在多了，想说就说想笑就笑。吴敏慧时常来我们寝室，除了高政国，众人都喜欢她，因为跟她说话太无拘无束了，想怎么说都可以。对地老天荒的爱情顶礼膜拜的高政国，十分痛恨第三者插足，他认定吴敏慧是可耻的第三者，对人家不理不睬的。胖胖的吴敏慧常常一脸笑容坐在我们中间，挥起肉乎乎的拳头打这个打那个。高政国说她像古代妓院的老鸨，吴敏慧听了也不生气，说：“就当他报仇雪恨吧，谁让我当初把人家女朋友误当成他妈呢！”

吴敏慧来了，照例要给李志海洗衣服。李志海抽着烟，斜靠在洗衣房的水池旁边，光脚塞进运动鞋里，悠然自得像个监工，看着满手泡沫的吴敏慧傻笑。他不止一次说，他在郭金菊面前表现不出男人的尊严，她给他的一切足以使他的尊严缺损，什么叫男人的魅力？李志海说男人的魅力就是你心安理得地在一旁看女人心甘情愿为你服务，并且女人毫无怨言把这个过程当成一种爱的方式，这才叫男人的魅力！

因为吴敏慧的勤劳，李志海成了寝室里最干净的人，让人眼红，张仪峰和包宁因此痛下决心找女朋友，当时，我们寝室把找女朋友说成“弄一台洗衣机”。吴敏慧的出现不由自主让人把女朋友和洗衣机画上等号，只有高政国在暗处冷笑，声音高高扬起来落下去：“志海，你太对不住郭金菊了，人家对你多好啊！”

李志海说：“我以后几十年准备交给她支配，这几年自己做主，当牛做马以后还上就是。”

因为吴敏慧，李志海的奇闻怪谈突然多起来，那天吃中午饭的时候，他对我们说月亮是三角形的，而且是等边三角形，我们看到的月亮其实不是月亮的真正面目。

我没来得及听完李志海的高论就被曾晓萍打电话叫走了。

曾晓萍站在餐厅楼梯口，吹口哨叫我，我转过头，她拿手指朝我勾了勾，我走过去，她说：“今天天气好，想跟你聊聊天，我们俩在信上聊得很开心，见了面却没怎么聊过，我想将理论付诸实践。”

“主要是你没有时间，据说谈恋爱的人都很忙。”

“据说？你没谈过？张鹏呢？李红雨呢？冯华呢？对呀还有个叫刘敏

的，装什么清纯呀都老革命了。”

“那叫什么恋爱，狗屁不是，哎呀，你怎么知道得那么清楚?”

“你写信给我讲的，你们村里的事挺有趣，有时间我想去看看，调查调查你是不是吹牛骗我。”

“我怎么搞的，把你当成亲人啦，见不得人的事都跟你说了，惭愧得很，农村人太诚实了，老被人玩弄。”

“你呀，还是单纯了些，不当回事，谁能伤你啊。我当你姐，你叫我姐吧，我来保护你，免得你弄不清形势，老被人伤害。不是吹的，和你出过事故的那些女生，没一个是我的对手!”

“叫姐啊？和姐相处太拘束了，放不开。叫你嫂子吧，和嫂子相处自然得多，我们村里有句俗话：‘大嫂二嫂，小叔子随便乱搞’。”

“你瞎编的。你还想和我乱搞，当心你哥揍你!”

“我是说，那样我们的关系可以自然一些，没你想得复杂。”

“哎，还没人叫过我嫂子呢，挺新鲜。好吧，答应做你嫂子，以后有什么事跟嫂子说，我替你哥保护你。你可得听嫂子的话啊!”

那天的阳光是入冬以来最好的阳光，我和曾晓萍穿过校园，感觉到了阳光温暖的抚摸。我们共同坐在一张长椅上，曾晓萍说她想告诉我那封信的大概内容。我正仰脸看天，银杏树叶子落光了，光秃秃的树枝将浅蓝的天空切割得支离破碎，一群南飞的大雁飞在树枝切割成的网状间隙里，飞出来又钻进去，无休无止。

曾晓萍说：“其实也没写什么，概括起来四个字：我喜欢你!”

听了她的话，我并没有吃惊，相反淡淡地笑一下，经验使我在遭遇这类事情时立刻做出客观反应，在刹那间预见到了事情的最终结局。我低头扯一把草扬手抛出去，没有风，断草落到我的鞋上，落到曾晓萍的大腿上。她看我一眼，伸手拈起一根，在眼前转来转去地看。我说：“嫂子喜欢小叔子，正常的!”

“严肃点，我没和你开玩笑。”

“那我们什么时候分手呢？几个星期后?”

“还没谈恋爱就想到分手，我只说喜欢你，没说要和你好呀，老孔雀!”

“对呀，名花有主的，我忘了。”

“那倒不是。”

“名人说，爱情的眼里容不下一粒沙子，你怎么还会喜欢我，逗我开心的吧!”

“别信名人名言。”曾晓萍一本正经看我，“呆头呆脑的人才理会那些道貌岸然的教条主义，自己的经验比最伟大的人说的名言还管用。”

“你的经验是……”

“不求天长地久，但求曾经拥有。”

“嫂子，那我以后怎么称呼你呢?”

“还叫嫂子吧，你不是说‘大嫂二嫂，小叔子随便乱搞’嘛。哎呀，怎么用词的，乱搞什么嘛!”边说边笑，笑得花枝乱颤。

曾晓萍手拄着下巴，黑亮的眼睛看着远处：“暂时，如果你追我的话，我还想不出拒绝你的理由。”

“我是农村的，条件很差，不能给你长脸面，没钱请你吃饭。”

“我知道，我不在乎那些，只在乎你这个人和你我之间的那种感觉。”

“那他呢?”

曾晓萍站起来，挥挥手，头随手潇洒地摆动：“抛到九霄云外。”两小时后，我和曾晓萍手拉手坦然自若站在“144”寝室全体人员睽睽的目光下，我开心地说：“给大家介绍一下，这是我嫂子兼女朋友曾晓萍。”

曾晓萍说："我用五分钟时间把你们寝室的人拿下，大家对这种立场不太坚定的人没什么意见吧？"

他们说："你还有兴趣连我们一块儿拿下吗？我们等到花儿都谢了！"

曾晓萍说："我的胃口没这么大，你们就当替补吧，慢慢等，机会属于有准备的人。"

我送曾晓萍出去，她严肃地说："我发现你态度不够端正，别开玩笑，我是真心和你好的，不像她们那样儿戏，爱要有爱的样子！"

"你的态度也不怎么端正。"

"你先那样我才故意那样的。"

"……"

"是不是觉得太简单了，不够庄重严肃？何必在意那些形式，关键是我们今后相处要快乐、开心！放心吧，我不嫌弃你，也不会利用你。"

我想了想曾晓萍的话，觉得很有道理。送曾晓萍回来，经过洗衣房，吴敏慧脸红扑扑的边抹汗边走出来，塑料盆卡在腰间，满满一盆湿衣服，十足一个任劳任怨的家庭妇女。李志海一摇一晃过来迎接她。我说："老吴，准备为老李辛苦一辈子吗？"

"不会。"她笑着说，"大学毕业以后由郭金菊同志接着为他辛苦。"

"不想永远和他在一起？"

"不想，我太喜欢为他做事了，迟早得活活累死。他呢，清闲了舒服了，活得会更加长久，一个早死，一个长寿，生的死的都很痛苦，所以不想和他好一辈子。"

回到寝室，突然想起李志海的奇闻怪谈，便问他月亮为什么是三角形的，李志海笑了，说："你问大家吧，答案挺简单。"

高政国说："他的答案是：如果你用三角形的眼光看月亮，月亮就是三角形的。”

我有点理解老李和老吴的爱情了，眼光决定一切！

端起水杯喝水的时候，突然想起曾晓萍，心里掠过一丝难得的温暖。

曾晓萍说：“我们不要刻意打听对方过去的事，不要追问对方身边的其他人，只要在一起时全心全意对对方好就行了。”

曾晓萍对我说：“别劝我离开他，没有你哥支持，嫂子我就不能打扮得光鲜靓丽坐在你旁边惹那么多男生恶狠狠地打量你，我们也不可能三天两头像现在一样无所顾忌坐在肯德基里大吃大喝。没有你哥支持，请客的就是你，从另一方面讲，我们应该感谢你哥，他为我们俩提供了良好的条件，失去他我们会失去很多快乐，吃水不忘挖井人，要学会感恩哪！”

曾晓萍又对我说：“我对你的爱是精神上的，对你哥的爱是物质上的，二者我都需要，缺一不可，只有你们兄弟俩加起来才能给我完整的世界，真遗憾。肖容，在我不知道的情况下，你可以喜欢别的女孩子，如果你觉得我这样做不够公平的话。”

曾晓萍还对我说：“我从来没送过东西给你哥，都是他买东西送我，昨天我看见好多人脖子上围了围巾，你没有，我想送你一条。今天这么冷，你穿的毛衣挺薄，我想给你织一件厚厚的毛衣。”

我说：“我是你的宠物，你的小黑脸，听你的话就像听党的话一样。”

“你怎么理解都可以，只要你不生气，我觉得小黑脸比小白脸有气质。”

和曾晓萍在一起的时间里，我体会到了被人无微不至地呵护着的温暖，每天清早一迈出寝室门，她就等在楼梯口，手里拿着买给我的早餐，她总在我狼吞虎咽吃完后，担忧地说，明天给我的小叔子买什么吃呢？她的话比阳光更温暖，我几乎融化在她脚下。她知道我喜欢什么，需要什么，打完篮球她给我一瓶矿泉水，一起吃饭，她给我点回锅肉……我英勇地迷恋着曾晓萍带给我的温暖，我想真正的爱情终于降临了！

冬天，第一场冬雨来临，曾晓萍真的送我一条毛绒绒的围巾，第一场雪降临，她又送我一件手工编织的毛衣，她说，那是她熬夜为我赶出来的，她只为两个人织过毛衣，一个是她父亲，一个是我。

我接过毛衣，感到莫名其妙的沉重，那是我有生以来穿过的质量最好的一件毛衣。我把头埋在毛衣里，眼泪潸然而下。

那个冬天因为曾晓萍而变得温暖无比，我围着毛绒绒的围巾，穿着厚厚的毛衣走在冰天雪地里，和无处不在的寒风相抗衡，曾晓萍乐此不疲地陪着我，喋喋不休地以围巾和毛衣为中心展开她对我的深情厚谊的重复叙说：“谁对你最好，我，曾晓萍，你最亲爱的嫂子！”

我所能做的就是尽心尽力陪在她身边，俯首帖耳唯命是从，她想抽烟给她点火，她看书累了读精短的散文给她解闷，给她讲手机里流行的荤段子。曾晓萍喜欢顾城和海子，不喜欢他们的诗，喜欢诗人的悲剧故事，她说，那种悲壮的浪漫普通人想不到也做不到。我有时候觉得和她这样的生活没有意义，有几分玩物丧志的意思，可一想到之后接踵而至的美食和娱乐，怨气就烟消云散。

我的生活因为曾晓萍的出现显得别开生面了。

曾晓萍挺会照顾我面子，我们从肯德基出来如果碰到熟人，她说肖容请我客了，吃得很过瘾。有一次她请我们一帮人吃饭，在卫生间门口悄悄把钱塞给我吩咐我去埋单，她对那些人说今天肖容请客，大家吃好喝好。这是我喜欢和她待在一起的另一个重要原因，我在别人面前失去的统统可以在她那里找回来。高政国等人因此对我的“财产”来源提出质疑，我没好气地说最近抢银行了！

曾晓萍和“那人”通电话并不忌讳我在旁边，“那人”仕途通畅，已经升任局长，他给曾晓萍许诺，等她大学毕业，他安排她进最好的单位。曾晓萍并不领情，说他对她好是必须的，她常常指挥我合二人之力共同出谋划策套“那人”的钱。在那些事件中，我表现出来的聪明连自己都感到吃惊。我性格里与生俱来的阴暗面此时此刻得到充分的展示，实现目的带来的快乐填补了我心里对“那人”的嫉妒。你不是一辈子要和曾晓萍过吗？可她现在和我在一起，吃你的玩你的，谈的却是我们俩的爱情，这感觉真他妈奇妙。

“那人”有空就给曾晓萍发短信诉说深情，她厌倦了，把手机给我，说你陪他玩玩吧，好好哄哄他。由我代替她谈情说爱。她交给我的任务我完成得非常出色，这从“那人”出手越来越大方可以证实，曾晓萍因此发现了我的另一大优点，她称我是“天才的谎言大师”。

一个大雪纷飞的中午，我和曾晓萍坐在餐厅里吃辣鸡面，油很旺，汤汁极浓，辣得非常够味，一会儿就热汗淋漓。我吃完后，看曾晓萍慢条斯理地吃，她不是吃，像在一根根数。我掏出打火机，她放下筷子，从旁边座位上拿起小皮包递给我，说烟在里面，帮我也点一支。

这时包宁进来，径直走到我们旁边坐下，我自作主张将曾晓萍的烟抽一支给他，当了人的面，她一般不会扫我面子，私底下偶尔会说我一两句。没人看见别说一两句难听的话，就算打我两拳都无所谓，面子这个怪东西，人前负隅顽抗人后举手投降。包宁说几句表示羡慕我生活的话，我也不谦虚，悠然自得地把一串烟圈释放到冰冷的空气中。

包宁说：“高政国和他的女朋友好像死机了，启动不起来。他打电话给她讨好卖乖说半天，不知她说些什么，他一挂上电话就哭，我劝了好久，他一句不听，还哭，要不你去劝劝吧！”

曾晓萍说："你是不是劝他死机就重新启动，热启动不行冷启动？"

包宁说："神了，比李红雨神多了。你怎么知道？"

曾晓萍笑得咯咯的，像刚下完蛋的小母鸡："结果他怎么说呢？"

"他让我一边玩儿去！"

我说："寝室里没其他人了？"

"没有，都各忙各的。"

我回寝室，高政国不在，他的床铺凌乱不堪，枕头斜斜搭在床沿，原来阿梅的信和照片放在枕头下面的，现在一无所有，墙上的照片撕掉了，只留下一个方形的空白痕迹。

我出门找了一圈，不见踪影，打电话给寝室的其他人，他们听说后无一例外地惊叫，表示不相信，都以为高政国的爱情会地老天荒。众人分头寻找，没找到。

当大家疲倦不堪回到寝室，高政国正在屋外垃圾箱旁烧日记和信件，手握一根树枝，认认真真地翻着烧，只字不留。火焰呼啦啦蹿起一尺多高，纸灰仿佛黑色的蝴蝶围绕他上下翻飞，映衬漫天雪花，让人心生凄凉。

高政国最后将阿梅的照片投入火中，那些照片蜷曲着燃起淡蓝色的火焰，正在燃烧的边缘泛起细密的红色小气泡，像干涸的血迹。李红雨曾说过，烧仇人的照片是一种有效的报复方式，如果出现红色，仇人会全身剧烈疼痛。那个大雪纷飞的下午，不知阿梅是否安然无恙。

高政国站起来拍拍手，表情木然地回到寝室蒙头大睡，第二天傍晚起床，头不梳脸不洗边穿衣服边走出去，嘴里唱着摇滚："……人潮人海中，有你有我……"

晚上九点多钟回来，醉得一塌糊涂，满头满脸的泥污，有的地方擦破皮，血干涸了，结一层暗红色的痂。他推开门，哈哈笑着仰面朝天摔倒在地板上，头击地面，发出沉闷的声响，笑声却未停止，表情肌扭曲得口眼歪斜，样子十分恐怖。

众人手忙脚乱把他抬上床，高政国大声说："知道吗？她爱上别人了，爱上别人了，真好笑，哈哈，哈哈……"

一串眼泪顺着眼角流出来，源源不断流进头发里，头发湿淋淋的。大约十分钟后，他突然颤抖不止，上下牙磕磕碰碰撞击出不间断的声响。我们给他掖好被子，一会儿又抖开了。

包宁说："不会死机吧!?"

程振也挺担忧："万一有个三长两短，这寝室谁还敢待下去!?"

我想去找校医，张仪峰拦住了，说没问题，发酒寒了，李志海也说他见过他父亲发酒寒，多加几床被子焐一会儿就好。我们把六床被窝全压上去，高政国像一只调为震动却被人不断拨打的手机颤抖不休，仿佛全世界的严寒都焐进了他的被窝，持续半夜才平静下来安然睡去。众人骂了会儿阿梅，相对着为爱情的无常叹息。高政国翻个身，喃喃叫阿梅的名字，要她拿什么东西给他，在梦中，他依然和阿梅生活在已经成为过去的美好时光里。

那些天，高政国醒来就喝酒，谁劝都不听，这个一向将生活理论得井井有条的人，面对突如其来的打击丧失了总结生活的能力，人显得异常脆弱。他早已总结出来并将其奉为指路明灯的生活哲理，在史无前例的痛苦面前显得如此的苍白无力和漏洞百出，根本于事无补，这是很有预见的高政国无法预见的结果。

曾晓萍亲眼目睹高政国的痛苦惨状，对高政国的痴情给予高度评价，这年头还有如此看重感情的人，太难得了。我说如果有一天你离开我，我也会这样。她温柔地看我，头拱进我怀里，说那我说不定会嫁给你。我们紧紧地拥抱在一起，我们都知道，这是自欺欺人的期许，这期许却给我们带来温暖。她说肖容，我没爱错你，我一辈子也忘不掉你！

曾晓萍对我说：“给高政国找个女朋友吧，这样会减轻他的痛苦。”

她准备把许露露介绍给高政国。

许露露和曾晓萍属于形影不离的好朋友，在我和曾晓萍恋爱之前，我现在的位置一直盘踞着许露露，我代替她享受了本该属于她的那一份快乐，因此许露露对我并不友好。李红雨悄悄告诉我，许露露多次在公开场合指责我和曾晓萍的不道德行为。她对我的评价是：“除了是一男的外基本上什么也不是，农村土包子。”

当着曾晓萍的面，她连屁都不敢放一个，笑容可掬，对我也颇客气，夸曾晓萍有眼光，说我属于越看越耐看的男生。背过曾晓萍脸冷得像三九天的冰。曾晓萍没见过许露露冷眼看人的样子，也就不相信许露露背后对她说三道四：“她敢对我不好，她身上穿的好衣服全是我送给她的，她吃了我多少东西根本没法计算出来。”

许露露对她确实很好，像个大熨斗总能将曾晓萍心里的皱纹熨平坦，即便是曾晓萍口口声声称她深深爱着的我，也很难动摇许露露在曾晓萍心目中的位置，因为说漂亮话和掩饰内心情绪方面的功夫，我与许露露的差距实在太大了。

她们俩能始终如一走到一起的另一个原因是两人都很喜欢跳舞，曾晓萍学过芭蕾舞，她的身材的确具备跳芭蕾的先天条件，基本功也很扎实，开绷直立，举手投足间流露出芭蕾舞的韵味。三年前，她是她们舞团的尖子。曾晓萍让我猜她离开芭蕾舞团的原因，我猜不出，曾晓萍暗示性地低头看看自己的胸脯，扑哧一声笑了。

我恍然大悟：“胸太大了？”

曾晓萍缩了缩肩膀，双手交叉胸前，说：“以前身材挺标准，基本上达到芭蕾舞演员‘三长一小一个高’的要求，后来胸渐渐长大，我就用布缠，怎么也缠不住，充了气似的往外鼓，腰也粗了，跳芭蕾的女演员没有大胸和粗腰的，只好退出来，那时挺没自信，觉得特丢人。”

“现在觉得很自信。”

“当然，女人嘛，就该有女人样，不过和许露露相比，又自卑了。”许露露的身材是男生寝室的热门话题，当然不是因为美妙，众男生感到不可思议的是那种比例失调的不得当构成的人体奇观：上半身浑圆下半身瘦长，恰如在一个红富士苹果上插了两根牙签，特别是她硕大的胸部，夏天她穿低胸T恤，乍一看，还以为她下巴下面倒挂着一个肥大的屁股。

曾晓萍说：“你注意到许露露的胸部没有？”

我不想说实话，假装茫然：“没有，怎么的？”

“她还特喜欢蹦迪，说为了减肥，那场面，吓得周围的人纷纷退让，每到一处便使人过目不忘，好多男人一见到她鬼鬼祟祟的满脸坏笑。”

“怎么想介绍她给高政国呢？”

“她一直想找男朋友减轻经济负担，高政国呢，目前需要分散精力，这是一拍即合的好事，各取所需，成功的概率比较大。”

“能成吗？”

“许露露那边我说了算，高政国那边你做做他的工作，成了，以后大家一块儿玩会更有意思。”

下午，我和曾晓萍去餐厅吃饭，刚好碰到许露露，曾晓萍很大方地邀请她和我们一起共进晚餐，提起介绍男朋友的事，许露露没问男方是谁，张口说：“有什么好处？”

曾晓萍说：“至少在餐厅换新菜谱时不用担心没人给你埋单。”

“谁呀？有这个经济实力吗？”

“高政国。”

“高政国？满脸痤疮的高政国？啊，和他谈恋爱会做噩梦的。不过也行，反正又不嫁给他。”

我给高政国说了曾晓萍的意思，高政国没喝酒，脸色很正常，躺在床上看一本有关宗教和政治关系的书，抬头笑了笑，用手指挖几下鼻孔，看看指尖的一堆秽物，屈指猛地往空气里弹了一下：“觉得我很可怜是吧？好呀，我正想见识见识，这些女的心里装着什么。”

我们约定好见面地点。

第二天，天晴得不彻底，一团团白云连绵不绝铺满天空，间或露出形状极不规则的蓝天，阳光从云层罅隙里漏下来，像舞台上的追光，有一束正好打在曾晓萍许露露我们三人身上。我们坐在草坪上边嗑瓜子边等高政国。

俩人像久别重逢的朋友热烈地聊着，我抬腕看表，下午四点三十二分。五点三十二分，高政国还没出现，俩人烦躁不安地你看看我，我看看你。曾晓萍看我的眼神充满恨铁不成钢的愠怒。十分钟后，曾晓萍不耐烦地站起来，对我吩咐道：“你等吧，我们回寝室，他来了你带他来找我们，不来拉倒，跟个人物似的还挺拿自己当人！”

我斜靠在椅子上嗑她们扔下的瓜子，微微的风里，感觉到脸上的面皮正慢慢风化剥离，一片一片消蚀在脚下。照耀我们的光柱子不见了，放眼远眺，天地之间连接着无数光柱子，天空仿佛是依靠透明的柱子支撑起来的。几只歇在树间的鸟儿被光柱子搅乱了视线，不敢飞翔，紧张地鸣叫扑腾。

六点，我回到寝室，高政国刚好起床，呼噜呼噜洗脸，看见我，猛拍一下脑袋：“坏了，我把你介绍的好事给忘了，这本书真厉害，居然使我忘记了这么重要的事。”

“不想去明说，用不着拿我当猴耍！”

我给曾晓萍打电话，她正吃饭，嘴里呜里哇啦含混不清，没等我说完，又说了几句清晰得如同用刀刻过的话：“肖容，你不但穷，而且还没本事!”这是曾晓萍第一次如此严厉地批评我，我想可能许露露在她耳边吹了不怀好意的风。虽然话里夹带了修饰性的笑声，但不屑溢于言表。曾晓萍最后的声音甜得让人一听就想尿糖，她说：“肖容，过来吃饭，你不在我吃不饱。”我什么也没说，静静握住话筒，她喂了十几声，旁边的许露露说：“脾气还挺大啊!”曾晓萍啪地挂断了。

晚上，高政国请我和李志海吃饭，有给我赔礼道歉的意思，嘴上却说“三斤”组合好久没有搞活动了。他这样说的时候我突然很想念那些逝去的无聊日子，转眼间，它们都消失在岁月的皱褶里了，那么深，那么远，那么遥不可及!

寒假，春节刚过，村子上空弥漫的节日气氛还没有散尽，李淘提着黑色塑料袋，袋子里装满礼品，踩着满地颜色鲜艳状如花瓣的鞭炮屑朝白惠家走去。他在白惠家贴着春联的门口待了三分钟，转头看四下无人，举起手，义无反顾敲响白惠家的院门。

我坐在小河边一段颓败的残墙上观察李淘的举动。头天晚上，李淘来找我，诉说了他对白惠的万般深情，柔情迷离的眼睛似乎把我当成了白惠，深情款款看着我。我帮他送给白惠的信石沉大海了，白惠答应我一定给他回音的，这个琢磨不透的女人，不知怎么又变卦了。我以为这次回来李淘该有些变化，至少该正常点了。没想到他还和去年一样，沉浸在自己的世界里，恋恋不舍地想着白惠，他不死心，还要写信让我帮他送。我害怕再以那样的方式见白惠，说写信干吗，喜欢她直接找她说去。李淘怕遭到白惠的无情拒绝，那样的结果会使他丧失希望和勇气。我劝他你不亲自试一试，怎么知道结果呢，白惠和村里其他人不一样，她的观念是城市人的观念，时尚前卫，拒绝传统出现在生活里。李淘什么也没说，若有所悟地猛拍一下大腿，陷入无边遐想中。

我建议李淘找个媒人，按村里的习俗去白惠家，“成不成，酒三瓶”这是村里提亲的规矩。但他不同意，他恨村里的陈规陋习，白惠和他都是受过教育的人，观念要更新，不能落入俗套：“我如果那样做，白惠会更加看不起我，连我自己也看不起自己，别说白惠。要去我自己去，当面锣对面鼓地跟白惠说清楚！”

李淘敲开白家大门，黄狗狂吠着扑出来。

白惠妈跑过来两腿夹住黄狗，吆喝道：“死狗，瞎眼了，是人是鬼都瞎叫一通！”然后问李淘：“你来干吗？新年大节的不好好待在家串啥门！”

“我……找白惠！”

白惠妈高声质问和黄狗的狂吠声招来了白惠和她弟弟白军，两个半农村半城市的青年以城市人固有的傲慢一前一后走过来。脸色苍白身材瘦削的白军一看就是标准网虫，他用肮脏的语言捍卫姐姐凛然不可侵犯的纯洁尊严，他说：“操你妈的王八蛋，也不撒泡尿照照自己，滚一边去！”

李淘说：“我是真心的……”

白惠妈说：“管你蒸心煮心，回家去蒸去煮吧，看在邻里乡亲的分上，新年大节的我们不闹你。回去吧，该自己过的日子不过，瞎折腾！”

白惠一言不发站在弟弟身后，红色的羽绒服像一簇燃烧的火焰，那种静默的姿态给李淘留下了自我安慰的空间，当他失魂落魄朝我走来时，他说：“白惠没意见，他妈的，就是她妈和白军狗眼看人低。我该过什么日子？伺候树桩一样的女人是我该过的日子？面朝黄土背朝天在土里刨食是我该过的日子？我该过的日子为白惠放弃了，门缝里看人，妈的！”

李淘打开他准备孝敬白惠妈的酒，我们俩坐在河边的残墙上喝。灰蒙蒙的天空显得很低，光秃秃的树枝上歇了几只缩头缩脑的乌鸦。他反复给我描述白惠静默时的模样，一遍比一遍冗长，一遍比一遍仔细。在描述中逐渐丰富的想象使他一厢情愿地获得了自欺欺人的快感。李淘一喝酒就脸红，白眼球变成了红眼球，他说："肖容，如果白惠嫁你，你要不要她?"

我斩钉截铁说："不要!"

李淘说："在我们村里，配得过白惠的人除了你就是我。那些城里人难道会看上这么黑的农村女孩吗？城里女孩多白呀!"他深情地注视着白惠家的房子，"白惠如果和你好，我没意见，你比我强，你们俩挺般配。"

"你说什么啊，我有女朋友了。"

"城里的?"

"城里的。"

"不是残疾人吧?"

"哪能啊，美女，漂亮得很，下个假期我带回来让你看看。"

"给农村人长脸了，城里女人，还是美女，多好啊。"

李淘醉了，躺倒在残墙下的泥地上，但他仍努力地往高处攀爬，嘴里说："我配得过她的，我凭什么配不过她？她比得过那只母狗吗？那只母狗是大学生，大学生都给我抱……我一定要把白惠拿下，拿下……"

没想到那次喝酒是我和李淘的最后一面，那年的端午节中午，他死了。

那年端午节阳光分外明媚，中午时分，没有风，热浪袭人，无边的绿野里蝉声鼓噪，空气黏稠得如同糨糊，使人胸闷气促，不动自累。

清晨，李淘起床后仔细刮了脸，脱光衣服在院子里一遍一遍清洗脖子，手触到一颗发育成熟的粉刺，操作起来不太方便，叫弟弟帮他挤干净。他不知道，几个小时后，他用一根白色尼龙绳套在干干净净的脖子上结束了自己的生命，他现在所做的犹如医生手术前为病人备皮，冥冥中，似乎真的有人指使他。

李淘洗完脸，偏头偏脑对着镜子梳好头发，换上干净衣服，蹲在屋檐下给变形的皮鞋上油，不时抬头看看村中央大柳树上的高音喇叭，掉头问屋里：“有电吗?”

弟弟说：“有。”

“那喇叭怎么还不响?”李淘看看表，自言自语说还早呢，帮母亲和妹妹在所有的门窗插上苦艾和菖蒲，又帮母亲磨好雄黄酒，蘸一点抹在额头上避邪。

干这些时他打着口哨，悠闲自得，他问妹妹看到白惠没有，妹妹说看到了，正在村公所帮村长刷标语。李淘伸手拉拉衣服，仔细拈去肩头一根草屑，口哨更加响亮，不时带出唾沫，哨音便炸开了。

九点十五分，树上的高音喇叭嗡地响了一声，像一群苍蝇被人惊起，接着响起手指弹麦克风的笃笃声，间杂白惠说话的声音：“行了，叔，你来说吧。”

村长习惯性对着麦克风吹气，呼呼的声音破空而去，仿佛声音不是依靠电流传递，而是凭借气流拉扯出来的，继而响起村长洪亮的声音：“通知，通知，请端午篮球运动会组委会成员和各村民小组运动员马上到村公所集中，三道河村一年一度端午篮球运动会马上开始，马上开始。”

李淘立刻精神抖擞朝村公所走去，村里每年的端午篮球运动会是李淘最出风头的日子，他不会打篮球，但他懂规则，会裁判，善于解说。他在运动会中发挥着举足轻重的作用，连村长也不及他惹人眼目。特别是他的解说，能调动观众情绪，将沉闷的比赛解说得精彩，将精彩的比赛解说得妙趣横生。可以说，没有李淘的参与，端午篮球运动会就失去了往下延续的生命力。

村里的运动员是地地道道的农民，没有统一的运动服，球场上的运动员穿得五花八门，但这难不倒李洵，他用特别的方式，以运动员上场穿的衣服颜色为他们命名“红零号”“花零号”“蓝零号”“白一号”“青一号”，等等。“红零号球交花零号，花零号再传蓝零号蓝零号带球过人三步上篮，好球，两分——未——中——。”李洵的解说词成了孩子们的儿歌，人人都可以来两段。

李洵出现在球场上时，人们眼前一亮，白衬衣白得眩目，黑裤子黑得抢眼，那裤子挺刮的线条能切豆腐，皱得像一团抹布的皮鞋擦得锃亮。

几个年轻媳妇跟他开玩笑：“李洵，今天和谁相亲？”李洵追白惠的事已在村里传遍，李洵笑一笑，不搭话，昂首迈步走进村公所。他进去的时候，白惠正帮村长翻找磁带，村长递给他一瓶矿泉水，这是运动会上级别最高的待遇，只有他和组委会的成员可以享受。村长说：

“就等你了，现在开始？”

李洵大大咧咧坐在村长平时办公的椅子上，将锃亮的皮鞋陈列办公桌上，拧开瓶盖喝一口水：“都准备好了吗？”

村长说：“你再检查一下，我们忙活一早上，不知道准没准备充分。”

村长说着就走出去，李洵站起来，打量白惠：红色遮阳帽，白色短袖 T 恤，牛仔短裙，光洁的大腿……李洵很响地咽了一口水，低声叫道：“白惠！”

白惠不应声，转过头横他一眼。李洵再叫白惠，白惠啪地把磁带扔桌子上：“叫我干吗？我又不是你叫着长大的，叫着顺口是吧，回家叫你妈去！”一转身走出去，浑圆的屁股左摇右摆，两条光洁的大腿搅乱了他眼前的光线。

李洵有些沮丧地来到球场上，这才记起离家时满脑子白惠，赛球没带来。作为总裁判，那个价值八十多元的赛球一直由他保管，他也保管得很好，每年比完赛之后擦洗得干干净净用球网吊在床头，那只球陪伴他度过无数空虚的夜晚。

李淘急急忙忙往回跑，拿了球刚要出门，父亲叫住他："这几天连续不断的雨，地里的洋芋被水泡得发臭了，好不容易等来个好天气，你还有工夫去玩那无聊的玩意儿？"父亲正往肩上套背篓背带，手里提着打捞洋芋的钉耙，他后面站着母亲和满脸不高兴的弟弟妹妹。父亲说："你到底是不是吃粮食长大的？眼看庄稼遭殃还跟没事人一样！"

李淘双手搂着篮球："多一天少一天没事，明天我捞就是了。"

父亲说："只听说过不吃饭会死人，没听说过不玩也会死人！"

母亲说："让你在水里泡一天试试，你明天捞洋芋烂成的粪去吧！"

这时高音喇叭里传来村长催促他的声音，他将篮球挎到肩上，刚要迈步出门，父亲吼道："你滚吧，最好死在球场上，一辈子别回来，老子不见狗屎不恶心！"

母亲说："读了这么多书，反倒读成一个吃家饭屙野屎的种，大事做不来小事不愿做，脑袋里装的全是豆渣，还看不起这个看不起那个的，村里人谁像你，羞死李家先人了！"

迫于父母压力不敢去篮球场凑热闹的弟弟妹妹怨恨地瞪着他，弟弟低声嘟囔："你去死吧！"

妹妹小声嘀咕："这个家有你不多无你不少！"

一行人走出门外，消失在海洋一样深广的庄稼地里。

篮球掉到地上，拖着球网，一蹦一跳滚到门边，不动了。李淘一屁股坐下去，他眼前晃过刘敏的脸，白惠的脸，父母和弟妹的脸，对喇叭里催促他的声音充耳不闻。大约十分钟后，他做出了结束生命的决定。他找出一根崭新的尼龙绳，爬上楼去，在房梁上套好绳子，怕承受不了自己的体重中途绷断，他用手吊着绳子荡了荡，放心地搬来椅子，站在上面比着脖子高度打死结。

他做这些时心里平静如水，没有一丝慌乱，像清早洗脸刮胡子擦皮鞋一样从容自若。他想，在你们眼里我真那么一文不值，你们想让我死，我就死，我死了，刘敏、白惠会内疚会流泪，运动会要乱套，家里少了个识文断字的人，你们会难过，会哭，会后悔，死了你们才知道我活着的价值。他脑海里像放电影似的闪过一幕幕悲伤的场景，脸上浮现出冷冷的笑容。

高音喇叭里响起雄壮的《体育进行曲》，乐曲声中，李淘把头伸进绳子的死结，蹬翻椅子，白色的尼龙绳嘎的一声陡然绷得笔直，房梁上的灰尘纷纷扬扬……

人山人海的运动场上躁动不安，人们互相打听怎么不见李淘，往年这个时候，方圆十里只听得见他的声音。运动员和组委会的人不停张望通往他家的小路。村长吩咐白惠："再来段音乐吧，再等一等，这玩意儿他不在可不行。"

白惠不悦地站起来："离了他地球就不转啦？"将手里的磁带放进磁带仓，啪地按一下，雄壮的《体育进行曲》立刻在山山岭岭间回荡。

李淘死了，他是村里唯一没有用棺材装殓入土的人，一床破草席成为他最后的归宿，他的死亡导致的最严重后果是三道河村刚刚兴起三年的端午篮球运动会从此取消了。

八月，父亲又开始在村里忙碌，为我筹集学费，他瘦小的身体总在八月的乡村道路上往复不停。父亲满脸堆笑四处奔忙的身影成了乡村八月里一道独特的风景。村里人说："肖科明又开始给大学生借钱了。"

有钱压在箱底的人家惴惴不安看着父亲走来走去，掌家人出门前总忘不了仔细叮嘱家里人，如果肖科明来借钱就如此这般这般如此，千万不能借给他，钱到他的手里就肉包子打狗——有去无回了。

八月是我们家的灾难月。

这年暑假我没回家，在学校所在城市找了份临时工，我必须攒钱还李红雨，对她，我有万分的内疚，我不想再欠她人情了。我每天站在火车站人流熙熙攘攘的广场上发保健药品夸大其词的广告传单，见人就往手里塞。衣着光鲜的城里人对我的奉送或面无表情地木然离去，或报以冷漠白眼。偶尔会有满脸疲惫的农民工拿走一份，顺手揉成一团，急匆匆朝公厕跑去。

我给父亲写了封信，让他找村委会帮我出具贫困证明，准备申请助学贷款，我知道家里已经被我折腾得奄奄一息了。

黄昏，父亲敲响村长家的门，村长坐在沙发上剔牙，桌上放着半杯未喝完的酒，村长老婆正在啃猪蹄，看见父亲，慌忙火急把猪蹄塞到两腿之间，拉围裙盖住，拿污渍斑斑的围裙反复擦手，舌头忙不迭打扫嘴唇周围遗留的痕迹。这妇人所做的一切我父亲一目了然，但他装作没看见，笑着说："才吃饭哪，噢，嫂子也在家？"

妇人就得意地看一眼村长。父亲把送给村长的酒很响地放到桌子上，背对妇人坐下，妇人乘机转身进屋，半天不出门。

村长说："肖容这个假期没回来？"

"留城里打工了，没办法，家里没钱，让他自己筹点钱。"

"这钱呀，害死人，培养一个大学生可真不容易！"

"就是，就是。我想请你出个贫困证明，肖容要申请助学贷款，实在没办法了。"

"又要贷款？听说你在我嫂子家也贷了款的？"

"没办法，那时不知道银行可以贷……"

“她家贷的还完了？”

“没有，光利息还差一大截呢，没办法。”

“不要老说没办法，办法是人想的嘛，老这么贷来贷去，家里又没其他大的收入，指望肖容大学毕业挣钱还债，你想想，到那时利息就是多少？再说，肖容也不能光挣钱不花钱呀，买房子啦，筹办婚事啦，城里开销更大。这年头，只有人闲的没有钱闲的，啥地方不用钱？!”

父亲坐在村长凉爽的家里目光散乱，热汗淋漓：“村长见识广办法多，帮老弟想想办法吧！”

村长说不急，收拾了酒桌，重新拿来酒杯，把我父亲送给他的酒打开一瓶，满满倒了两杯，两人一口一口地边喝边聊。村长叫出妇人，妇人剔着牙，嘴张得大大的啊啊走出来。

村长说：“把那猪脚切来我们下酒。”

妇人不剔牙了，眼睁得大大地看村长：“还喝呀，我看你都醉了，说酒话了，猪脚还在猪身上长着呢！”

村长说：“醉啥醉？让你切你就切呗，又不是外人。”

我父亲赶忙搭话：“煮猪脚了，日子过得挺滋润。”

妇人说：“滋润啥，一年难得有几回，刚煮的，这会儿可能熟了。”

进里屋去，撞得门咣咣响。

村长皱了眉：“你没长眼睛？”

屋里说：“脚撞的，眼睛长头上，没长脚上！”

他们喝到第五杯，办法终于在酒精浸泡下成熟了，父亲和村长口齿不清地将分别在两个城市的我和白惠口头上联姻，由此生发出的美好想象在你来我往的叙述里轮廓凸显触手可及。父亲像发了横财的人，胆战心惊激动不安，意料之外的惊喜使他更加语无伦次，随之而来的是卸下重担的坦然和心安理得。他说：“太好了，太好了，这样既解决了孩子读书问题，又解决了婚姻大事，太好了，哎呀，不愧是一村之长哪，想出这么高明的办法！”

村长说：“我哥那边我出面说肯定没问题，大学生呢，村里独一无二的大学生呢……”村长想了想，想不出恰当的夸赞这段婚姻的溢美之词，随口说出句他小时候唱过的山歌：“‘骑马要骑四脚青，配婚要配大学生。’这可是我们村最上等的婚姻哪，百年不遇！”

按照农村习俗，八月二十八，双月双日，好事成双，我父亲在村长陪同下走进白惠家青砖铺地的院子，大黄狗拴在院子的角落，白惠家屋里高朋满座，神龛上燃了对大红蜡烛，蜡泪点滴，烛焰闪烁。

父亲说：“我问过肖容了，孩子挺喜欢攀这门高亲，做老人的更没意见，只是这培养孩子的事……”

村长说：“你这不废话吗？不开亲是两家，开了亲就是一家人，我和你嫂子的为人你还不知道，姑爷是半个儿子嘛，还用你说?!”

白惠妈说：“放心，我有多大的能力办多大的事。城里有几户人家生拉活扯要找我们白惠，我不同意，城里人不好处，还是村里人好，知根知底的。再说了，这两孩子心里有那个意思，年前就在小河边偷偷约会了，做父母的，只要孩子同意，没什么可说的！”

八月二十八日，我顶着烈日在火车站发广告传单，不知道家里发生的事。白惠呢，她妈倒是事先给她打过电话，她没说同不同意。她妈说：“肖容想和你订婚，请你叔做媒，上门来说过几次了。”

白惠说：“肖……容？肖容啊。”

她妈接着说：“是啊，大学生，人家看上你了。”

白惠不屑地说：“有啥稀奇的，大学生找不到工作的多得是。”

她妈说：“定亲的日子都订了，八月二十八，你回不回来？”

“他来不来?”

“不来。”

白惠说:“他不来我也不来,免得以后吵架吵不过他。”

没有人告诉我家里发生的一切,八月二十八日下午,我发完广告传单后和曾晓萍在一起,这个假期她借口参加英语加强班没有回家,她说其实是想跟我在一起,我有点感动,但没有表现出来。曾晓萍并不知道我欠李红雨的钱,我没把发小广告的事告诉她。她所知道的事实是我爱她,所以我借口留在学校陪她上加强班,当然我们的学费都是“那人”掏的腰包。

我们去公园,人特别多,连个坐的地方都没有,就直接去一个人迹罕至的废弃体育场,那里有个绿草茵茵的足球场,旁边几棵大树遮天蔽日,浓荫覆盖着绿草。我们俩仰面朝天躺在草地上,曾晓萍头枕着我的手臂,嘴里叼着烟,蓝色的烟雾缭绕着她白皙的脸,很好看,粉红框架的太阳镜后面,眼睛水汪汪的,深不可测。

她说:“肖容,如果我们分手了,你会不会恨我?”

“你呢?”

“不会,但我肯定忘不了你!”

“我会恨你!”

“为什么?”

“因为你离开了我,不成情人就成敌人!”

“你真自私,不能看开一点吗?”

“不能,我的爱是死心塌地的爱!”

“如果在某种危急的情况下,只有用你的死来换我继续活着,你愿意吗?”

“愿意。”

曾晓萍笑了,伸手拍我的脸,说:“很虚假,但听起来非常舒服。”就背过身去：“我想睡觉。”

我看着她白嫩的肌肤，感受到了她的体温，突然涌起吻她的冲动，就衡量一下位置，将嘴埋伏好，准备挠她痒痒，她一转头，可以假装不经意吻到她的唇。我伸手挠她的胳肢窝，她缩一下肩膀，头转到另一边去，我没得逞，她却看见了我准备充分的嘴，把眼镜拉到鼻尖上，问道：“想吻我？”

“嗯。”

“早说嘛，不用这么处心积虑！”

没等我说话就哗地摘掉眼镜，凑过嘴来，响起有力的吮吸声，然后抹着嘴问我够了吗？速度太快，没来得及体验，当我准备进行第二次时，走来两个人，在我们不远的地方坐下来。曾晓萍打开她的遮阳伞，罩住我们的头，狡黠地说这样就不怕他们了。

我鼓捣得很来劲的时候，曾晓萍以她的宽容大度无声地纵容我，像母亲纵容无知的孩子那样带着包容和怜悯，她的手掌轻轻抚摸我的背，自上而下，无比温存。她总在我们分开的一瞬间问我同样的话：

“够了吗？”然后又以义不容辞的姿态反扑回来，满足我的欲望。

后来我索然无味躺在草地上，曾晓萍也滚到一边睡着了。由于劳动强度过大，我的舌尖阵阵刺痛，舌根发酸，嘴唇周围紧绷绷的，干涸的唾液收紧皮肤，留下酸腥的味道。在我头顶，一群鸽子盘旋不去，鸽哨声呜呜地响，很沉闷，良久，降落到体育场破旧的看台上，晃晃悠悠走来走去。

曾晓萍翻过身来，手搭到我的脖子上，喃喃地说了句什么，嘴角浮起浅浅的笑。我握住她的手，阳光被浓密的树叶筛碎了，光点落到她脸上，零零落落地轻轻晃动。她梦见了谁？她的世界是我不知道的世界，我们像两个玻璃房子里的人，看见了彼此的世界，却无法找到那扇进入的门！

这个与我相亲相爱的人，她熟睡的脸让我感到难以接近的陌生。

第
3
章

薄如蝉翼的爱情

大三那年的春天来得很早，不经意间，淡淡绿意已被温暖的春风涂满枝头，蜷缩一冬的鸟，站在高高的树上拿小巧的喙梳理羽毛，呼朋引伴的鸣叫声清脆悦耳。阳光里的寒气，已被时间的网挡在季节门外。

在这草长莺飞的时节，我认识了江晓琴。

那是“三斤”组合在那个春天的唯一一次聚会，参加的包括寝室里其他不属于“三斤”组合范畴的人员。我们坐在临街一家窗明几净的小餐馆里喝啤酒，全场没有一个女同胞参与，气氛空前活跃，从中午一直喝到下午，好几个人都醉了。

我喝掉不下六瓶啤酒，感觉胃的容积越来越小，头越来越大，靠不停上卫生间缓解胃的压力。

那家餐馆只有一间男女共用的卫生间，从我们坐的地方左拐，穿过一道干干净净的玻璃门，下十多级台阶，跨过种了两株垂柳和几钵花的小庭院，靠近围墙那扇白色的门里就是卫生间，门口趴着一只很威武但不会咬人的狗。进卫生间后要从里面插门，插销有两道，上面一道是坏的，生了很多锈，因为供水不足，卫生间里放置了一个装满水的大塑料桶，每次完事都要舀水冲便池。

我在酒桌上走完一圈——与每个人碰了一杯啤酒——急于上厕所，拉开白门，里面插上了，尿意却十分盎然，不得不弯下腰扩大膀胱容量，但坚持不住几秒钟，肚子胀得牙根发酸。见四周没人，准备就地解决，刚拉开裤子拉链，楼上窗子里伸出一颗三十多岁的女人头颅，嘴角粘着瓜子壳，虎视眈眈地瞪着我："你想干什么?"

"不干什么。"我只得偃旗息鼓，但突然间调遣出来的排泄欲望，在膀胱的重压下更加难以抑制，逼得人咬牙跺脚。

女人指指我来不及拉上的裤子拉链："你这样准备干什么?"

"我，我，我拿出来随便看看。"

"有病?"

"没有，一向健康。"

女人不说话，眼睁睁看着我，呼哧呼哧的直喘气。

我只好擂那扇白门，央求里面的人快点，只差没叫救命。门呼地拉开，一个长得非常醒脑提神的女生气呼呼走出来，边走边甩手上的水珠，甩到我脸上也全然不顾。显然，我破坏了她的好事。

我在酣畅淋漓的排泄中想起那女生生气的脸，她的容颜在电光石火的一瞬间给我留下了深刻印象。回到餐馆，我发现她坐离我们不远的桌子旁吃饭，两男两女，有一男的与高政国同乡，时常来我们寝室吹牛。众人一一过去敬酒，我最后一个去，那女生端起杯子表情非常严肃："我叫江晓琴，我早认识你了，只是不知道名字，那次在操场上烧老鼠的人中就有你。特残忍你们!"

她碰完杯还问了一句："你们烧老鼠不是想吃它的肉吧?"

我就这样认识了江晓琴，她和我同级不同系，当时她是胡昌杰的女朋友，她和我碰杯，胡昌杰坐在旁边，很不友好地打量所有和江晓琴碰过杯的人。当她成为我女朋友后，我们坐在校园后面的山坡上回忆往事，说起我们初次相识，她记得的只是我被尿憋得通红的脸和我与那女人的奇怪对话。而我对那个初次相识的环境几乎过目不忘，记忆力惊人的好。

江晓琴问我："你怎么记得这样清楚？"

我一时回答不出来，心想，也许从见到她的第一眼我就在潜意识里爱上了她，对那个特殊的环境留下难以磨灭的记忆，只是那时候我不知道自己又遭遇一次爱情罢了！

之后不久的一个星期五下午，学校放映室贴出通知，晚上放映《美国往事》。这部影片我大一就看过，其冗长程度让我惊讶继而气愤，一部长达三个多小时的影片无论艺术水准多高对观众都是不公平的，除了那些闲得心里长霉的家伙，谁有那么多工夫耗在电影院里？三个多小时正襟危坐看一部并不怎么样的影片，对人的意志的确是一种考验。第一次看《美国往事》事先并不知道有这么长，中途我出去了几次，抽烟喝水和女生聊天，每次回来我以为换片了，可还是那几张老外的脸晃来晃去，晃得人凭空尿胀。

这一次为了陪曾晓萍，不得不重看《美国往事》。

曾晓萍喜欢这类影片多少让我感到意外，凭我的感觉她应该迷恋韩国言情片才对，生气就噘嘴悲伤就大哭高兴就哇哇怪叫，生活在远离现实的真空中演绎着据说缠绵悱恻的爱情的那种肥皂剧。她在电话里说电影名字时我吃了一惊，她看过影评，说如何如何好。我说影评上提到时间了吗？她没注意这个，我建议她先吃饱喝足再去，必要时可以准备好干粮。

"你不懂艺术就别胡说八道。"曾晓萍有点不高兴。

我喜欢不用过脑子就能看懂的打斗片和喜剧片，许多人都愿意看这类影片，但不愿承认多么喜欢，害怕庸俗。我首先承认自己庸俗，因此不怕别人认为我庸俗。我喜欢范伟超过任何号称天王天后的演员，因此引来曾晓萍多次无情的批判，有时我们俩会因为争论这个话题不欢而散。她恶毒地寻找我庸俗得不可救药的原因：“我知道你为什么喜欢范伟，因为他长得太像农民了。”

曾晓萍的要强任性这时暴露无遗，如果我不轻易承认自己输了，她会一整天喋喋不休，就算我采取上厕所拖延时间等方法打断她的思路，事隔十几或几十分钟，她会坚持在门口等我，仍然继续原来的话题，非要我同意她的观点才肯善罢甘休。争论总是在我的沉默中结束，曾晓萍经常这样结束她的话：“肖容，你得好好学学我，你过去的成长环境太差了。”

我故意拖延很长时间，和曾晓萍走进放映室，电影已经开始，她拉着我急急忙忙找座位，碰到很多横空出道的脚，好不容易在靠近卫生间入口的地方找到座位，阴冷的风吹来一股股浓重的尿臊味。

从卫生间旁边的楼梯上去有个小小的露台，大约半小时后，我借故上卫生间，去露台透气。从露台上看去，操场上好多人在运动，树荫下坐满了人，也不知说些什么，只听见笑声此起彼伏。那支叫“兄弟”的乐队在开水房旁的空地上练歌，长头发的主唱摇头晃脑唱着汪峰的歌，感觉挺不错，如果他不中途咳口痰的话还真有点像模像样。

这时有人走上来，我回头，看见江晓琴站在后面，她愣一下神，随即笑道：“我以为没人，你也喜欢这里呀！”

“电影太没劲了，还不如看风景，感觉不错，可以看现场演唱会！”

“不喜欢《美国往事》？”

“简直深恶痛绝，不单单是《美国往事》，对这类长影片都不感兴趣，王大妈的包脚布又臭又长。”

江晓琴大笑的样子很迷人：“又臭又长，我也不喜欢，迷糊了一会儿，出来醒醒瞌睡。”

江晓琴站在我旁边，手扶栏杆极目远眺，她下巴上有一道浅浅的半月形疤痕，停泊在漂亮的脸庞上，让人顿时心生怜惜。浅绿色的发卡别在柔长的黑发上，很好看，发卡是手掌造型的“OK”手形，圆润的指尖缠绕着无言的呵护，头发更服帖了，纹丝不乱，即便是被风掠起来，落下去仍是原来的地方。

江晓琴说：“我就是在这里看见你们烧老鼠的，一团火蹿来蹿去，你们几个人追来追去用脚踢，好多人围着看，你猜那时我怎么想?”

“巴望火团蹿到我们身上把我们烧得和老鼠一样满地打滚。”

“哎呀，”她奇怪地看我，“八九不离十，当时我还真这么想。不是你们，而是你，因为你踢了火团一脚，我亲眼看见火团飞出一簇，散在旁边燃烧，那可能是老鼠身上烧透的某一个器官。你们太残忍了，老鼠是可恨，但也不能那样对待它们。”

“我后来也这么想，我经常做让自己后悔的事，比如烧老鼠，比如看《美国往事》……很多。”

江晓琴的下颌轻轻挨近胸口，手指划着栏杆，眼睛垂下来，翘起的睫毛如同两把小扇子。她低声说：“我也是，经常做让自己后悔的事，人要是能够预见未来该多好啊！”

我总共去三次露台，三次都碰到江晓琴，或许她根本没有离开过，但在我，那种相遇产生了某种难以言喻的美妙诱惑，促使我不顾曾晓萍的白眼一次又一次往露台上去。第二次去露台时和她聊起我们在小饭馆的相遇，那天的独特事件我给她留下了深刻印象，在那一拨敬酒的人中，她唯一记住我的名字，烧老鼠，被尿憋，和老板娘斗嘴，逼她出厕所一系列的偶然事件增强了她的记忆。

叫“兄弟”的乐队依旧重复同一首歌，音乐飘起来，缭绕这个五楼的小露台，在高高的地方，远离人群的方寸之地，让我觉得和江晓琴的独处有萍水相逢的意味，沧桑而神秘，仿佛失散多年的故人，踏着岁月的苔痕而来，在人海最深处突然相逢，我内心泛起一阵阵莫名其妙的感动！

第三次去露台，胡昌杰在上面，他们背对我，他的手环住她纤细的腰。她看了我一眼，拿开他的手，胡昌杰朝我点头，俩人一言不发从我身边走过。

我对曾晓萍解释说我拉肚子了，她深信不疑，硬逼我吃了三片泻痢停，我健康的肚子持续三天便秘，打嗝都带出让人恶心的味道。

《美国往事》到底连曾晓萍也没看懂或者没看完，当我问她影片内容，她一脸茫然，我得意的笑容还没爬上脸，曾晓萍说我主要是听英语对白，很精彩，对口语表达很有帮助，你该学学我。

无论何时何地，曾晓萍都是我学习的榜样，我有点讨厌无处不在的榜样！

阴天，有雨，淅淅沥沥的，曾晓萍我俩在街边咖啡屋里坐着，她喝咖啡我喝茶。曾晓萍说时尚的人都喝咖啡，要我喝：“你必须从根本上改变你的生活方式，你要学我，别在什么地方让人一眼就看出你是个农村人。”

为了表示我向她学习的决心，我猛灌了一大口咖啡，立刻张嘴吐出去，我尝到了时尚的味道，很涩，很苦。曾晓萍恨铁不成钢地埋怨我：“喝茶吧喝茶吧，你就喝茶的命，也难怪许露露说你土。”

我愧对于她，但找不到解释的言语。我生在泥土里长在泥土里，这土的痕迹一直磨灭不掉，让人心生恼恨。

我们的座位靠窗，玻璃宽大，细雨随风飘洒到玻璃上，汇成细小的水流，蜿蜒如泪，缓缓下滑。从窗户往外看，街灯模糊一团，像踩扁的花朵分不清花瓣，却有几分模糊的绚烂。玻璃里层罩了一片白，曾晓萍默默用手指划开，写上几个字：“我爱肖容大笨蛋!”那片白随着人渐渐增多越来越厚，凝聚成水，致使曾晓萍的爱情宣言模糊一片，继而了无痕迹。

九点钟，我们离开咖啡屋，她撑开伞遮住我们头顶的天空，毛毛雨落到伞上，响声细密，像一片低语。曾晓萍拉住我的手，像突然记起什么似的：“噢，有一件事情忘了告诉你，他明天要来看我，这两天你别找我，他走了我会找你的。”她用头蹭我的肩膀，目光亮亮的，眼神却很模糊，如同隔着洒了雨水的玻璃窗看见的街灯。

“行!”我说。

“你不介意?”

“什么叫介意?”

“就是——”她想了想，“他来找我你一点也不难过吗？我的意思是……”

“我能改变什么？他才是你真正的男朋友，你以身相许的人，我不过是他的临时替补，功能相当于一只宠物。有什么好难过的，我为自己悲哀!”

她迟疑一下：“你别这样，我对你比对他好无数倍。难过证明你心里有我，这对我是莫大的精神鼓励，也不枉我对你这样好啊!”她的手试探着轻轻塞进我手中，脉搏在我的掌心律动，可她的心一如她的生活她的世界，在我无法感受的地方跳动。

我从她伞下退出来：“别说那些肉麻的话，你先回去吧，我想一个人走走。”突然出现的变故激怒了我，尽管在这之前我知道这一天迟早会来临，我也无数次在心里安慰自己，我以为已经说服自己了的，当这一切真真切切的就要在眼前发生时，我潜伏在心底的难过排山倒海地压过来了。

她白皙的手将要被他握在手里，她娇嫩的双唇会被他长久地吮吸，他们一起上街一起吃饭一起说笑一起去宾馆开房……我的心一片冰凉。曾晓萍看看我，收起伞，踮脚吻一下我冰冷的脸，说："我知道你很难过，他很快就会走，不走可不由他。"

她走出去很远，又跑回来，双手吊在我脖子上。我别过脸去，她用力扳回来，一字一顿说："身体是他的，心永远只属于你，只属于你！只属于你！记住，只属于你！"

我漠然推开她，独自来到教学楼天台上，城市的灯火在雨雾里显得妖冶迷离，我站在城市边缘，张望迷离的灯光，加倍怀念自己曾经很厌倦的乡村：低矮的土墙瓦房，尘土飞扬的道路，贫困而自我满足的人们。

我孤单的灵魂总在无路可走时皈依乡村。

乡村，如果没有你，这样的雨夜，我该怀念谁？这样的雨夜，有谁愿意接纳我流浪的灵魂？除了你！

突然想起李淘说的那句话："我什么也不是了！"

父亲私自用我的婚事换来白惠家的大力支持，不用说，我的大学生活开始出现转机，父亲第一次在汇款单附言栏上留下一行字："没有钱写信回来要。"这是上大学以来，来自家庭最温暖人心的承诺，安全感油然而生。

我对父亲表现出的慷慨心生疑惑，写信回去追问父亲，父亲不置可否，只说让我放心读书，钱的事他已经解决好了，我想可能父亲给我办好了贷款之类，也就没去多想。我哪里知道，我已经和白惠捆绑到一块儿。

我有点激动，破天荒想请一次客，我想请曾晓萍的，可人家现在正和"那人"黏糊呢，想起这些，我心里又难过了。我给李红雨打电话，请她吃饭，感谢她一直以来对我的帮助。李红雨在电话那端迟疑一下，吃饭哪，怎么想起我来了？我说想见一下你，和你聊聊。曾晓萍呢，你怎么不约她？我就想和你聊，没约她。不好吧，她还犹豫着。

真烦人，请人吃饭也这么难，我不耐烦地挂断电话，李红雨的电话就打回来了，你在我们楼下等我，我马上下来。

我和李红雨坐在曾晓萍我们俩经常去的餐馆，位置是曾晓萍特别喜欢坐的，现在，曾晓萍的位置上坐了李红雨，这情形使我心生快慰。曾晓萍能看见该多好啊，可她在哪里呢，她在干吗呢？我不敢细想，大声吆喝着点菜，嘴里吹着口哨，一副兴高采烈的样子。李红雨安静地坐在旁边，疑惑地打量我，你有点不正常，肖容，到底发生什么事了？没有，我说，你尽管吃，不是鸿门宴，没有陷阱，也没有毒药。

“是不是和曾晓萍闹矛盾了？”

“没有，我和她没矛盾可闹，很好。”

“不对，肖容，我总觉得你不对劲。”

我生气了，确切地说是恼羞成怒。啪地把菜单合上：“请一次客你哪来那么多废话，我不偷不抢，请你吃顿饭值得你这么怀疑吗？我穷惯了，请顿饭的资格都没有，钱的来路值得怀疑，不敢吃你走吧！”

“我不是那意思，肖容……”

“不是那意思还是什么意思，你就狗眼看人低，瞧不起农村人，走走，不吃拉倒。”

“肖容，你别生气，我说错话了，对不起。”她有些惶恐，眼神里满是不安，让人顿生怜惜，“对不起，你别发火嘛！”

我默默坐下来，她看我，我看别处，我其实没想对她发火的，可我的火气憋在胸腔里蓄势待发很久了，谁让她撞到枪口上呢。良久，我说，好好吃饭吧，别多想，真的就是想感谢你，我家里的境况稍微好些了！啊，她长舒一口气，那就好。

菜上来，我们相对无言，默默地吃，再没有多余的话语，我想喝点酒麻醉自己的，怕喝醉了控制不住自己的情绪，不敢喝。李红雨见识过我酒醉后的状态，来的路上一直叮嘱我别喝酒。我说听你的。她说你这是第一次听我的话啊。

中途曾晓萍给我打电话，我没接，她再打，我仍不接，她发信息给我让我接电话，我还没来得及回信息，她的电话又打来了。接吧，李红雨说，要不我回避一下。我冲她摆摆手，起身去卫生间接电话。

曾晓萍讨好的声音传过来，想我没有啊？我说你怎么想起给我打电话了，不抓紧时间在宾馆里忘我工作，打电话干什么？醋坛子，说这种话你心里不难过吗？曾晓萍吃吃地笑，我在卫生间里给你打的电话，我真的好想你啊，你在哪里，吃饭了吗？我说我在外面吃饭。和谁呀，不会是背着我找的女朋友吧。恭喜你答对了，加十分。谁呀？曾晓萍的声音高了，我认识吗？你不认识。有我漂亮吗？有我对你好吗？这个，怎么说呢，各有千秋吧。

曾晓萍生气了，呼呼喘气，我在她的喘气声里收获了一茬一茬的快乐。我嘿嘿地笑，生什么气啊，州官可以放火，我小老百姓点点灯你生什么气啊，你也不想想你自己，挂了吧，我正忙呢！

我刚挂断电话，曾晓萍又打过来，肖容，玩玩可以的，适可而止，别动真格的，你不知道我心里有多难受。我心里说你有我难受吗？我他妈说假话骗你的，你要知道李红雨和我一起吃的饭，你就该对我嗤之以鼻并且肆无忌惮地鄙视我了。嘴里却说，这个尺度不太好把握，我尽力吧，守不住阵地你可别怪我，敌人太漂亮了。肖容，你得答应我，你是我的，不能做对不起我的事。好吧，我慢条斯理地说，我努力！曾晓萍在电话那端急急地低声说，他回来了，记住我的话。一阵嘟嘟忙音立刻充斥耳际。

我叹了一口气，什么世道，什么人心啊。我洗了把脸，觉得挺对不住李红雨的。我和她什么关系没有，关键时刻，总是她在我身边。

回到餐桌，不见李红雨的踪影，服务员过来告诉我李红雨结完账走了。我打她的电话，关机了，打她们寝室的座机，说她不在。我在她坐过的位置上坐下来，她的余温尚存，碗里剩下半碗没吃完的饭，筷子整整齐齐地搭在碗口，没动过几筷子的菜，一桌杂乱的残局。

而此时此刻，我的父亲却因为成功地把我许配给白惠，一直处于大功告成的亢奋状态，隔三岔五就和村长一起对饮。村长常以成人之美的无私面孔倾听父亲的恭维，对外，他四处宣称他的侄女婿是村里最有前途的大学生。有一次召开全镇村以上干部会，他当着许多人问镇长大学生属于什么级别，镇长误以为这个好酒的人又说酒话了，哈哈一笑："比我大两级吧，我才是个中专文凭呢，人家读的是本科。"

村长想，比镇长大两级，那可是县长啊。当天夜里，他急不可待地把这个消息传达到肖白两家，他趁白惠母亲笑蒙的时候要走了三瓶好酒和一个他神往以久的黑皮夹包。

对这件事，我母亲却表现出不合时宜的淡然，她隐隐感到不安，对我父亲说："肖容啥都不知道，你就卖牲畜一样把他卖了。我儿子长得多养眼睛哪，交给白家尖嘴猴腮的女儿，可惜！"

母亲的不满在随后父亲的话语里所展现出的严酷现实面前不堪一击，父亲说："光知道说长道短，你去找钱供孩子读书啊，孩子不是你亲生的？你有办法供儿子上完大学，这亲我保证退回去！"

白家理所当然要去我的通讯地址和电话号码，白惠妈对我父亲说：

"你让肖容给我们家写写信什么的，不订婚是两家人，订了婚是一家人了嘛，多给白惠写。"

父亲满有把握为我订婚，唯独让我给白家写信这件事心里没底，他说：

“肖容懒得很，连给我的信也很少写，写不写信这事都铁板钉钉，他当了县长也是我儿子，也是你女婿，不管他，船到桥头自然直。”

白惠妈不依了：“你是你，白惠是白惠，白惠要陪他过一辈子，你也要陪他过一辈子？现在都这样了将来出息了怎么办？这事你说的不能算，必须得写，多沟通沟通！”

父亲突然感到事情的严重性。

以父亲的文笔，难以在信纸上将这件事情的来龙去脉和他最想表达的深沉父爱以及家庭辛酸叙述清楚，他选择去镇上给我打电话，打我的手机没打通，再打我们寝室的电话。正好我没在寝室，陪曾晓萍逛商业街了，从这家商店出来走进那家商店，手里帮她提着新买的一大堆衣服。

曾晓萍试穿衣服不照镜子，转着身子问我好不好看，把我当她的穿衣镜。我欣赏她就买，不欣赏的无论别人怎么劝她也不听。这种无私的信任把我和许露露的地位区分开来，许露露在逛第三家商店时找借口走了。我平时最讨厌逛街和与人讨价还价，这时却把它当成一种表达情感的方式，尽心尽力陪在她身边。

父亲一连打了五次电话，没找到我，他像电脑语音程序，电话一通就机械地说：“我是肖容的爹，我找肖容。”

连续不断的电话把张仪峰吵烦了，张仪峰的回答一下子让父亲呆若木鸡：“告诉你他陪曾晓萍上街了嘛，曾晓萍是谁？他老婆呀！”

张仪峰的话像一记晴天霹雳，吓蒙了父亲，他放下电话，像个酒醉的人磕磕绊绊，目光呆滞走在乡村道路上。他的脑海里一片空白，走错了三个岔路口，两次失脚掉进路边水沟里，最后一次，他干脆坐在沟沿，双脚浸泡在冰冷的水中，透骨的寒冷没让他完全清醒过来。

张仪峰的话击碎了他美好的设想，远远看见白惠家青砖堆砌的二层小楼威严地矗立在明净的天空下，内心的不安放大了那栋小楼，使他感到无比的压抑和莫名其妙的不安，从前那种亲近感顿时荡然无存。

父亲把一切归咎于我，一路狠狠骂道："狗日的肖容，这回老子被你害惨了，你让我怎么向白家交代？狗日的肖容，栽林养虎，虎大伤人了！"

父亲走在秋天的风里，如同走在数九寒天里似的瑟瑟缩缩，他袖着手，弓了腰，尽量缩小自己，但进村时仍然发现自己瘦小的身子很显眼，怎么缩都无济于事，结果被村长发现了。村长说："亲家公，晚上来你家喝一杯，有酒没有？没有上我嫂子家拿去，她家好酒多得很。"

父亲吓了一跳，呀地惊叫一声："恐怕不行，今天感觉不舒服，改天吧。"

"头发痛啊？"村长笑了，"你早上出门还唱着小调呢，一眨眼就病了？"

父亲说："对，一眨眼就病了，这病来得挺快的。"边说边飞快走了，他拉开我们家院门时才醒悟，头发是不会痛的，破绽全露给村长了。狗日的，绕弯子整人。

他转过身，村长正看着他冷笑："赶紧歇着吧，会死人的。"

父亲不理会村长的奚落，跌跌撞撞跑进屋，对母亲说："你儿子闯祸了！"

母亲听完他的叙说，没有表现出他意料之中的紧张，相反，她笑了："是你给儿子闯祸了，一声不吭背着儿子跟白家定亲，这回我看你怎么收场。"我母亲有几分幸灾乐祸，"你总不能把白家姑娘娶回来当小老婆吧！"

父亲在母亲那里寻不到安慰，种种可能出现的事实吓得他彻夜失眠，蜷缩在角落里抽了整整一夜的旱烟。天蒙蒙亮的时候，双眼红肿的父亲做出了来学校找我的决定，他必须当面给我说清楚，必须让我和白惠好。

父亲脚步踉跄出现在城市干净的街道上，从未见过的繁华让他暂时忘掉心中的烦恼，深不可测的现代化大都市使这个只去过县城的农民目瞪口呆，做梦都没见过这么大的地方。他站在巨大的城市背景里，突然感到自己的渺小和微不足道。当他仰望高入云天的摩天大楼时，想起白家独门独户耸立在村子中的两层小洋房，不屑之感油然而生，那一瞬间，他觉得白家也没什么可怕的。

父亲以乡下人独有的姿态行走在城市里，以他几十年辛苦耕种土地的思维方式自我陶醉欣赏眼前的一切。他站在天桥上望滚滚人潮车流，一颗善良的心不禁为城市担忧：这么多人屎尿拉在什么地方啊，得有多大的茅坑，得占多大地盘啊。他又想，我们家院墙下的茅坑让这些城里人去拉，几分钟就满了，不用提着撮箕眼巴巴跟在牛屁股后面拾粪了。使父亲感到骄傲的是，这样的大都市中居然还生活着他的儿子，这份无法割断的亲情拉近了他与城市的距离。后来他倒剪双手游荡街头，像走在自家园子地里似的，以察看青菜萝卜长势的眼光，打量商店橱窗和过往行人。

父亲出门过于匆忙，忘了带我的联系方式，当天下午，他好不容易找到我们学校，站在大门口，看进进出出的年轻人，问路边一个修鞋匠："这些人全是大学生？"

得到肯定答复后，他若有所思地看着蚁群一样往来的大学生，心想："这么多人念大学，一年得花多少钱，那些钱是怎么挣的呢？得有多少头母猪不停地下崽啊。"

他迈步进门，被保安拦住了："你找谁？请出示证件。"

父亲打量保安，仰头说："我是肖容他爹，肖科明。"

"肖容是谁？"

父亲很惊讶，他说："你不知道肖容？肖容是大学生呀，就在这里面念书，相当于县长的人物，你们不知道？"

保安不耐烦地将他推出去：“这门里进进出出长个脑袋的都是大学生。”

我接到门卫室打来的电话，急匆匆往外走，我以为家里出事了，想得最多的是经常生病的母亲，脑海里出现了家破人亡的凄凉景象。穿过操场，眼泪快出来了，满满盛在眼眶里盈盈欲滴。傍晚的夕阳映照着我的泪光，我满怀哀伤走在人流里。

恰在这时候，曾晓萍和“那人”手挽手迎面走来，笑得眉不是眉眼不是眼的，他伸手在她脸颊上捏一下，她的头蹭过去，那动作像蹭我的肩膀一样，熟练中透出习以为常。

他不认识我，很久以前车站上的一面之缘早已经消失在他的记忆里。他眼角的鱼尾纹一如当初，深刻清晰。他们与我擦肩而过，曾晓萍看见我，也许发现了我眼里有泪光，她怔了一下，停住脚步，说：“我鞋里有沙子。”

西服笔挺小腹微隆的“那人”艰难地弯下腰去帮她脱鞋，她手拄着他的背，哀怨地看着我，目光里充满鼓励。

我特别后悔回头看她那一眼，应该留给她一个洒脱不羁的背影的，最不应该眼泪汪汪看她，风掠起的头发遮住她的眼睛，某种满足正在她脸上悄然蔓延。

我找到父亲的时候他正坐在路边抽烟，心里终于有了守望庄稼的悠闲，满脸笑容让我所有的不祥预感尽数落空，我坦然之后生出几分恼怒，顺理成章把在曾晓萍面前的失态归咎于父亲事先的不声不响。从那以后，我再也找不出证明我不爱曾晓萍的理由，而她却抓住了我的要害，她总说：“别自欺欺人了，你如果不爱我，眼泪汪汪看我做什么？那是最好的证明，都哭了还不承认！”

我张口结舌，无言以对。

在小餐馆里，父亲丝毫没有兴师问罪的意思，尽管在这之前他已经做好充分准备，甚至有了多种多样突发场景的设想和应对措施。离家前他对母亲说："我亲自去学校找这小狗日的问问，我还不信拿不下他，就算他当了皇帝我还是他爹，他可是我操出来的。"

母亲以她对我的理解向父亲提出疑问，她需要父亲给她理由，而不是用夸张的口气强调空洞无用的道理。

父亲没有说服母亲的理由，他一再强调我是他儿子这一不可改变的事实："我是他爹，他得听我的。牛角先长还是牛耳朵先长，我吃掉的盐有他吃掉的粮食多了，他敢不听老子的，反天了！"

当他见到大都市，见到生活在城市里的我，一切都变化了，光怪陆离的现代城市与刀耕火种的落后乡村形成的巨大反差深深震撼了他，他敬畏城市同时也敬畏城市里的人，包括我。他叙述家里所发生的一切和他来此的目的时，悲伤的不是我，而是父亲，他眼中泪光闪闪烁烁，粗大的手掌抹着浑浊眼睛的样子让我十分难过，是我使从未在我面前流过泪的父亲泪流满面了。

我默认和白惠的婚约完全基于对父亲的同情，当知道我们家已欠下她家一万多元巨额债务，我悲壮地想，我无条件接受这样的婚约，只为缓解家庭压力，减轻父母的负担。我没有想其他的，也来不及想。曾晓萍给我带来的情感波动加上父亲营造出来的苦难氛围让我难以静下心来思考这桩婚事对于我的真正意义。那一刻，我感到能将父亲肩上的担子通过这种特殊方式揽到我肩上是唯一能报答父母的途径。我没有向父亲坦白我和曾晓萍的关系，在我心里，这二者之间风马牛不相及，一个在天上，一个在地上，不可能联系到一起。

父亲说，你们寝室的人说你有老婆了？我没听明白他的意思，不是你给定的白惠吗？父亲说打电话人家告诉我你有人了，是不是真的？

哦，我恍然大悟，是有这么回事，女朋友，不要了，从今天起断绝关系了。父亲问，是城里人吗？我说是呀，城里人我也不要。父亲高兴得像个孩子，白家算个球，妈的，还跟老子说城里人怎么怎么想找他们家白惠，我儿子才牛呢，省城里的大学生都不要。父亲无比欣慰地看着我，内心的坦然使他生发出许多对城市的好奇，他絮絮叨叨向我述说他对城市的困惑。听我解释之后，他呷了一口酒，断然为城市定义："大城市就是大学生很多的地方。"

他问我："将来你毕业也留在这地方工作？村长说你将来要当县长。"

"当啥县长，留在城里倒是有可能的。"

父亲几乎肃然起敬地看着我："白家攀上我们这门高亲了，白惠沾你的光了，白家自以为家族大人多就了不得啦，几代人出个在小城市烧锅炉的工人就气粗得不行，我们肖家人是少，可出的是大学生，而且在省城工作。你没钱直接问他们家要去，花多少也不亏她，还便宜她了呢！"

李淘死去的消息这时父亲才告诉我，我所面临的困难在他的死亡事实面前显得那么微不足道。我转头看窗外，有人悠闲有人匆忙，这依然是个欣欣向荣的世界，而我心里却充满悲悯，李淘的脸在那一瞬间奇大无比，充满我目力所及的每一个空间。

我和父亲聊了很多，餐馆里人越来越多，我们的周围坐满人。父亲不说话了，他有些惊恐地看着周围的食客，他那一身打扮使他鸡立鹤群般醒目。他说，儿子，我们走吧。我说慢慢吃，不急。我就在这时看见江晓琴四处找座位，到处坐得满满的，她正站在那里发愁。我朝她招手，江晓琴，我这里有座位。她快步走过来，我把旁边的空位让给她。她说生意真好，座位成抢手货了。

江晓琴的到来让父亲局促不安，双手夹在两腿之间，再不动筷子。嘴里说，你们快吃吧，我吃饱了。他觉得我们的菜少，再动筷子就不够江晓琴吃了，忍嘴待客，这是我们村里人的待客之道，自己不吃也要让客人吃好，他把江晓琴当客人了。江晓琴这才发现我的父亲，我给她介绍完了，邀请她和我们一起吃。她先不肯，坚持要自己点。父亲说，姑娘，我们吃得不好，你将就吃吧！江晓琴听了父亲的话，不再坚持，说肖容你真幸福，大老远的伯伯还来看你。

我父亲以一个农民与生俱来的纯朴全心全意招待江晓琴，让我加菜，自己不吃，把好吃的全夹进江晓琴的碗里。我怕江晓琴嫌弃父亲用过的筷子不干净，劝父亲别给她夹菜，父亲并不领会我的意思，你这孩子怎么说话的。我只好转过头附在江晓琴耳边解释，我父亲就一农民，他的思维里只有真诚热情，没有细菌和传染病的概念……江晓琴没等我说完，瞪我一眼，起身接我父亲夹给她的菜，大口大口地咀嚼。

江晓琴说："哎呀，我好久没吃这么多了，伯，您别夹了，太饱了，这样吃饭的感觉真好，其乐融融的，像在家里一样。"

"就怕你吃不好。"父亲不停地在盘子里挑选着。

"您也吃吧，您光给我夹菜了。"

"你们吃好我再吃。"这是父亲的习惯，在家里，只要做好吃的，父亲总让我们先吃，等我们吃饱了，能剩下他吃点，不能剩下他常常用开水泡饭，就怕我们吃不饱。我把父亲的意思解释给江晓琴听，她抬起头来，看着我的父亲，眼里突然涌出泪光，伯，您真好！

父亲腼腆地搓搓手："做父母的谁不这样啊，你爸肯定很疼你的，这么乖巧的姑娘，怪逗人想的！"

"我爸已经不在好多年了！"江晓琴低下头去，大口大口吃饭。后来，又聊了很久，主要是江晓琴和我父亲聊，我反而成了旁观者，我父亲给她说我们村里的事，说我小时候的事，上树掏鸟小河捉鱼，打死邻居的公鸡，逃学躲在山洞里看武侠小说。听到有趣的事，江晓琴笑得前仰后合，我制止父亲，她不让，偏让他说。

江晓琴陪我一起送父亲去小旅馆。回学校的路上，她问我，肖容，能和你做个朋友吗？我想多听听你们家的故事，特别是你爸，可爱又可敬，有这样的父亲，是人生的一大幸事啊。我非常爽快地答应了她，我以为我们家里的那些囧事没人愿意听，一直拿它当家丑藏着掖着。江晓琴立刻义正词严反驳我，人间的真情都是一样的，没有城市和农村之分，没有高低贵贱之别。

江晓琴再次给我留下了不可磨灭的印象！

父亲走后的第三天晚上，我给江晓琴写了封信，内心有一种急于倾诉的强烈欲望，当我写下“江晓琴”三个字，她的脸一如既往浮现在眼前，内心深处急于表达的东西忽然清晰可见，奔涌而出。

两个小时写了满满七页信纸，终于体会到倾诉的欣快。合上笔帽，发现我坐在李红雨刻了名字的座位上，那刻痕依然清晰：“李红雨 + 肖容 = ?”问号下面的一点被谁涂去。我转头四望，没发现李红雨，不知她是否还记得当初刻下的痕迹。

走出自修室，我去天台找李志海他们，几个人在低声唱歌，加入他们的行列不到十分钟，曾晓萍气喘吁吁跑来，把我拉到旁边，欣喜若狂地说：“走了走了，九点五十分的火车，请神容易送神难，把我折磨得够呛。我们去喝一杯吧，和那木头人在一起老装淑女，烟不让抽酒不准喝光吃饭，你说，这人活着光吃饭不干别的，人生还有什么意义？”

我似笑非笑看她，站着不动。她动手拉我：“你不想我？装什么装，走吧！”

我想直接回寝室让曾晓萍失望一回，可她一路上罗列出的菜谱太有诱惑力了，我们喝完第一杯酒，她问：“你这几天都干吗了？我抽空给你打电话你老关机。”

“忙做别的事情。”我丝毫没有把内心的苦闷倾诉给她听的意思，就算对江晓琴，我也没有说我和白惠的事，那是我心里一个无法解开的结！

“忙什么事啊？工程量还挺大的！”

“谈恋爱一般工程量都挺大，你得说好话，好话都是挖空心思想出来的假话，费时费力。你得想方设法让她高兴，要不怎么把关系拉近呢？恋爱方面的事你比我有经验，你懂的！”

“和谁啊？”

“白惠！”我心里想着江晓琴的脸，这个奇妙组合使我激动不已，想象犹如飘飞的羽毛找到了依附的地方，变得很踏实。我仰头自己干了一大杯啤酒。

“白惠？我见过没有？漂亮吗？”

“没有，她在另一所大学，你知道江晓琴吗？”

“知道，系花嘛，我们学校所有漂亮女生我全知道，白惠和江晓琴长得一样漂亮？”

“八九不离十。”

曾晓萍戳我额头一下：“吹吧，你呀，也就我拿你当宝贝，江晓琴能看上你我陪你姓肖。吹吧，肯定看见他心理不平衡，瞎想一个梦中情人安慰自己，我不会生气的，继续吹吧你！”

我拿出厚厚的信纸，抖开在她眼前晃晃，她伸手要抢，我忙收起。曾晓萍不依不饶地要看，抢不到手，就噘了嘴：“你还真给人写信了？”

“和你好以前就写了。”

“你为什么不告诉我？”

“你没问！”

“我可什么都告诉你了。”

“我没问，你自己说的。”

“你不爱我了？”

“唉，怎么说呢，太复杂了！”我看见她生气的样子，心里莫名其妙地痛快。

“你那天眼泪汪汪看我干吗？你眼里的是眼泪还是狗尿？”

“我眼里进沙子了，你眼里的才是狗尿，看吧，狗尿快出来了，出来了，这是正宗狗尿——你他妈只准州官放火不准百姓点灯还好意思哭，慈禧太后都比你仁慈，你还是个人吗你？”

曾晓萍将一碗温热的面条泼到我脸上，恶狠狠地说：“白喂了你这只狗。”抬手掀翻桌子，在一片杯盘碗盏摔碎的清脆响声中转身跑了。等我把挡住眼睛的面条清理干净，她已不见踪影。

我身无分文，被老板扣住，年迈的老板腿脚不便，生怕我一溜烟跑了，紧紧抓住我的皮带，亦步亦趋跟着我，满大厅的人齐刷刷地看我。我后悔得罪了曾晓萍，让自己在众目睽睽之下洋相百出。

老板不管我的面子，一个劲儿说：“你休想跑，告诉你小子，我做生意十几年了，还没人赖得掉我的账！”

我和老板面对面僵持着，我低低地求饶被他一一高声散播到周围，我的脸像火在烧，脑子里飞快想着谁能帮我脱身，寝室里的人吧我丢不起这个人……突然想到了李红雨。

给李红雨打电话，她和王倩在网吧上网，我装出醉得很严重的声音，让她陪我喝酒。

她说：“你又有不顺心的事了吧，曾晓萍呢？”

“我就想和你喝。”

“你们是不是又闹矛盾了？”

“哎，你来不来？”

“你在哪儿？我马上来，你先别喝等我来了陪你喝！”

老板一直凑近耳朵听我和李红雨的对话，完了放心地松开手。我让他重新摆酒上菜等李红雨，在等她的过程中，我不停往嘴里灌酒，李红雨赶到时，我如愿以偿把自己灌醉了。

“我被人卖了！”这是我见到她的第一句话。

“你看你醉成这样了还喝？谁敢卖你啊？”

我吃吃笑起来：“你不信是吧？就有人敢卖我。肖科明啊，他敢啊，他卖了我才对我说，知道不？我把你卖了，我还感谢他，他把我卖了我就有钱还你了……我还欠着你的钱呢！”

“你真的醉了，我没听懂你的话。什么乱七八糟的？肖科明是谁呀？”

“猜猜看。”我笑眯眯看她。

她摇头。

“我爹呀，我亲爹呀。”我的声音太高了，所有的人应声回头看我。我想站起来，脚一软，一下摔倒在地。

“谁再和曾晓萍好谁是孙子！”我躺在地上说了那天晚上的最后一句话，之后便不省人事。

天气很冷，遍地落叶在风里飞起来又落下去，落尽叶片的树枝显得死气沉沉，从高处望去，整个校园突然清瘦了很多，沐浴着初冬慵懒的阳光恹恹欲睡。

那支叫“兄弟”的乐队在室内篮球场搞过几次演出，很轰动。那天晚上他们又搞了一次，唱五月天的歌，主唱的长发在观众的掌声里一飞一飞的。我看见曾晓萍和许露露站在离乐队最近的地方不停鼓掌，和她们周围的女生一起尖叫。

许露露看见我，悄悄指给曾晓萍，曾晓萍用眼角余光瞟我一下，手拢着嘴，继续很卖力但听不清内容地呼喊，她的声音淹没在嘈杂的人声里，看上去很滑稽。

“兄弟”由五个人组成，五人与我们同一级，从秋天到冬天，季节变了，不变的是“兄弟”的歌声，常常在某个黄昏响起，和那些被惊起的鸽子一道盘旋在校园上空。“兄弟”成了那个季节最热门的话题，好多人热烈地讨论他们，话题包含他们的身高、他们的饮食起居、他们的爱好以及他们的烂脚丫，不一而足。

相比之下，我们“三斤”组合不值一提，除了吃，基本上没有其他建树。在那些日子里，“吃”也没让我们进行过单独的活动，很少有人记得“三斤”组合，包括我们自己。

某天夜里，高政国说：“现在肖容和曾晓萍吹了，老李老吴呢也没有当初的激情了，‘三斤’组合又要出山啦。”

第二天下午，我们三人去外面撮了一顿，吴敏慧屁颠屁颠地要去，被李志海一顿喝斥，噘着嘴退了回去。李志海看着她的背影说：“越来越烦她了，一天到晚吃吃的，胖得像个猪，还不知道控制一下，这样下去，地球迟早有一天会被她们这类超重的人给毁了。”

高政国总结了他自己和身边人的经历，再也不相信大学里的爱情，他说二十岁以前的恋爱都是儿戏，为儿戏浪费大量时间和金钱的人是世界上最愚蠢的人。高政国兼修美术和广告设计，有空就和包宁一起上网，时间排得满满的，几乎连打理一下脸上那些已经衰老的痤疮的空闲都没有。大家知道专业课程是今后谋生的支撑，谁都不敢轻易放松，拿自己的饭碗开玩笑。可是除了该完成的学业，余下的时间便又空白在那里，等待无聊来填充。

李志海又开始教包宁和张仪峰练习吐烟圈，说吐烟圈的最高境界是吐出第一串呈心形，紧接着吐出箭一样的直线从心形烟圈中间穿过去，美其名曰："一箭穿心！"这样的烟圈李志海吐不出来，但他说他的一位好朋友吐得那叫一个绝，有一年他朋友坐火车远行，与一年轻漂亮的女人在车厢洗手池旁相遇，女人抽烟，吐出一串心形烟圈，他朋友吐出一根直箭穿过去，两人就此结下千里姻缘。生动浪漫的事例促使张仪峰、包宁潜心练习了很久，经常搞得寝室烟雾腾腾，像被日本鬼子放烟雾弹熏过的地道。

李志海自己却不怎么认真，我怀疑他的话有假，他的兴趣在于突发奇想地搞出一些"创造发明"，而后努力使其真实化，让别人去学习，而他在别人学习的过程中寻找乐趣。

偶尔吴敏慧和冯华一起来我们寝室，东扯西拉地聊天。也许是天冷了，她没有给李志海洗衣服，许久没有亲自动手的李志海洗衣服的动作很不自然，他甩着手上的泡沫说："此时此刻我像爱洗衣机一样爱吴敏慧。"

星期天，下了入冬以来第一场冻雨，早晨推开窗户，寒风卷着细雨呼呼灌进来，像无数细小锋利的针扎到皮肤上，一阵刺痛过后，才感受到彻骨寒冷。十点钟了还没人愿意起床活动，窝在被子里看书打哈欠或者无所事事地看天花板。

昨夜未倒的洗脚盆里，脏水结了一层薄冰，晾衣杆上的毛巾僵硬地翘起四角，摸上去很硌手。暖水瓶里没有水，谁也不愿出门打水，洗脸的时候，我端着铝盆，高政国烧废纸从下面加热，半盆水分作六份，口渴时只够喝一大口的水，足足洗了六张宽阔的脸。全国人民都向我们"144"学习，污水就不会比干净水还多，“144”的节水模式值得向全国乃至全世界推广。

人们换上了厚厚的冬装，我打开箱子换衣服，一眼看见曾晓萍送我的围巾和毛衣，叠得整整齐齐放在里面。和曾晓萍还没有闹矛盾的时候她把毛衣和围巾全拿到干洗店洗了，熨得平平整整，她说毛衣不要用水洗，洗了不保暖。毛衣和围巾是她亲手叠好的，我从没动过。曾晓萍的好，历历在目，曾经的一切就这样淹没在时间的尘烟里了吗？

一年前的冬天，曾晓萍捏了捏我的衣服，怜悯地看着我，然后送我围巾，飞针走线为我赶织了这件毛衣，那个冬天是我记忆里的暖冬，虽然不断有雪花飞扬，我裹在厚毛衣里的身体感觉不到冬天的寒冷。当冬天又一次来临，温暖的围巾和毛衣还在为我御寒，而那个织毛衣的人，离我却远了。

一年时间就这样悄然而逝，想来伤感！

江晓琴一直没给我回信，我的冬天因此更加单调、沉闷和灰暗。寝室里的人不知道我给江晓琴写信，他们无法察觉我内心的真实变化。著名作家贾平凹在他写的一本书里说，成功的密诀只有八个字：“心系一处，守口如瓶。”我读后茅塞顿开，如此这般，就算失败了，谁也不会知道，更不会给人留下话柄。

我碰见过江晓琴，寒冷的天气里冻雨纷飞，她打着一把嫩绿色的伞走在前面，胡昌杰紧跟着她，她看见我，雨伞一斜，遮住脸与我擦肩而过，身上淡淡清香飘进我的鼻孔，使我想起春暖花开。瘦瘦长长的胡昌杰左顾右盼走过去，像大人物身边的保镖一样警觉。

我失意地裹紧衣服往回走，碰到了刘敏，她身边破天荒没有王欣，独自一人边走边看报纸。我说：“王欣呢？”

“回去了，社会实践，明年才回来。”她用报纸遮住头，仰脸看着天空，厌恶地说，“这鬼天气，出门一点不方便。”

“老出门干吗？待在屋里不好呀!?”

“没这福分了，得四处找工作先锻炼锻炼，马上毕业了。真羡慕你，还有一年悠闲的时间可以自己支配。”

“我还羡慕你呢，马上出头了，自由自在挣钱享受生活，是不是毕业就结婚?”

“结婚?”她吃了一惊，“和谁?”

“王欣呀?”

“吹了，快毕业了，没工夫谈恋爱，该忙的还忙不过来呢。”

“是不是因为张鹏告诉他你不想让他知道的事了?”我很内疚。

“唉，那些都过去了，爱情和生存比起来，太无足轻重。告诉你，大学里最长的恋史就是四年，大一到大四，超过四年的只听说过没见过。”

刘敏以一个过来人的经验评说大学生的爱情，说得有根有据头头是道，分不清是发牢骚还是讲道理。听后心情很复杂，再加上曾晓萍和江晓琴的不理不睬，心情如同燃烧过的纸灰，轻轻一碰就纷纷扬扬地碎了。

我总觉得江晓琴和胡昌杰之间有问题，照刘敏的话看，不光是他们，所有发生在大学校园里的爱情都不牢固。就算我真的和江晓琴发生了什么，又能坚持多久呢？一月，两月……美妙的爱情在残酷的现实面前就真的那么不堪一击吗?

那些天我一直思考这个问题，模棱两可的答案让我更加执着地往下思考，李志海说：“瞧，肖容刚吹了一个，又想祸害某个良家妇女了。”

我们去餐厅吃饭的路上，张仪峰敲着饭钵大声叫嚷：“各个楼层的良家妇女请注意，‘144’寝室的男生集体失恋集体发疯，请大家千万不要出门，干柴烈火，小心色狼。”

星期一下午我收到一封信，笔迹很陌生，是那种企图用一笔一画来掩盖写字难看的缺点却又适得其反的字体，僵头僵脑，如同一堆排列好但没有组合成家具的材料分散在信封上。我以为是江晓琴写的，欣喜刚露出头，立刻缩回头去，因为我看见寄信人的地址是白惠她爸工作的地方。

白惠给我来信了。

我挑剔白惠信中错别字和语病的兴趣远远大于看内容的兴趣，事实是我心里根本不在乎她写什么，写什么都是对那桩婚事的重复。在村里不可一世的白惠因为与我有特殊关系，首先屈尊写信这本身就说明她对我的态度，她那种人，一旦放下架子就敢说敢做无所畏惧。我将三十多个错别字和十几处牛头不对马嘴的地方用红笔勾画出来，心里的痛快难以言表。

而对于白惠，对于我的这桩婚事，我能做的仅仅只是挑剔她的语病和错别字吗？我对白惠的兴趣从一开始就以批判形式出现了。

没给白惠回信，我在曾晓萍面前撒谎，把白惠和江晓琴一通混淆，致使我产生了直观错觉——想起白惠时出现的却是江晓琴的脸——我怕这种错觉延伸到写回信的过程中，把想对江晓琴说的话写给了白惠。

我写给江晓琴的信生动优美真实自然，白惠不配看那样的文字。我按白惠信上留的电话号码拨过去，听见她的声音响起，却怎么也想不起她的脸，我对她的印象缺少具体的画面填充，她像一个抽象的概念，存在但模棱两可，不明所以。

白惠和我说话很客气，问天气和饮食情况，问身体健康状况，接着叮嘱吃饭穿衣等等应注意的问题，基本上相当于教一个白痴如何自理。

如果不是她半农村半城市的说话腔调过于明显，我肯定误以为我妈在跟我唠叨。

好久没有去食堂吃饭了，长时间没使用的饭钵躺在书桌左边第一个抽屉里，汤匙撂在一旁，饭钵里长出一层黑褐色细毛，霉味扑鼻而来。轻轻一碰，细毛立刻粉碎，露出它们依附其上的风干饭粒，黑褐色或粉红色，坚硬如铁，能割破人的手。

自从和曾晓萍确定关系那天起，我就习惯抄着两手朝餐厅走去，用脚勾过椅子坐在餐桌前，手指敲响桌面点菜，即使曾晓萍不请客我也习惯如此。习惯是个坏东西，养成之后就难以戒除，按曾晓萍的话叫“请神容易送神难”。没有曾晓萍大力支持，虽然有白惠家的钱做后盾，我也吃得很简单，白惠家的钱总是用得不那么心安理得。

曾晓萍的确将我改变了很多，让我在穷人的生活水平上依然摆出富人享受生活的姿态。当我明白这种假大空的姿态事实上是对现在生活的不满和对过去生活的无限留恋时，我下定决心重新开始，过我原来的清苦生活，再难的事挺一挺都会过去的。我开始清洗饭钵，巩固我告别曾晓萍、告别过去的壮志雄心。

我站在下水道边用开水烫了五遍饭钵，仔细清洗干净，李志海目不转睛审视我忙碌的背影，说：“我有新发现，从一个失恋者洗饭钵的动作上可以看出失恋对他造成的伤害有多深，你呀，对曾晓萍耿耿于怀中透出恋恋不舍！”

他的话让我大吃一惊。

拿着饭钵穿过操场朝餐厅走去，恍惚间又回到大一，每天循规蹈矩地生活，如今想来，反而生出许多留恋，那样的日子再也不会回来了，人变了，心境也变了，再刻意去重复原来的生活轨迹，感觉也走样了！

人，总是留恋再也不可能重复的事！

买了素炒豆芽和凉拌黄瓜，这是餐厅里最常见而且分量多、价格便宜最能充饥的两道菜，蹲在操场边花台上边吃边看来来往往的人。李红雨朝我走来，从后面给我一拳："心事重重时吃饭不好，伤胃。你别瞪我，我妈说的，她是内科医生。"

"我天生一副心事重重的长相，曾晓萍说我像基督教徒呢。"话刚出口，我的心抽了一下，手僵在空中。还是忘不掉曾晓萍啊，我怎么忘不掉她呢？我站起身，"边走边吃吧，这样有利于消化，看见没，我最近有点胖了。"

"曾晓萍的功劳大了，把你保养得这么好！"

"是啊，她拿我当猪喂呢。"我低下头，胡乱搅和饭菜。

"你可别这么说，其实曾晓萍挺喜欢你的，只不过她的方式也许不对，还有就是……"她试探地看我，"肖容我说这话你别不高兴，她其实不应该和你谈恋爱，对她的男朋友不公平，对你也不公平，我觉得她的占有欲太强，她是这样一个人，只要自己喜欢的，不管是什么，都会想方设法，甚至不择手段弄到手。你不觉得吗？"

"是的，你说得对，我没有把握好自己。"我沮丧地望着天空，一朵白云悠悠飘过，投下的阴影覆盖了我周围的世界，"也不能全怪她，我自己……算了，不说了，吃饭吧。"

李红雨在前我跟后，走在落满枯叶的环校道上。冬天的傍晚阳光冷硬，将我们的影子拉得很长很长。李红雨看看我们手里的饭钵，说："哎，这形象，太像俩无家可归的乞讨者了，你看这景象，真凄凉！"

我们沿东向西行，李红雨给我讲她小时候的笑话，一个接一个，直到暮色苍茫我们才往回走。那时她却不说话了，干枯的落叶在脚下碎裂，响声异常刺耳，我们之间的无话可说显得突出而又难以消解。我想打破这种不正常的沉静，可我不知道该说什么。到女生宿舍门口，我说："想安慰我就陪我喝酒去吧。"

李红雨抹一把脸："我最怕陪你喝酒，但每次都躲不掉，实话告诉我，我安慰得了你吗?”

“当然,”我说,“每次都是你!”

天气冷,晚上的教学楼天台上阒无人迹,我提着一打瓶装啤酒,咣地放到李红雨面前,她呀呀叫着:“这么多瓶子里全是酒?这些酒都要喝到肚子里去?”

“是呀,中途允许你去厕所把它排泄出来。”

“肖容,你这种方式不对,我们不喝酒好不好?一个人用酒浇愁不是件好事,事情发生了就要勇敢面对……”

“我就是想……发泄一下,也许释放之后我可能把一切想通了。怕喝你看我喝吧,据说我喝酒的样子很迷人。”我干笑着,用嘴哧哧开酒瓶,“今晚再醉也不给你添麻烦。我保证!”

李红雨一言不发拧起酒瓶,扑哧咬开一瓶,仰头先喝了大半瓶,抹去嘴上的泡沫,说:“喝吧,难得有人这么看得起我,农药我也喝!”

那是我第一次看见李红雨喝那么多酒,一喝就是五瓶,她的脸喝第二瓶就红了,眼珠越发黑亮。我怕她醉了,劝她少喝,她也劝我少喝,我们在劝彼此少喝的过程中喝掉十二瓶啤酒。

室友们找到我时,我躺在李红雨怀里睡着了。她席地而坐,非常吃力地将我低垂的头往上搂,不厌其烦地对昏睡不醒的我解释说:“下面是水泥地,很硬的,它会撞破你的头,撞破头很痛,还会流血,你疼了,我也疼,心疼……”

昏黄的灯光下,我们像一座没有主题的塑像,以杂乱的姿态,静静立在寒风之中。

李红雨一双血红的眼睛定定注视我。李志海拉我起来,昏昏沉沉的李红雨不让他拉,她醉眼昏花看着眼前的憧憧人影说:“谁敢动他,我就炸死谁，我有炸药包！”她霸道地推开拉我的人：“他是我的，谁都不能碰他！”

我离开李红雨的怀抱后她急着做的第一件事就是撒尿，女性的羞涩在酒精里复苏，她对挎着她的张仪峰和程振说：“你们躲一边去，我要嘘嘘。”声势十分吓人。

程振后来告诉我：“声势真的很吓人，我们背在柱子后面，只听一阵激流溅地的声响连绵不绝。”

张仪峰说：“我是第一次见识人是如何尿长江的，那么小个人能装那么多水真是人间奇迹。”

我没看见那泡巨尿，但事后学校广播通知证实了程振、张仪峰说得不假，通知说最近发现有很多人在天台上小便，极大地影响了学校环境卫生，请大家互相监督。

我去看李红雨，挺担心那天晚上失态之后说了什么不该说的话或者发生一些不该发生的事，在记忆的链条还没被酒精烧断之前，我清楚记得我恍惚间把她当成曾晓萍，握住她的手，脸埋在她的掌心里，想起了许多可悲可伤的事。她说你哭了。我说没有，我一摸脸是湿的，我不知道什么时候泪流满面。

李红雨往水杯里倒了几支葡萄糖，递给我。她脸色苍白嗓音嘶哑，我提起前一天晚上喝酒的事，她笑一下说：“我什么也不记得。”仰头喝了一杯水：“其实你喝不了多少酒，别拿身体开玩笑，一切都是身外之物，只有身体才是自己的，要爱惜！”

“我真没说错什么话？我是说得罪你的话。”

“没有，只是有点语无伦次，再说我也醉了，你说什么我也不知道。”

“我都说些什么？”

“你能听懂语无伦次吗？比鸟语还难懂。”

“我说英语了？”

“没有。”

“哎，如果我用英语表达，你也许就听懂了。”什么也没有最好，我已经害怕再和人有什么纠葛，我心情愉快地走出李红雨的寝室。

生活十分平静地过了大概一个星期，一个寒风凛冽的晚上，李红雨急匆匆跑来敲我们寝室门，她急得忘了叫嚷，猛敲一阵门，转身跑了。

我们听见敲门声，六个人你看我我看你，我低声说：“可能是查夜的老师。”

李志海说：“别理他，也许是隔壁寝室来蹭粥喝的。”

那个冬天，我们寝室的人凑钱买了酒精炉和糯米等物，在寒冷的夜晚关门熬粥。没有锅，把包宁洗脚的铝盆用酒精烧了十几遍当锅使，我们熬过小米粥、黑糯米粥、绿豆粥和南瓜粥，隔天换一个花样。寒冷被热粥驱散，人也随和了许多，那是我们寝室三年来最友好和睦的时期，我们紧密团结在以熬粥为核心的脚盆周围，曾经对彼此的不满和过节儿在轻描淡写的回忆中灰飞烟灭了，每个人说话都轻言慢语的。

隔壁寝室有人闻到粥香，寻香来源，走进我们寝室死皮赖脸不肯走，非要喝一碗，如果不给，扬言明天去学校告密。后来传开了，每天晚上均上演僧多粥少的场面。我们觉得吃亏，以后便谁叫都不开门。果然有人告密，老师来检查一通，搜到米和酒精，酒精炉用衣服裹住锁进箱子，他们没查到。那些老师面面相觑：“没有炉子，也没炊具嘛，你们怎么煮粥的，酒精泡生米能泡出粥来？”其实炊具就摆在他们旁边，只不过那上面有红油漆写着“脚盆”两个字。老师们出门时仍然讨论着用酒精如何将生米泡成粥的问题，看架势，他们似乎想把它当成一个重大课题进行深入研究。

我们熬粥轻易不开门。从那时开始，有人出门上厕所，回来也要对暗号，生怕狡猾的“敌对分子”有机可趁。事实上我们熬出的粥味道实在难以恭维，但在那样的冬夜，熬粥这件事的意义大大超越了它本身的价值，使它几乎成为一种象征性的仪式，我们总在一熬一喝中体会到人与人的其乐融融，每个人心中涌起莫名的温暖。

李红雨被拒之门外是理所当然，我估计在那一刻，就算她出声也没有谁给她开门。她选择了电话，她一听到我的声音就说：“我以为你们寝室的人全死光了，肖容呢？肖容你快出来，出事了。”

我很不高兴被女生这么命令着，特别是大家围着炉子一人手持一把汤匙认认真真熬粥的时刻。我说：“出什么事了？死人啦？鬼喊狼叫的。”

“曾晓萍，曾晓萍喝醉酒在大街上不肯回来，哪儿车多往哪儿拼命扎，现在还坐在马路中间……”

不等李红雨说完，我撞翻了一锅刚刚冒气的粥，飞快跑出去，我不顾李红雨他们呼喊，一口气跑到街上，站在大街上才想起我并不知道曾晓萍在哪里，只得往回跑。奔跑的速度有多快自己不知道，只听见耳边呼呼有风。后来当我在李红雨面前说不在乎曾晓萍的话，她不屑地说：“不用说了，从你那天奔跑的速度我就知道你心里有她。”

曾晓萍披头散发坐在路中间，像一道分水岭，将车流分成两股，缓缓向前流去，她左边停着一辆灯光闪烁的警车，一个警察站在她右边指挥车流避让，另一个警察对着对讲机呜里呜啦讲着什么。

十几分钟前，曾晓萍说着肖容不爱我我就死给他看的话，在一片刺耳的刹车声中走到路中央，警察接到报警赶来劝她离开，酒精作用下将生命暂时置之度外的曾晓萍一把抓住警察的腰带质问他：“你告诉我肖容为什么不爱我？我对他那么好他为什么不爱我？他吃我的，喝我的，玩我的，他凭什么不爱我？”

曾晓萍看见我朝她跑去，以一个胜利者的姿态仰天大笑，尖锐的笑声如同武林高手的独门暗器，伤人于无形。她趴到我背上仍然坚持嘶吼般的笑声，她突然不笑的时候我陡然惊叫起来，她猛地咬住我的肩膀，厚厚的肉堵住了她的嘴，她像只饥饿的狗撕扯骨头上的肉那样拼命摇摆脑袋，呜噜呜噜发不出声来，满头散乱的头发在风里飞舞。

过天桥时，曾晓萍挣扎下来，非要我站在天桥上喊三声我爱她，她拼命抓住栏杆不肯走，一双醉眼固执地盯着我，指关节都变白了。许露露说："让你喊你就喊吧，她为你这样了，喊三声谁会割了你的舌头，你有点牺牲精神好不好，一点不像个男人！"

"不关你的事，爱情不是逼出来的！"

"爱情？"许露露冷眼看我，她的目光冰刀似的从头到脚切割我，"你们有爱情吗？你不就是利用人家曾晓萍喜欢你，讨吃混喝吗？装什么逼啊，再装也不像！"

我的头嗡的一声，似乎要爆炸了，我一把揪住许露露的衣领，手举到空中又放下来，人一下子瘫坐到地上。

许露露冷冷地笑："想打我是不是？你动手试试看。"她猛的抓住我的头发，一击清脆的耳光在我脸上炸开，我眼前一阵红一阵绿，星星点点地散开："这一耳光替曾晓萍讨要个公道！"

天桥上挤满看热闹的人，人们里三层外三层围住我，目光炯炯有神，我再一次以如此狼狈的方式成为别人关注的核心。我站在冬夜的寒风里，风拂着我的头发，狂乱地倒来倒去，我伸手压住头发，一手叉腰，对着灯火辉煌的城市，喊了三声"曾晓萍，我爱你"。我的声音一出口，被沸腾的城市声浪淹没了。

再转身背曾晓萍，发现她已经在许露露怀里睡着了，熟睡的脸上仍然保持着胜利者的微笑。而李红雨正快步朝一片黑暗走去，长长的头发在脑后丝丝缕缕翻飞，恰似一面古代的战旗。

那是一片我们必经的黑暗。

曾晓萍就这样杀回我身边，带着一脸胜利的笑容，专心致志守候在我们觉得还有必要与对方共度的日子里。我们仍然一起看电影，一起去图书馆查阅资料、听所学专业的讲座，有空便一起吃饭喝酒。生活还是原来的生活，默默相对的时候却越来越多。我们在试图努力弥合我们的距离，她甚至逼许露露给我道歉，可曾经发生的一切悄然改变了彼此的心境，虽然谁也不提发生过的那些事。像一个摔破的镜子，无论怎样修复，裂痕总是存在的，即使肉眼看不见，可心里异常清晰。我们像同一走廊两边静静对立的门，只以对方可见的姿态出现于彼此眼中，却将身后的世界死死锁住了，心里的真实世界封闭得严丝合缝。表面看来，我们却比从前热烈多了，一见面就拥抱成为习惯，亲吻的时间越来越长，说爱对方的频率越来越高。那些无言相对的冬夜，她默默地看我，我静静地看她，然后，她说："肖容，我很爱你。"

我说："我也很爱你。"

我们知道，这不是一种情到深处的表白，而是对那些已经逝去的往昔的挽留和呼唤，它们正从我们紧紧相握的指间溜走，怎么也抓不住。

这样的呼唤会贯穿一两个小时的厮守，然后是整个冬天。我的热情在给江晓琴写信时才会喷涌而出，一发不可收。曾晓萍曾经说过，我可以背着她喜欢别的女孩，如今，这已经成为事实了。我不知道为什么还要和她在一起，也许只为了消磨时间，也许像大赛之前的热身，目的是为了更好地和江晓琴在一起。许露露说得对，我和曾晓萍之间没有爱情，只有利用，我填补了她的空虚，她满足了我的欲望。真是这样吗？我不寒而栗。

想这些问题的时候，我正站在窗前，看漫天雪花纷纷扬扬飘落下来，悠然铺出一个纯洁的世界。

隔着紧闭的窗户，雪落无声。

父亲意气风发地回到乡下，从现代化大都市走进落后偏僻的乡村，骤然而至的巨大落差使他如临梦境。他站在村口张望房舍零乱的村子，感觉到城市越发遥不可及，繁华得让他难以相信它的真实存在。当他想到儿子正生活在那遥远的、不真实的地方，便挺胸抬头踱着方步走进村去。

亲历大都市的繁华，亲眼目睹生活在繁华里儿子的状态，为他平添了目空一切的勇气和说辞，使他对从前心生敬畏的那些人和事产生了轻视与不屑，首当其冲的自然是千人之上的村长以及常常以我们家恩人嘴脸出现的白惠妈。他经过这两户人家门前，将以前习惯交叉搭在小腹上的双手背到身后，突然出现的动作使他身体不大协调，手臂像上了夹板一样僵硬，他只得摇晃身子继续前行。

父亲迈着鸭步从过去的畏缩怯懦走进了今天的坦然无畏。

他轻描淡写给我母亲描述"拿下"我的过程，里面充满农民地道的智慧，他像侍弄庄稼一样拔出我思想中的杂草，将白惠这棵根正苗壮的嫩芽及时补种到我心灵的空白处，之后，便可守望丰收。让我父母同时理直气壮的是，我居然不要城里人了。

父亲主要浓墨重彩他对城市的感受和我在城市里现有的地位以及即将随之而来的难以估算的财富，他描述城市时多次使用"日怪"这个词，那些叙说不清理解不透的景象因为这个词的频繁出现愈加显得神秘莫测。

我父亲一下子成了村里的焦点，连村长都不声不响坐在他旁边听他讲述。他告诫母亲别给白家人笑脸看，是他们沾了我们的光，他在家里常说的一句话是：

"当啥县长，县长次了，不当。你们就等着过好日子吧!"父亲摇了摇桌子上的酒瓶，没有听到液体碰撞瓶壁发出的欢快声响。晚饭后，他背着双手朝白惠家走去，推开白惠家的门，黄狗朝他狂吠，他像狗主人一样喝斥道："瞎狗，不分人了，什么人都乱叫乱咬，也不看看谁来了!"

父亲斜靠在白家落满灰尘的沙发上，架起脚，小口小口啜饮白惠妈端给他的酒，慢悠悠地说：

"我儿子那可出息了，白惠叔说当县长，亲家母我跟你说，次了，县长都得听他的。城里的漂亮的小女生，苍蝇似的围着他转，他正眼不瞄人家，我给他说了，这辈子就和白惠过吧，虽然她条件赶不上城里那些姑娘，但这事是你爹定的，你再能耐也不能不听你爹的话啊。他没钱了，我那边想不出办法，你看……"

白惠妈说："唉，念大学可真花钱哪!"

"城市就是个怪物，专门吃钱的。不过也没什么，小钱换大钱嘛，我儿子将来挣的不知比花出去的多多少倍哩。"

白惠妈对父亲的话产生了怀疑，她打电话给白惠："你去看看肖容，花钱多不说，莫不是拿我们的钱耍其他女孩子吧？他爹说姑娘们像苍蝇似的撵他呢!"

白惠打电话问我："你又没钱啦?"

"有啊。"

"你爸说你没钱了，让我妈想办法，你得悠着点，我们家也不是银行。"

"噢，是我想买件冬衣，给我爸说来着。"我撒了个谎，知道父亲以我的名誉讹白家的钱。

白惠说："我想去看看你!"

我吓了一跳，那虚幻的一切真实起来，我想起真实的白惠，手心都湿了：“别，别，别……”

“紧张啥呀，你在学校里另外有人吧？你们大学生靠谈恋爱过日子，我还不知道？我认识的大学生可多了，说是读书，其实在外面租房子同居，过的是夫妻生活。”

“你说什么呢，我不是那样的人。再说了，你看到的只是个别现象，不谈恋爱又不会死人，没你说的绝对！”

“那为什么不让我去呢？”

我想了想，说：“路途遥远，女孩子在路上不安全。”

“不行，我一定要去，你就让我去嘛。我是尊重你提前给你说一声，要是我突然出现在你们学校呢，你该怎么办，不会不见我吧？”

“我来看你吧，我来看你吧，我比较方便！”

“为什么要来看我？”

“因为……因为……我想你了，我真的担心路上不安全。”我抹去脸上的汗水，闭上眼睛，“万一出点什么事，你让我怎么活啊！？”挂断电话，我浑身大汗淋漓。夜里还做了个噩梦，梦见白惠披头散发一脸怪相追杀我，旁边有许多人哈哈大笑，曾晓萍、江晓琴也都在其中，江晓琴还鼓掌为白惠助威，大声喊白惠加油，白惠加油。我努力奔跑，双脚如同灌满了铅，怎么也跑不快，白惠的脸越来越近，她脸上没有皮肉，是个披着长发的骷髅……

我请假去看白惠。

晴天，那座小城车站尘土飞扬，白惠戴着口罩，手插在白色外套里醒目地站在人群中等我。为防止见面时名正言顺的拥抱，下车前我采取了措施——将双肩包吊在胸前，就算白惠要来个货真价实的拥抱，中间的双肩包可以起到隔离身体的作用。我父亲把肩上的重担卸下来，我却为此背负了更重的包袱，人穷志短啊。

白惠摘掉口罩向我跑来，她奔跑的姿势让我想起那天夜里的噩梦，我不可能像在梦里一样拔腿逃跑，只能面带微笑朝我的噩梦一步一步走去。也许是双肩包占据了拥抱的最佳位置，她没有做出过激反应，礼节性碰碰我的手，来了，累坏了吧？

她的手很瘦，手指细长，我无端地想象到这双手卡在李淘脖子上的情形，那样逼真，我不由后退一步，看着她。她没发现我的失态，微微一笑，将嘴角的两个“括号”笑得越发深刻，满口四环素牙像天空一样灰暗，黑瘦的身体裹在雪白外套里，颜色对比十分强烈，仿佛裹在白纸里的乌木筷子，没有一丝一毫生机，冬天在她周围显得更加干燥和萧条。

贾宝玉说女孩儿家是水做的骨肉。那是因为他没有见过白惠，她的外形让人怀疑她身体里没有水分，尽是枯木做成的骨肉。换了两次公交车，走进一座烟雾缭绕的工厂，左拐三个巷右拐五个巷，来到略显开阔的地方，两幢低矮的房子连接在一排仓库上，一幢写着厕所，一幢没有任何标志，沿着一架钢筋焊合的楼梯爬上楼顶，有一间水泥空心砖砌墙石棉瓦盖顶的房子，就是白惠家，村里人想象中的天堂。

屋里极简陋，铁皮炉子，两把竹制沙发，一台机壳发黄的电视机，饭桌上摆放着乱七八糟的碗筷和干硬的馒头。白惠径直把我带进她的房间，与外面比较，她的房间稍稍显出些生气，有明星照片，有色彩鲜艳的窗帘，晾衣绳上挂着洗干净的内裤和胸罩。

我正洗脸，进来一个中年男人，穿一身落满煤灰的工作服，我认出他是白惠爸。他回村时我见过，西服笔挺，皮鞋锃亮，在村里人羡慕的目光中，剔着牙四处找人聊天。他来过我们家，站在院子里和父亲说话，给他板凳也不坐，递给父亲一支烟，父亲舍不得抽，拿在鼻子下闻来闻去，父亲看着他走出我们家的背影，说：“真是有福气的人，穿这么干净，抽这么香的烟。”那时我的想法与父亲不谋而合，心里除了羡慕还是羡慕。

他打量我半天：“你就是肖容？”

“嗯。”

“你是肖科明的儿子？”

“是。”

“你们爷儿俩可一点不像！”

他看看桌上那干硬的馒头，捡起来塞进嘴里费力地嚼着，问白惠：“白军呢？”

白惠说：“不知道，又上网去了吧。”

“他妈的非要累死我才心甘，放着这么好的工作不干，整天上网，上网能上饱肚子？”

白惠说：“你当他面去说吧，别在我面前唠叨，心烦！”

叫白世财的中年男人不说话，脖子一伸一缩，鸭子吃食似的艰难地吞下馒头，找杯子倒水咕咕灌进嘴里，完了说：“你上街称三斤肉，今天晚上好好吃一顿。”

白惠说：“你出钱还是我出钱？”

白世财看我一眼，拿出个皱巴巴的人造革钱夹，抽出一张百元大钞凭空甩几下：“当然是我出啦！”

白惠对我的到来表现出明显的兴奋，这种过度的情绪使她忽略了我的冷漠和心不在焉。而我，只有想起欠下她家大量金钱时迫于怕她翻脸不认人的压力才对她笑笑，我时常不由自主地想起李淘，似乎满世界都是他布满血丝的眼睛，一眨不眨瞪着我。如果李淘地下有灵，知道我和白惠的关系，他会作何感想，会原谅我吗？

白惠叽叽喳喳向我介绍她断断续续生活了十几年的城市，带我去看她工作的娱乐城，她在那里做收银员，兴致勃勃地把我介绍给她的同事以及那些由于职业习惯见了男人就飞媚眼的三陪女，她总是先介绍我上的大学名然后再加上我的名字，那些人就呵呵地笑：“不错不错，你们俩挺般配。”

有几个还跟我夸她：“小白挺好，她当收银员以来，从没人敢跟她赖账，连签单的都很少。”

以白惠的长相，最适合她的职业应该就是收银员，谁敢和她当面锣对面鼓赖账，那叫一个大胆，不怕吓。白惠听别人夸奖，也不谦虚：“我这人，天王老子也不怕，只要有理。”

白惠的兴奋让我感到全面沦陷的绝望和恐惧，每当我想起以后一辈子要和她面对面生活在一起，内心一阵阵颤抖。我特别佩服死去的李淘，敢于把白惠当成梦中情人。

白家父女争相与我聊天，白惠忙把我介绍给她的各路朋友们，碰到男的，她小声对我说这人像刘德华吧，他以前追过我，这人像林志颖吧，追我追得可凶了。我不置可否，沉默以对。白世财忙向我展示他的工作环境和他烧锅炉的过人技能，带我去锅炉房，在巨大的机器噪声里声嘶力竭讲解他工作的重要性。

父女俩常为失去我的陪伴而指责对方，白惠说：“他来看我又不是来看你。”

白世财说：“看谁不是看，都是一家人。况且，先有老后有小，尊老爱幼嘛。”

我呢，千方百计抽空躲出去打电话，每次走出那间小屋，就有一种大病初愈的感觉——虚弱但轻松。我给李红雨打电话：“我和你姐在一起。”

李红雨不知我说什么，恶毒地说：“我姐早死了，你们在哪儿见面？天堂还是地狱？”

我给曾晓萍打了，她没问我在哪里，声音涩涩的：“你怎么还不回来，我想你了！”

她们的声音恍如隔世，使我莫名伤感。

我在白惠家度日如年待了三天。

第一天，没有机会亲近，我和她最近的距离是从娱乐城回来的路上，她挽住我的手，我觉得非常难受，但我不能明目张胆拒绝她，也没有理由拒绝她，尽管我心里有一百个一千个不愿意，理论上我是她的男朋友，和她亲近是天经地义的事。她放开我的手好久，我仍然觉得被她挽过的手臂莫名的异样，似乎不是我身体的一部分了。

第二天清早，我还躺在她的床上睡觉，她进屋来找东西，翻到我的床头，她只穿一件背心，胸脯鼓鼓的，她的身体越过我的头，乳房几乎贴在我脸上，手在枕头下面翻着。我假装睡着了，任由她折腾。她低头附在我耳边说还没醒啊，猪猪。热烘烘的气流吹进我的耳朵，我翻了个身，继续假睡，她在我脸上亲一口。幸好他父亲进来了，手里抱着一大堆证书，说肖容还没醒啊，把他叫起来看看我这些证书，牛皮不是吹的火车不是推的，我这都是真家伙。白惠说谁稀罕你这个啊，别吵他睡觉。把她父亲推出屋去。我睁开眼，觉得自己十分虚弱，我像个被父亲卖到窑子里的苦命妓女，有苦无处诉说，咽泪装欢吧。

第三天晚上，白世财夜班，白军不在，我的心提到嗓子眼儿。白惠表现出空前的兴奋，吆喝我和她一起做饭，一会儿指使我捡葱，一会儿唤我择菜，想方设法让我寸步不离陪她。手闲了就来亲昵地揉一下我的头发，揪揪我的耳朵，夸我听她的话，事情做得干净利索。并由此说开去，不停规划我们的未来，肖容，以后你安心上班，家里的一切交给我，我让你过过衣来伸手饭来张口的幸福日子。我妈老说我懒，我的确有点懒，那是因为我没有勤劳的动力，现在不一样了，我有心爱的人了，我心甘情愿为你付出。她美好的愿望让我毛骨悚然，我不爱她，我甚至很讨厌她，可为了我的家人为了我自己的前途必须和她在一起，我对她心生愧疚，但这不能从根本上改变我对她的态度。想起我这辈子要和她生活在一起，我的心山呼海啸地痛。

无力改变，只有认命。那天晚上，白惠做了一桌丰盛的菜，我却一点食欲没有，我心里的疼痛一刻没有停歇，表面上我必须装出幸福甚至惊喜的表情。我说要不我们喝点酒吧。白惠欣然应允，把她父亲最好的白酒找出来。倒满酒，我端起杯来，白惠，第一杯酒我敬你，感谢！我一连和她干了三杯，说的只有“感谢”两个字，对于白惠，除了感谢，我什么也说不出来。我一口菜没吃，就如愿以偿把自己灌得人事不省。

我醒来，发现自己和白惠睡在一张床上，她睡在我旁边，微张着嘴，呼吸粗重。我一骨碌跳到地上，我的衣服有些散乱，但穿戴还算紧密严实，再看白惠，她和衣而卧。我悬着的心终于放下来了。幸好喝醉了，我顺利躲过那个和白惠独处的夜晚！

不长不短的三天，我像经历了一场持久战，身心疲惫。回学校那天，曾晓萍去车站接我，她伸手拂去我头发上的灰尘，低声说：“怎么瘦成这样啊？”

我紧紧握住她的手，视线蒙蒙，车站上的一切连同曾晓萍近在咫尺的脸，瞬间一片模糊。

没过几天，妹妹在镇上给我打电话，嗓子哽着说不出话，只听见低低啜泣声连绵不绝。好半天，妹妹说：“哥，你回来吧，妈病了，送去县医院了！”妹妹一贯坚强，轻易不在人面前哭泣，她这样控制不住自己，母亲一定病得不轻，我一下子急得六神无主。

母亲患了中风，我赶到县医院，她还没度过危险期，处于昏迷状态，对所有撕心裂肺的哭喊无动于衷。瘦小的父亲更加瘦小，单薄得像个纸叠的人，在病床前飘来飘去，一双彻夜不眠的眼睛红得像浸过血。父亲狠狠抽烟，狠狠骂天："操他妈，又遭雷打又被火烧，天不睁眼啦！"

他见到我却异常平静，把枯瘦的手放在我肩头："别哭，会好起来的，医生说，现在比刚进医院时好多了！"

没有谁能安慰父亲，他独自倚在墙根抽烟，喃喃低语："这可怎么办呀?!"那笔不菲的医药费使父亲一夜之间平添许多皱纹。

我留在医院里照顾母亲，父亲冒着初春的毛毛细雨回到村里，卖掉家里所有能卖的东西，还是没有筹够医疗费。傍晚，他站在村口张望白家的两层小楼，淡蓝的炊烟袅袅升起来，缭绕在水泥屋顶，生出些许难以接近的神秘。他两手对着塞进袖子，佝腰驼背朝白家走去。这一次，父亲空手回来了，他被白惠家突然扑上来的狗吓得摔倒在青砖铺地的院子里，额头蹭破了皮。

白惠妈对他说："我们家也不是银行，按理说，白惠和你家定了亲，不像城里要'三金'什么的，但彩礼钱应该有吧，你们家一分没掏，我们家还要负担肖容的学费和生活费，这些都不说了。你想想，家里不只白惠一人，还有她弟，老大不小，正是用钱的时候，还有她爸和我，保不准啥时有个大病小灾，像肖容妈一样，没钱咋办哪?"

父亲回医院时脸上湿淋淋的，站在门后拿毛巾抹脸，左抹湿的右抹还是湿的，好半天才放下毛巾，冲我们一笑："再想想办法，再想想办法吧，办法是人想的！"

"爸，你去白家借钱了?"我问。

"说好要还的，但她不借。唉，钱是人的腰杆子，没钱腰杆子挺不起来。"

“我们不借她家的钱！”

“没别的办法，我要是能值个千儿八百的，卖了这把老骨头也行，可眼下……难啊，明天又要交医疗费啦。”

我的自尊和要强在高山般难以逾越的困难面前显得渺小而多余，我与父亲面面相觑，巨大的困难压得我们无话可说。母亲床头的氧气瓶咕咕响着，仿佛生命欢快的律动。我说：“我们能不能贷款？”“等贷款到手，你母亲早去那边了。”

“那怎么办？”

“孩子，你找白惠想想办法，你们将来是夫妻，她应该体贴体贴你，她们家底厚，能想出办法，瘦死的骆驼比马大呀。孩子，我实在太窝囊，没办法……”父亲低下头，脑袋不停颤动，听不见哭声，眼泪却滴成了水线。

我给白惠打电话，白惠沉吟良久：“你们家事真多，好吧，钱我来帮你想办法，但这是给你妈治病的，你得给我打个欠条，我不要你的利息。”

白惠来那天虽然黑着脸，但她确实给我们带来了希望，我父亲跌脚绊手去医院办公室借来一把椅子让她坐，她架着腿，悠闲地坐在母亲病床前剪指甲，说：“看你妈的病情，这点钱还不够。”

我父亲转身走出屋去，妹妹眼睛盛满愤怒，看看我，一言不发地走过去，轻轻握住母亲的手。

父亲出去半天，转到街边理发摊上剃了个光头，许久不见阳光的头皮泛着白光，白惠一见父亲，笑得前仰后合，她对父亲说：“你真像陈佩斯。”她的笑声如滚滚车轮碾过我心头，我感到身心在剧烈震颤。我送她去车站，她说：“病的人如果是你，这钱我该给你，可这是你妈，我就没义务了，你看我还没过门就为你们家做这么多的事，我妈都骂我贱了！”

“感谢……”

“你还会说点别的不?”

“钱我尽快还你的，放心吧!”

“就记得钱，不记得我啦。肖容，你到底爱不爱我?”

“……”

“说呀!”

我站在她面前，紧紧咬一下嘴唇，左手死死地扣住右手，低下头去，小声说:“爱!”

“还害羞呢，你爸说有好多女生喜欢你，谁信啊!”

白惠走的那天晚上，母亲醒来了，两个星期之后，母亲可以下地走路了，她不知道我借了白惠的钱，她有些担忧地说:

“肖容的学费又被我不争气的身体给占用了!”

直到母亲临死的前几个月，她才知道，我们家又欠了白家七千五百块钱。

母亲出院后，我还没回学校，曾晓萍来了，在尘土飞扬的小镇上下了车，打听肖容家的路怎么走，兴冲冲朝我家的方向走来。时间已是傍晚，田野里肆虐的风仍没停歇，枯草残叶漫天飞舞，曾晓萍的长发在风里飞扬。她以为那是一条直通我家的路，路的尽头就站着我，我在望眼欲穿等着她。她的意志依然如来时一样坚定，如同那些鼓满她衣裤的劲风一样不可抵御。当她知道我母亲病重，决定来找我，这意志就始终鼓动着她，使她不由自主为这个在她的人生经历中近乎伟大的壮举激动不已。她带着看我如何被她的壮举感动得涕泪交流的迫切愿望，以及考验她内心对我的情感深度的想法踏上了陌生的旅程。

她像逛公园那样蹦蹦跳跳走着，空旷粗犷的乡村给了她全新的感受，夕阳无比干净，掠过的风十分的清爽，一切涌入她眼里的景象都充满未知的新鲜和神秘。路是看不到尽头的蜿蜒，村庄是陌生的世界，她以为拐过一个弯就是路的尽头，一眼就能看见我。可是，拐过好几道弯还不见我的踪影，她的心开始一点一点往下沉。

她走过第一个村口，问路边一个放牧的老奶奶："三道河村是这里吗？你认不认识肖容？"

老奶奶耳朵失聪，望着眼前这个村里少见的白皙女孩，以为女孩向她问候，伸手罩住耳朵，笑呵呵说："我呀，今年七十八了，老伴前年去逝的。你说我放的牲口多呀？不多，好几家人凑在一起的。"

"我问你认不认识肖容？"

"是啊，天黑了，我准备回家啦，你也快些赶路！"

她只好继续往前走，看见路边地里劳作的中年男人，中年男人听不懂她的外地口音，张皇地看着她直摇头。

她走到第二个村子，天已暮色，风停了，旷野里响起牧归人吆喝牲畜归栏的声音，山道上传来牛脖子上的声声铜铃，天空呈现出一片浅蓝。这次，曾晓萍碰到一个年轻人，他说："往前直走，六里多一点就到三道河村了。"

六里多路有多远，她没有经验，这个从小在城里养尊处优的女孩，平时基本不走路，别说这么崎岖的山路。

曾晓萍走在暮色苍茫的乡村土路上，她坚强的意志被越来越浓的黑暗吞没了，完全陌生的世界和随之而来的无边黑暗让她觉得自己走上了一条不归路，没有头没有尾，通往恐怖和死亡。她无法把我和这样落后偏僻的地方联系起来，不相信我会活在这样庞大而陌生的世界里等着她，她正孤单无助地一步一步走进未知的恐惧里。

曾晓萍开始在夜色里呼喊我的名字，带着哭腔的尖锐嗓音在暮色笼罩的旷野里回荡，引起村子里无数只狗的关注，它们匍匐在地上，竖起耳朵仔细聆听，浓重的外地口音调动了这种动物不容陌生人靠近的天性，然后不约而同朝声音发源地飞扑而去。曾晓萍看见无数绿莹莹的光亮朝她扑来，她以为那是带着温情和浪漫的萤火虫，当她听到一片狗的狂吠时，扑出的第一只狗与她已近在咫尺，一人一狗在黑暗里对视，她尖叫，它狂叫，相互不敢轻举妄动，相对龇牙咧嘴地对峙。

狗越聚越多，把曾晓萍围在中间，她不知道狗咬人的时候人不能跑，越跑狗越凶。曾晓萍慌不择路地狂奔，摔倒了，手掌蹭破皮，火辣辣的，她并没注意到手受伤，她呼喊我的名字变成了最为迫切的内容："救命——救命啊——狗咬人啦!"

关键时刻，一个摸黑回家的兽医救了她，她抓住那人温暖的手，搂着人家脖子，头不停往人家怀里拱，恨不能钻进人家肚子里去，鼻涕眼泪全抹到那人干净的衬衫上。

曾晓萍敲响我家院门时，已经晚上十点多，农历十八的月亮将村庄照得十分明亮，空气里弥漫着乡村特有的柴草味道。月光下，她披头散发朝我扑来，我没认出她，正想拔腿往后跑，她一把抓住我，颤颤地叫一声："肖容!"眼泪顷刻间湿透我胸前的衣服，劫后余生般捧着我的脸仔细端详："肖容？真是你呀，肖容!"又紧搂我的脖子，似乎手一松开我就会飞走。搂得我喘不过气来。

兽医说："人家大城市的女孩子，第一次走这么远的路来找你，真不容易!"

我的心轰地热了，怎么事先不打个电话呢，我去接你啊。我想给你惊喜啊，告诉你了你不一定允许我来。晓萍！肖容！俩人分开看看对方的脸，又马上紧紧抱在一起，如此反复，世界只剩下我们俩，嘴里喃喃的，我们不分开了！再也不分开了。

兽医在一旁看得目瞪口呆。

曾晓萍掏出一百块钱递给兽医，说："谢谢你，大叔，你拿着吧，带我走这么远，辛苦你了，太谢谢了！"

兽医不要，邻里乡亲的你这是干吗呢。曾晓萍奇怪地看着兽医走远的背影，说："我的钱不假嘛，他怎么不要？还有不喜欢钱的人哪！"

我的激情在确信周围没有人之后再次势不可当奔涌而出，当我握住她受伤的手，眼泪便滚落下来，种种复杂的遭遇因为她的出现让我顿时感慨万端。我紧紧抱着她，热烈地吻住她的双唇，我们的舌头饥渴地纠缠着，猛一睁开眼睛，看见父亲站在院墙的阴影里，惊诧地看着我："看见过狗咬架，还没看见过人咬架呢，不分个地点就啃上了，谁啊这是？"

在绝对陌生的世界里和熟悉的人待在一起，曾晓萍获得前所未有的巨大安全感，那些刚过去的危险和恐怖在巨大的安全感里显得无足轻重，甚至无知可笑。当她抚摸手上的伤口时，一种付出之后才会产生的居高临下的表情占据了她的脸。她说："肖容，你该知足了，我从来没为谁吃过这么大的苦头，连我都为我自己感动！"

曾晓萍的到来，我们家一下子陷入了慌乱不安，父亲在院子里走出走进地望风警戒，生怕白家那方面的人突然撞进来。大病初愈的母亲却为有这么个如花似玉的人找上门来看自己感到骄傲，她明白这一切都是因为曾晓萍与我不一般的关系使然，父亲曾经在她面前撒下的弥天大谎因此不攻自破，她几次快意恩仇地和父亲对视，却只看到父亲阴郁不安的脸。

母亲找不到跟父亲说话的机会，对我妹妹说："这个姑娘，拔根汗毛都比白惠腰粗，你哥真有眼光，你爸这次是搬起石头砸自己的脚了！"

父亲在曾晓萍入睡后才放松警戒，他站在冰冷的月光下，满脸汗水依稀可见。他的愤怒在抹去满脸汗水后突然膨胀起来，一把抓住我的衣领，将我拖进空空的牛圈，极度压抑的愤怒使他的声音像根拔动的琴弦颤抖不休：“狗日的，你骗我！”

“我没骗你，我和她不会有结果的！”

“狗日的，狡辩，什么叫结果？赶山赶水地追上门来了你还要什么结果？嘴啃嘴上了你还要什么结果，非要肚子里长出小人来才算结果？”

“爸……”

“你别叫我爸，我现在想叫你爸哩。白家要知道这件事，非把我逼上吊不可，你还是不是人？”父亲对白家的恐惧化为排解不掉的愤怒，他将手里的门杠抡起来，狠狠打到我身上，沉闷的响声在月夜里回荡。

那时，母亲还沉浸在突如其来的喜悦之中，她对妹妹说：“去叫你爸睡觉，深更半夜拍啥簸箕，别吓着人家城里姑娘！”

妹妹说：“让他拍去吧，簸箕不是人，不知道疼。”

“哎呀，你说你爸，做了件这么没脑子的事，不知道他怎么收场。”

“妈，你别说我爸，他也是被逼的。白家知道了那可怎么办？白惠妈那股泼劲，谁敢惹他？我哥也真是的！”

“别说你哥，换了我也不甘心，你看看白惠，再看看人家城里姑娘。”母亲突然悲从中来，“我和你爸没本事，穷，害惨了你们兄妹，人穷啊，啥事都只有承受！”

当父亲累得再度大汗淋漓，我仍然挺立在他面前，我深深地同情我的父亲，他的恐慌他的无助我统统能体会。一切因我而起，他为我承担了太多，我对他心怀愧疚。

因此，当他举起粗大的门杠时，我昂首挺胸英勇地迎了上去，毫不退缩地承受他打到我身体上的门杠，剧烈的疼痛让我感觉到了偿还父亲的轻松。我轻声鼓励他，你打吧，你打吧！父亲误会了我的意思，他以为我和他唱反调，愤怒到极点，嘴里呼呼喘气。我闭了眼，任父亲恣意捶打。我想起小时候，趴在父亲的背上，感觉父亲的背是那样的坚强，那时，父亲在我心里无所不能，逢山开路遇水架桥，所有的困难在父亲面前都会一一消解，他是我心中的英雄。那时，我少不更事，看不到生活本身的残酷，看不懂父亲在现实里扮演的角色。

月光从破旧的牛圈门里照进来，辟开一块长方形的亮地，父亲打累了，汗水涔涔地注视我，他瘦削的胸脯起起伏伏，喉间哽咽，忽然跪在亮光里，泣不成声："求你了，我的祖宗，你爸你妈还有口气，让我们过几天平静日子吧，明天天亮之前把那小妖精带走，从哪里来带到哪里去。求你了，别让白家知道，三分钱逼死一个英雄汉哪，更何况我们欠人家成千上万的钱，你给你爸你妈留条活路吧……"

我的床摆在有些残破的土墙房里，年久失修的墙壁裂开纵横交错的口子，口子里塞满玉米核核，母亲和妹妹疏落的乱头发，破衣服片子。屋里拿旧报纸糊了，黑黢黢的墙壁就有了几分亮堂。尽管这样，还是阻不住呼呼的冷风。墙角的报纸有些塌了，风舞动残破的纸片，呜呜地响。曾晓萍惊醒过来，没有乡村睡眠经验的她被各种奇形怪状的陌生声音吓得缩成一团，脑海里满是各种各样的恐怖场景。她把头蒙在被窝里大声叫我。肖容，肖容，你快来，我怕！他的叫声吓坏了父亲，他猛推我一把，快去堵住她的嘴，让她别叫，快去啊。

我坐床边，她把头靠在我的大腿上，那里刚刚遭受父亲的重创，我咬牙忍住了，她不知道发生的一切，我不想让她心生愧疚，我已经很对不起她了。她说，你来我就不怕了。她把我的手放在她的胸口上。我给她解释各种声响的来源，风吹报纸了，风吹过树梢了，牛打响鼻了，猪哼哼羊咩咩马放屁。她孩子似的笑起来，我以为我进入鬼城了呢。

我捧着她的脸，拇指一下一下摩挲，晓萍，让你受苦了，你看我们家，穷得不像个样子。曾晓萍娇嗔地说，我从没在乎过你的穷富，我只在乎你。肖容，乡村真安静啊，你说世界上只有我们俩该多好啊，什么烦恼，什么干扰都没有，我真的后悔……我们认识晚了。我知道她想起了“那人”，我也想起了“那人”。我说不想那么多，在一起一天就快乐一天，爱过总比没有爱好，我很知足了。

她坐起来，抱住我，闭了眼睛，把嘴凑到我的唇上，喃喃自语，来吧，肖容，来吧，我是你的。她的胸罩滑落下去，顺手把灯灭了，肖容，在你家里，让我们真正做一回夫妻……

我和曾晓萍离开叫三道河的村庄时天还没有亮，不曾睡去的月亮挂在天上，波澜不惊地注视着人间的一切，冰冷的风从空旷的田野里吹过，村庄平静地沉睡着，小河哗哗的流淌声恰如它甜美的梦呓。我带着满身伤痕，紧紧牵着曾晓萍走在通往城市的路上，她的手很温暖。

经过白惠家门前，蒙蒙天光里，那两扇大门紧闭着，被我们脚步声惊醒的狗在院里狂吠不休。我停住脚步，挑衅地看着白家的大门，就地抱住曾晓萍狂吻。曾晓萍不知道发生了什么，她幸福而满足地闭上眼睛，低低的喘息飘散在过往的风里，散落到白家的院子里，散落到村庄的每一个角落。

第
4
章

爱到极度便是分离

校园南端的栀子花开了，花香流淌在晴朗的天空下，清香怡人。洁白的花朵傲立枝头，一朵一朵简约里透出纯洁，一树一树开得热闹盛大。夜晚静立在花树下，似乎可以听见花开的声音轻轻响在耳畔，仿佛情人的呢喃低语，温馨、甜蜜，使人沉醉。

无论白天黑夜，花香绵长悠远，飘进餐厅，飘进教室，无处不在地抚摸你的鼻子，人心便在花香里悸动，不由自主期待着未知的浪漫与温情在花香中翩翩降临。

胡昌杰来了，突然走进我们寝室的胡昌杰使散漫的空气一下紧骤了，他身后还跟着两个人，面无表情地站在栀子花香里。

胡昌杰指着我对那两人说："给江晓琴写信的肖容就是他，妈的，还一星期一封，吃豹子胆了吧你!"

他眼神里的愤怒渐渐凝重，四处扩散，扭曲了他的脸，他慢慢从衣袖里抽出根钢管，一下一下拍打手心，从上到下审视我的身体，掂量从哪儿下手会使疼痛更加事半功倍、效果显著。

我缩到床角，意外的遭遇使我惊恐不安，当我觉得无路可退，就无比恼恨那个给江晓琴写信的肖容，他好像在某个地方注视我，似笑非笑，安然无忧。我早该意识到胡昌杰这个巨大的潜在威胁的，我真是不长记性啊。

胡昌杰第一次选准我的肩膀，钢管落到我肩膀上发出厚重的响声。我伸手挡一下，同时本能地踹出一脚，这种不知廉耻的反抗让胡昌杰内心的正义感轰然爆炸，极度愤怒使他失去审视我的闲情逸致，代表他的正义感的钢管呼呼有声朝我打来。

寝室里有张仪峰、李志海、程振，跟进来的那两个人虎视眈眈注视着他们："谁也别动，不关你们的事，动就像他一样。"

活生生的实例说服了他们，没有人动，连眼珠也不动。我失去了反抗能力，双手护住头，然后听到江晓琴的惊叫。当我仰起满是鲜血的脸，江晓琴手里已握住了胡昌杰手里的钢管，她眼睛里闪动着泪花："你疯了，你把他打成这样，你疯啦！"

胡昌杰一口浓痰吐到我脸上，狠狠说："该打，谁让他给你写信！"

淡绿色的浓痰从我额头上缓缓往下流淌，如同吐丝的蜘蛛，后面拖一根细线，渐渐被血浸染红了。

我站起来，大声说："你让他打吧，信是我写的，而且我还会继续写，你他妈有种就把我打死！我喜欢她了，我爱她了，怎么的？"

胡昌杰作势要扑过来，江晓琴突然挡在我面前，举手护着我，胡昌杰举钢管的手软软垂下去，他走出门时乱砸了一通我们寝室的东西。

我没有按江晓琴的意思去医院，自己用脸盆倒了水洗脸上的血，鼻孔里仍有血流出，拿卫生纸塞住，打湿毛巾擦衣裤上的脚印。确信危险不在之后，内心突然生出些许悲壮，在做这一切时我脸上带着凄惨的微笑，我对目瞪口呆的江晓琴说："你坐吧，要不要给你倒杯水？"

蔑视威胁和痛苦的精神给我悄悄写信追别人女朋友这件不光彩的事在

大白于寝室的时候，涂抹上几分感人色彩，因此，没有人指责我招惹了胡昌杰，即便身强力壮胆小如鼠的李志海也只说我不应该还手，不还手不会受这么多伤。

这是我在大学生里再一次打架的经历，综合几次打架的经验，我明白了这样的道理：“爱情里的不正当竞争发展到终极，只有一条解决途径，那就是打架，胆大的吓跑胆小的，成则王侯败则寇！”和动物世界优胜劣汰的自然规则异曲同工。

江晓琴报告了保卫处，但我拒绝提供任何证据，一口咬定自己不小心摔倒弄伤的，保卫处怀疑我受惊吓过度，造成心理障碍，强行送我去学校心理咨询室，坐在一间光线柔和的屋子里接受心理老师脑筋急转弯式的提问。我一律回答不知道。栀子花的香味飘满了整个房间，在我心中代表爱情的栀子花，会开到什么时候？

我想对曾晓萍隐瞒整个事情的来龙去脉的，但这么富有爆炸性质的新闻迅速传遍了校园。她打电话约我见面，第一句话就是：“你为别的女人打架了？你还没为我受过伤呢！白对你好了，狼心狗肺的东西，还不如一只狗呢！”

我为她受过的伤只有我知道啊。

我无言以对，静静等待暴风雨降临，她没再说话，哭着挂掉电话。曾晓萍第二次打电话来已经基本恢复正常，她说：“你出来吧，我有话跟你说。”

曾晓萍站在枝叶繁茂的泡桐树下，嘴微张着，仰望天空，我的脚步声并未打扰她。

我站在离她一米远的地方，她淡淡地说：“真看不出你来！”

我的微笑被她一口判定为讨好：“用不着做这种表情，我还没可怜到让你同情的地步!”

说话的时候她不看我。我抬头顺着她的目光望出去，除了树枝间零乱的蓝天，什么也看不到，我想活跃一下气氛，说：“看什么哪?”

“看泡桐树上会不会长出苹果来。”她放下高昂的头，平视我，目光淡然。

“泡桐树不会长苹果，这是常识。”

“农村人从骨子里也很难变成城里人，这是常识。”她似笑非笑，漂亮的眼睛里饱含不屑，“你真有眼光，江晓琴肯定会嫁你，‘只要感情在，哪怕吃酸菜。只要感情深，哪怕在农村。’我们俩呢，到此为止。”

曾晓萍挥挥手，说：“我会忘记你这个白眼狼的，但我肯定忘不了我的农村之行，太悲壮了，有点像诗人的举动!”

她不听我解释，也不顾及我的感受，转身走了。我和曾晓萍的爱情就这样结束了，尽管我对她心怀愧疚，尽管我多次想找机会给她解释。可她再没给过我任何机会，从此我们俩形同陌路，彼此见了面，微笑也没有。

李红雨说：“人是在失恋中坚强起来的，失恋越多越坚强。”不知这话运用到我身上是否准确，让我迷茫的是，我老分不清坚强和冷漠，在我的理解中，二者好像是孪生兄弟，可以相互替代。

高政国说：“失恋是人成长的必要环节，没有失过恋的人活到老都不成熟。”这也许是他自辩的话，但我很喜欢。我的确需要自辩一下，即使说服不了别人，能说服自己也好。谁说过：人生最大的敌人是自己！和江晓琴几次特别的接触下来，她给我留下了不可磨灭的印象。

事实上，我周围的人谁也不明白我的内心。失去曾晓萍，我一点不难过，相反有一种如释重负的轻松。我表面上的惶惑失落，是因为对江晓琴的无法把握和捉摸不透而产生，与曾晓萍没有关系。他们以为曾晓萍再次伤了我的心。

我想我已经英勇地爱上了江晓琴，这种情感先还埋在心灵深处，如同一头睡狮，胡昌杰一顿棍棒惊醒了它，它开始在我的内心咆哮，翻滚，撕扯，使我坐卧不宁，我无法掌控。在它的指使下，曾经的顾忌变成了坦然，遮遮掩掩变成公然行事。我公开给江晓琴写信，到处打听她的电话号码，给她发信息。我不在乎胡昌杰的威胁，反倒希望他再来找我寻衅。

江晓琴没给我任何信息，胡昌杰也没来找过我。我迅猛的攻势没有得到预想的效果。

我决定亲自找江晓琴表白，心里的那头醒狮，把我折磨得彻夜难眠，满世界是江晓琴的身影，睁眼她在心里，闭眼她在眼前。哪怕死在胡昌杰的乱棍之下我也无怨无悔。

我在江晓琴的宿舍楼下徘徊了十二个夜晚，仰头看她寝室窗户，淡黄色的灯光，浅绿色的窗帘，莺声燕语飘出窗来。我给江晓琴发信息，说我在楼下等她，我每天等在那里，仰头看她，她一次没出现在窗口，有几次伸出颗头来，我以为老天开眼了，仔细一看，不是她。我独自坐在楼下的石阶上想象灯光下的她，我把我的所思所想编成信息发给她，只希望她在窗口看我一眼。

第十三个晚上，下雨了，我没带伞，雨伞举在头顶，不方便仰望。绵绵细雨像一只温柔的手抚摸我的脸颊，昏黄的路灯光似睡非睡笼罩着我。十点钟，雨似乎更大了，湿透的衣服裹在身上十分难受。我给江晓琴打电话，她不接，再打，她关机。我仰头叫江晓琴，深情的呼喊使我内心的醒狮立刻躁动不安，我一声接一声叫她的名字，声音渐次升高。后来手拢在嘴上，弓下身，脚前后死死抵紧地面："江晓琴——江晓琴——""江晓琴——我爱你——"

我撕裂了嗓门儿的呼唤，撞开了一扇扇紧闭的窗户，许许多多的头争相伸出窗外，像一簇簇破土而出的蘑菇，杂乱无章生长在七层高楼上，一片蓬勃，蔚为壮观。人们惊讶地辨认雨雾里呼喊的人，谁呀，神经病，鬼哭狼嚎的！

当连续不断的呼喊持续一个多小时后，人们不耐烦了，伸出的头带出比头大几十倍的愤怒："吵什么吵，让不让人睡觉！"

"你他妈疯了，叫魂啊！"

各种指责和谩骂汇成一片汪洋淹没过来，我呼喊的声音依然清晰，超越那片汪洋之外，仿佛一条跃出水面的鱼。

我知道众怒难犯，可我控制不住我的情绪，我内心的强大让我十分吃惊。

有人开始大声呼叫保安，有人在打学校保卫科的电话。

我的头发被雨水一缕一缕沾在脸上，湿衣服裹紧身体，每动一下就发出嚯嚯声响。我的身体冰冷了，麻木了，我感觉自己正慢慢硬化。我的嗓子哑了，呼喊声带出丝丝缕缕的杂音，声音像是跋山涉水而来，遍身布满披荆斩棘留下的伤痕。

随着一声苦大仇深的"去你妈的吧！"一个女生尖声锐叫，一瓶矿泉水呼啸而至，砸在我背上，瓶子破裂，一朵纯净的水花倏然盛开，转瞬凋零了。各个窗户立刻传来一片旗开得胜的欢呼，接着，塑料盆、烂拖鞋、矿泉水瓶纷纷从天而将。噼噼啪啪打在我身上，落在我周围。有人甚至爬上靠近窗台的桌子不停跳跃，呐喊助威。

江晓琴的窗户终于打开，她美丽的头颅伸出来："你回去吧，快回去吧，你是不是疯了！"

"我爱你！"我的眼泪流出来，和着雨水，流满我的脸。我的声音嘶哑了，深情的表达淹没在盛大的嘈杂中。

两个身强力壮的保安像拖麻袋似的强行拖走了我，他们以为我喝醉了，带我去保安室醒酒。我的清醒让他们吃惊，进而恼羞成怒，你不是神经病就是疯子。我说你们说的都一样，我一连打了五个喷嚏。我无限惊喜地对保安说，她想我了，她念我了，你们瞧，我打喷嚏了！保安满脸无奈把我推出门，狗想你了，你这是感冒了呢，快回去吃药吧，神经病！

江晓琴终于在一个有月光的夜晚朝我走来，红色T恤在朦胧的路灯下十分抢眼。我们坐在石阶上，感受盛夏的凉风，她明亮的眼睛在暗处显得很幽深。我这才知道，我写给她的信，全被胡昌杰事先取走了，他疯狂地想要掌控她的世界，阻断她与男生的任何联系。她说："我和胡昌杰吹了，从一开始就不喜欢他，可他老自残，今天割手明天撞墙，把我吓坏了，他很疯狂。我当时迫于无奈答应跟他好，等到大学毕业后各奔东西，我就解脱了。"

"我害了你，不该给你写那些信的，你说你想听我讲我父亲，我没机会接近你，只好选择写信。没想到会造成这样的结果。听说他还打你一耳光，真的对不起！"

"某种程度上，你拯救了我，我以前太胆小，总想着逃避，现在不了，我要面对，他打我证明他对我的感情是假的，什么事说不清楚非要动手，心虚胆怯无理取闹的人才会动手打人！"

"我该打，你不该打啊！"

"谁也不该打，人是生而平等的。肖容，我发现你其实挺勇敢的，敢做敢当，敢爱敢恨，胡昌杰那么凶，你一点没被吓倒，说实话，我挺……佩服你的！"

"我说的是真话，我……可能你不太明白，我以前对你只是幻想，自从那次你陪我父亲吃饭之后，我对你的感觉就不一样了。我……喜欢你！"我不知道怎么表达内心的真实感受，我像个负重跋涉的人，满头满脸的汗水。我之前没体会过，动动嘴皮表达会让人这么累！“将来呢？肖容，我们有将来吗？你让我懂得勇气对一个人有多么重要，可是……让我们做好朋友吧！”

我仍然给江晓琴写信，她像一个温暖的壳，是我躲避俗世的港湾，我迷恋那里的安静和温暖。这是我在以前的情感经历里没有过的感受，书上说，真爱只有一次，我想，我的真爱来临了。

我鼓起勇气去她们寝室找她，她坐在干净的床上看书，英国哲学家卡尔·波普尔的《通过知识获得解放》，女孩子拿着这种书就足以让人刮目相看了，江晓琴通读全书，将精彩的片段轻声念出来，智慧的文字从她红润洁白的唇齿间流淌出来，就有了特殊韵味，艰涩难懂的哲学概念瞬间让人倍感亲切。她不小心将枕头弄湿了，我抱着她散发出清香的枕头去干洗店请人弄干，我躲在没人的地方，头深深埋进枕头里，幸福在心中荡漾。回来时她站在楼梯口，接过枕头说，你真好！她温暖的手指滑过我的手背，像锋利的犁铧犁开我心田，爱情的种子播下了，会生根发芽吗？会开花结果吗？

周末约她爬山，她想了想，回寝室叫人陪她去。她在寝室的人缘特别好，大家都叫她小江小江的，那些人嘻嘻笑着不肯去。

她只好陪我去了。那座山叫文笔峰，坐落在郊外，远远看去，像一只饱蘸浓墨的毛笔，似乎要在天地之间恣意挥毫，写下动人的诗篇。穿过茂密的树林，沿陡峭的山路往上爬，我牵着她的手，暂时的困难促使我们必须携手共进，忘了牵手另外的深刻含义。到山顶，困难解除了，她马上意识到她的手在我手里，迅速抽回去，一朵红晕慢慢在她脸上浸染开来。她说风好大的。凉爽的风吹过，洁白的云飘过，心里无比惬意。

我们并肩坐在山顶，繁华的城市冰冷地伫立在山下，喧嚣腾起来，笼罩在城市的上空。一群带着鸽哨的鸽子在我们头顶盘旋。我给她讲起我的家庭经历，隐瞒了白惠和那些失败的恋爱，那是我人生里的败笔，我自己都不愿去仔细回想。我想，认识她之前的岁月，我是白活了。她神情专注地听，然后问我："你恋爱过吗？"

"没有。"我想了想，又加一句，"都是儿戏，没有真正恋爱过！"

大三结束那年，江晓琴终于成为我女朋友，我们站在天台最黑暗的地方，人相依相偎，手紧紧相握，望着黑暗之外的明亮世界，一遍又一遍地说："我爱你！""我爱你！"除了这三个字，任何语言都苍白无力，难以表达我们内心的真实感受！

我没有请江晓琴吃过饭，她也从不请我，她家里并不十分富裕，单方面掏钱请客仅限于一包瓜子或者一瓶水，基本上我们一起吃饭是AA制，而且从不去学校外面的馆子。两人一起去食堂打饭，她常常把自己的饭钵买得满满的，等我的饭钵空了，说她吃不完，强行倒给我，逼迫我吃下去。我知道她是故意的，她怕我吃不饱，采取曲线救国的方式帮我，维护我那虚无的毫无意义的自尊，但这无疑会加重她的经济负担。我执意不让她多打饭多买菜，她立刻严肃地看着我，咱们家谁说了算？你啊。那你就得听我的。我俩并排坐在一起，我把好吃的菜夹给她，她不吃，又给我夹回来。如此争执不下，就一人吃一小半，她多数时候舔一下就夹给我。她的善良，掩藏在小小的俏皮和狡黠里，让我十分感动。简单的饭菜，我们却吃出了人间最美的味道，吃饭因此其乐融融，那是我笑得最多最开心的时期，我脸上的皱纹，绝大多数是那段时间笑出来的。

我再没参与"三斤"组合的活动，"三斤"组合成了"二斤"组合，只有高政国和李志海默然相对，所谓组合已形同虚设。失去吴敏慧的李志海每日形影相吊，开始和高政国同病相怜了。

江晓琴说："金钱会腐蚀爱情，我们的钱绝对要分清。"她说到做到，从不花我一分钱，我却没做到，参加英语加强班的六百块学费她帮我出，我因此更加自卑，越来越觉得自己在她面前形容猥琐思想污秽。把爱转化成同情无疑是宣判爱情的死刑，我分不清江晓琴对我的情感是爱还是同情，或者仅限于一个善良的人对困境中的人的本能相助和宽容相待。

她真的爱我吗？

但是，我们在一起的确很快乐，这种快乐足以让我忘掉生活里诸多烦恼和不幸遭遇，江晓琴纯净的内心世界使我获得了某种超然物外的力量。有她在，什么都可以不在乎。江晓琴似乎也明白这一点，她说：“你总让我感动，让我明白什么是爱！”每当这时，我就为自己那些杂乱的想法和无端的怀疑感到无比羞愧。江晓琴是认真的！

那年，我第一次在大学里过生日，困窘的生活迫使我从小就取消了这项热门活动，我说我还从没过过生日呢。江晓琴不依了，说什么也要陪我过。我和江晓琴穿过好几条街，来到一家安静的咖啡屋，没有音乐，她点生日蜡烛的时候独自唱起《祝你生日快乐》，幽深的眼睛倒映着烛火，无比灵动。烛光下，我看清蛋糕上的文字：你哭我哭，你笑我笑！

许个愿吧！

我双手合十，紧闭双眼，却怎么也关不住眼里的泪水，眼泪在我脸上肆虐，江晓琴是真的爱我，而我却生出许多无端揣度和猜疑。她仔细地为我擦眼泪，不哭，不哭，肖容不哭！她的泪水潸然而下，不管不顾地一头扑进我怀里：“肖容，让我们永远在一起吧，不管多么艰难都不分开！”

刘敏决定留在这座城市，按惯例，毕业后她要回我们那个边远落后的小县城等待分配工作。近些年来，本科生留在县城的机会越来越少，大多分配到农村任教，好不容易从农村挣扎出来，又要回农村去，终点回到起点，刘敏说，死也不回去。她一再告诫我，出来就别回去，在城里讨饭都比在农村工作强。她开始为自己的未来四处奔走，很难见到她的身影。

有一次接到她的电话，告诉我一串数字，说是她的新手机号码，她找到工作了，在一家公司当秘书。我内心涌起淡淡的失落，刘敏不回去了，终于在这座城市找到一席之地，我呢？她的今天是不是我的明天？我忘了说祝福的话，忙问工作好不好找。她的笑声突然戛然而止，只听见粗重的喘息。沉默良久，她长叹一口气，答非所问说改天请你吃饭。

刘敏毕业的头天晚上请我吃饭，一辆黑色的奥迪轿车送她来的，开车的人五短身材，浑身肥肉乱颤，脸上的五官仿佛有不共戴天的仇恨，各自扭向一边。他殷切地为她打开车门，她朝他笑一下，快步朝我走来。那人微笑着目送她，我见到了人世间最恐怖的笑，那笑容瞬间让我看过的所有恐怖片顿时黯然失色。刘敏走到我身边轻声说我们王总，皱起眉头，背对那人大声说回去吧，一会儿我给你电话。不容置疑的命令语气，哪里像下属对上司的态度，分明是主子吩咐下人的颐指气使。我想，我们村里的最美和城市的最丑有机结合到了一起，这种结合的结果是刘敏顺理成章地变成了城里人，她终于如愿以偿留在了这座城市。

我俩走进食堂，坐在刚进校时我们第一次坐过的餐桌旁，那时崭新的乳白色餐桌如今已经泛出淡淡的黄，无声的岁月悄悄改变着一切，校园里的花树，年轻的容颜，少年的心事和朦胧的爱情，攒不住的青春，一切的一切，水一样流走了，逝者如斯。

吃完饭，刘敏她们班举行毕业联欢晚会，她邀请我参加，原本以为应该歌舞升平的联欢会，不到半小时就哭声一片，男男女女相拥而泣，整个晚会现场淹没在唏嘘的哭声里。刘敏和每个人拥抱，她抱住张鹏，两人脸对着脸，鼻涕眼泪流到一起。她和王欣四目相对了好久，抱在一起，好久不分开。我站在角落，悲伤的气氛使人难受，同窗四年朝夕相处的学友从此天各一方，有的人可能还会相见，有的人就此永别。曾经的爱恨情仇，在离愁别绪里灰飞烟灭了。

刘敏的电话响了，她看一眼，继续和王欣说话，那电话执着地一直响，她提前退场。我送刘敏，刘敏说不用送，一会儿有人接我，我们去喝点冷饮吧。我俩坐在灯光下，大量涌出的泪水洗亮了她的眼球，同时泡肿她的眼睑，笑容里带着无奈的伤感和依恋。她转着头四下看看我们的校园，还没生活够就离开了，真舍不得。她说："大学像一道墙，墙里春暖花开，墙外严寒酷暑。纯净、简单、浪漫的生活，到大学毕业为止！"

"时间过得真快。"

"是挺快的，一眨眼，一切都变成了回忆。"

我说："转眼间李淘都死去一年多了，他坟上都长出许多青草！"我不知道怎么突然想起李淘，刘敏肯定生气了，"对不起，我不是故意提他的！"

刘敏垂下眼皮，她给自己倒茶，杯里溢出的水沿桌面蜿蜒流淌，滴落到地上。她没抬头，手指一下一下划着桌面，低声说："你去看过他？"不等我回答，又自言自语说，"人死了，再看也没有意义，生活这么累，死了反而是一种解脱！"

我们不再说什么，大声劝彼此喝冷饮。

那是我最后一次见到刘敏，之后，我们偶尔通通电话，她好像生活得并不轻松，电话号码频繁变换。每次打电话给她，都说很忙，她周围总是一片嘈杂，要么男人女人不停吆喝喝酒的声音，要么歌厅舞厅的声音，要么麻将哗啦的声音。

后来，刘敏杳无音讯了，城市像深不可测的大海，将她淹没得无影无踪。我打过她留给我的电话号码，没有一个能打通的。

三道河村姓朱的兽医，已过而立之年仍独自鳏居。他对女人的强烈渴望，在那个黑夜被与他素昧平生的曾晓萍点燃了，他之前对农村女人产生的不屑思想因此越发坚定不移：“乡下女人不叫女人，睡过了啥印象没有，城里女人哪，抱一下骨头都酥了，把魂给抱丢了。”

他一直忘不掉曾晓萍留给他的深刻记忆。

从来没有一个异性让他如此心动，每次经过曾晓萍被狗围攻的地方，鼻子条件反射似的闻到朝他扑来的馨香，温软酥香的肉体仿佛还在怀中，惊恐的喘息似乎还响在耳畔。她的气息有一股薄荷般的清凉香味，是他有生以来闻过的最心醉的味道。兽医蹲下身来，察看发生过一切的地方，希望找到曾晓萍遗落下的一点什么，但他总是失望，地上杂草丛生，一根头发也没有。他蹲在原地痴痴发呆，眼睛空了心也空了，人的魂在虚空里飘呀飘的找不到依附。

兽医开始了他添油加醋的冗长回忆，有一天，当他把这个奇妙遭遇讲给几个年轻人听，年轻人兴奋的脸让他收获了意外的喜悦和满足，兽医的讲述从此再没停止过，随着他的足迹撒遍村村寨寨。

一次偶然相遇，通过他合理想象和加工更加趋于完整，成为富有传奇色彩的艳遇。他的讲述从兽用体温表插进牲畜肛门时开始，很难想象他如何用迷离的眼光察看体温表观察症状，他飘忽在远处的心，仍然不断为牲畜对症下药，虽然不断有死亡事故发生，他总能为那些冤死的牲畜找到合乎常规的理由。只有他自己知道，有多少不会开口喊冤叫屈的畜牲，白白为他的心猿意马付出了不该付出的生命！

兽医完工的第一件事是收钱，收了钱之后，如果时间还早，他往往要留下来吃饭喝酒，继续讲述他的奇特经历，他结束讲述的话让听的人肃然起敬：“我觉得肖科明太可怜，好不容易培养出个大学生，辛辛苦苦找了个女朋友，一下子让我给弄走，乡里乡亲的怎么见人，我索性就放弃了，我这人，一辈子做善事!”

兽医以他的职业便利四处宣传，力度大于父亲前阻后挡力不从心的封锁，传言终于飘进白家院子，一炮打响，战幕拉开。白惠妈边走边挽袖子，目光炯炯朝我家奔来，一脚踢开门，径直走到我父亲面前，双手叉腰，张嘴就骂：“肖科明杂种！肖容杂种!”

符合遗传逻辑的辱骂引来了村里人，她的声音飘扬在村子上空，盖过高音喇叭里村长通知发放救济粮救济棉衣的声音。

父亲弯腰驼背，孤单地朝镇上走去。冬天的黄昏，寒冷肆虐，他还穿着干农活时穿的单衣，脸上有一道异常明显的白色痕迹，是白惠妈吐到他脸上的浓痰干涸后留下的，像一道白色的伤口，将他的脸分成两半。镇街上，我父亲拨电话号码的方式引起周围人的注意，他眼睛盯着电话机，每摁响一个键就骂一句“狗日的”，这个全世界独一无二的电话号码居然通了，他接着往下骂：“狗日的，快回来吧，白家人打上门来要拿我剔骨熬油了，你他妈可真有本事，拿亲老子当挡箭牌，自己跑到大学里逍遥自在!”

我意识到事情的严重性，给学校请假，谎称我母亲病了，然后打电话给江晓琴，说了同样的话。几分钟后，江晓琴冲进我们寝室，人没进来，声音进来了：“严重吗？马上走吧，我送你去车站!”

我知道，该来的来了，我必须面对。我曾经的畏缩在江晓琴的爱情滋润下化为无尽的勇气。为了江晓琴，我该和白惠了断了。哪怕这个结果我无法承受，我也必须勇敢地去承受。我握住她柔软的手，意料之中的事在甜蜜的爱情中被我淡忘了，当它突然从天而降，才蓦然惊觉已无退路。所有坚强的理由和准备勇敢面对的想法在强大的事实面前显得那样软弱无力，我其实挺害怕的，我没有掌控未知困难的能力，我害怕我会因此失去江晓琴。

可我心里最想说的话，面对最爱的人，却张不开口。是谁把我的生活弄得如此糟糕啊！

江晓琴送我赶上最末一班车，她站在车窗外朝我挥手："肖容，不会有事的，吉人自有天相，你母亲一定会好起来的，我有预感！"

亲爱的人，你能预感到，我会摆脱我的噩梦吗？

我的忧伤，如车窗外的暮色一样铺天盖地，那些即将到来却无法预知的事实面目狰狞地撕扯我的心，我不知道当我回来站在江晓琴面前时，还是不是她眼里的肖容。我愧对江晓琴，直到此刻她仍不知道事情的真相。

客车开动，她的身影迅速后退，被接踵而至的无边黑暗所替代，我迅速向黑暗深处疾驰而去。

白惠家定好时间，十一月二十五日，要求我和父亲去她们家"讲清楚"。之前的几天，我家几乎没人吃饭，冷锅冷灶的，一家人相对长吁短叹。灾难性的困难打垮了每一个人，大家脸上布满无力承受的哀伤。

父亲从大量责骂我的词汇里找不到安慰，当觉得责骂我没有意义时，他陷入了更深的绝望，无法想象的重大后果让他不寒而栗，上下牙抖得衔不住烟嘴。他悲哀地看着母亲："如果白家要我们还钱，上哪儿找去啊？这不是把人往死路上逼吗？"

然后慢慢转头看我："你得好好给白家认错，下跪磕头都行，一定要稳住他们家的心，什么错你一肩膀扛住，千万别和他家闹翻脸。你别瞪我，现在不是要脸的时候，巴掌大一块脸面有一家人的吃饭穿衣重要吗？有你的前途重要吗？再说错在你，那小寡妇要不撵上门来现在一切会好好的，谁敢拿脸色给老子看，还得敬着老子，隔三岔五提酒上门来求我喝！"

"你说这些有啥用？"母亲说，"当初你不牛七马八的和白家定亲，会有今天？"

“我和人家定亲是为我吗？你光张着嘴胡嘞嘞，吃饭不知牛辛苦，没有这门亲事，肖容能这样顺利上到大四？治你那病靠的还是人家……”

“爸……”

父亲眼里突然有了泪光，他擤一把鼻涕，顺手擦在鞋帮上：“也该让你妈知道知道困难，我说的是事实，你们……总觉得是我的错！”母亲猛地紧紧抱着我，眼泪滑落到我脸上，她泣不成声，一遍一遍抚摸我的脸！

等待的日子里，我母亲终日以泪洗面，中风偏瘫的身体没有完全恢复，她的左眼已经流不出泪水了，独有右眼泪水汹涌，她在不停的抽泣声中指责父亲当初的一意孤行：“咬紧牙关一挺，就挺过去了，偏偏要找便宜事！”

父亲将头垂下去，夹在两腿之间，无声的眼泪砸到地上，溅起了细细的尘烟，他忙吐口唾沫掩盖了，双脚碾上去，碾起许多细小的泥条，碾开好大一片潮湿。

可背过母亲，他仍坚持要我主动认错：“肖容，要怪你就怪我没本事，供不起你读书；肖容，你就让你妈过几年清静日子吧，她为我们操劳成这样了，一天像样的日子没过成……肖容，就算爸求你了，爸给你跪下，你给白家跪下……”

我没有哭，依然在村子东边山头上，默默注视生我养我的陌生而又熟悉的村庄，不知道怎么就走到了李淘坟前。我并不知道他埋葬在那里，当我看见那座孤坟和没有名字的墓碑，脑海里浮现出他躲在树后面偷看我给白惠送信的脸，我还信誓旦旦对他说我不会要白惠，如今却无耻地和他梦中的天使纠缠不清了。

他坟上长长的荒草枯黄了，往下滴落眼泪般晶莹的水珠，一串一串……

十一月二十五日，天晴，多云。

我早晨七点钟起床，洗头，刮脸，换衣服。父母一夜未眠，眼睛血红，过度的紧张使他们表现出反常的亢奋。我对父亲说：“你别去，我自己去就行。”

父亲说：“人家定好的，要我去，再说事情当初是我操办的，我不在场道理说不过去，他能吃了我？”

我说：“别事事都听人家的，我闯下的祸，我去！”

父亲无力地靠在门框上目送我：“好好给人家承认个错，其实他们家对你挺不错，也许事情还有转机。记住昨天说过的话！”

母亲什么也不说，她瘫痪的左脸上没有表情，眼角嘴角往下撇。右眼里又涌出泪水，越过一道道皱纹，横溢在脸上。

我和白惠的事早已传遍整个村庄，闲得浑身发痒的人们翘首期盼着这一天尽快来临。我从村子中间穿过，路上没有人，家家户户门窗紧闭，院子里静悄悄的。我刚走过去，就响起连绵不断的推门声，大人小孩的脑袋雨后春笋般一伸一缩探出来。我转过第一个墙角，后面的人一涌而出，街上响起纷乱的脚步声，鸡飞走了狗跟来了，村子里一片少有的热闹。

城市和农村唯一没有区别的就是这些闲来无事的看客了，除了衣着上的差异，全中国所有看客的心理、眼神、说话方式甚至连走路姿势都一模一样。看客这个物种，以他顽强的生命力在神州大地上生生不息，五千年前如此，五千年后亦然。

白惠家大门敞开，像一张血盆大口，正准备吞噬我。我刹住脚步，心咚咚地跳起来，我在心里呼唤江晓琴，她的眼睛在虚空里朝我笑，她说去吧去吧，我等你的好消息。她说去吧去吧，我们永远在一起。我整理一下衣服，义无反顾迈开脚步朝白家走去。

白惠正喂鸡，一院子的鸡围着她咯咯乱转。她眼皮也不抬一下，一脚踢飞几只鸡，骂道：“死鸡，给脸不要脸，不知饱足的东西，没有老娘你去吃屎!”

白家在村里是大姓，白惠家屋里坐满了白家族人，族长、村长，还有几个白姓族人中据说德高望重的老人，除此而外就是十几个身强力壮的小伙子。白军带着几个城里模样的年轻小伙在二楼阳台上抽烟嬉笑，看见我，猛吸一口烟，弹飞烟头急步下来，一把抓住我衣领，有人从后面踢我的腘窝，我不由自主跪到地上，院子里立刻鸡飞狗跳，传来白惠关院门的清晰响声。

我爬起来，脸火辣辣的，心里想，打吧，打吧，怕打就不会来，来的就不怕打，打就有理说了。颇有见识的村长一跃而出，制止几个不谙世事的毛头小子。他说：“有理讲理，你们一边歇着去。”白军说：“他自己走路不小心摔的，这么多人看见了，动手打他我还嫌他脏了我的手呢，是不是?”

小伙子们围住我，应和白军：“对呀。”“对呀!”

我的眼睛被打得荧火点点，恍惚中我看见江晓琴的脸，看见了她动人的微笑，她说你起来，别让人家看扁你，你还有我呢，还有我呢……我站起身来，目不斜视朝屋里走。白军领着人站在两边，乘机打我踹我。我没回头，被他们踹进屋里，扑倒在地。村长扶我起来，拿毛巾擦我脸上的血，说：“书读多了眼睛容易坏，地不平，走路小心点，别摔坏了身子，你们肖家眼巴巴地瞅着你出息过好日子呢!”

村长和族长坐在神龛两边，其他人按辈分挨他们坐了，屋子像古代的衙门，我坐在对着神龛的大门边，一下成了受审的罪犯。那些年轻小伙抄着两手在院子里游荡，恶狠狠的目光如刀似剑，轮番朝我剜来。

白惠妈开始对我和我的家人进行血泪控诉：“你们看看，肖家什么态度，肖科明那兔崽子躲着不来，白家大根大族的，有理放到桌面上讲，肖家什么态度，人都死光了，让这么个人不像人鬼不像鬼的来，你算什么东西?”

她从当初我父亲如何上门找她借钱（她把“贷款”说成“借钱”）说

起，一直说到兽医的传言，间或穿插她在村中所做的诸多善举，比如借谁五元钱送谁半斤米，以及平时待人接物的许多礼节，主要拿我家和她家做对比，对比结果是她家像慈善机构一样让人爱戴，我们家却像恐怖组织一样罪恶滔天。她甚至把我母亲的病说成是多行不义因果报应的结果。从八点说到十点半，说得那伙一心替天行道匡扶正义的人失去了用武之地，一个劲儿哈欠连天。

十一点五十分，她的话终于转到正题上来，问我："朱医生说的那些话真不真？"

"真的！"我说。

"你还是人吗？你们说他这是人做的吗？吃人家的饭拉屎在人家锅里，畜生做的事，还大学生，还当县长。猪狗不如的东西！"

"是不是人做的我都做了，讨论这个问题没有意义！"我的话显然让在场的人不舒服，他们的隆重出场没有让我屈服，他们本来就十分恼火。

几个年长的立刻翕动没有门牙的嘴，对我的家庭教育表示最大怀疑，追根溯源，从我的家史开始分析：爷爷给白姓大地主当长工把粮食塞进裤裆往家运。父亲七八岁胆敢割集体的庄稼当牛草，吃大锅饭时还把白泥砂倒进锅里假冒白饭把真饭偷走。肖容更不是好东西，还没变成人就敢脱裤子追大姑娘，如今又做下这种没屁眼的事，肖家祖祖辈辈没一个好人。村长和族长颇为中国大学教育现状担忧，村长忧国忧民地说："大学生都像你，中国要亡国！"

而白惠妈适时站在一旁煽阴风点鬼火："你们瞧，你们瞧瞧，欺人不欺人？根本没拿白家当回事，欺我们白家无人！"

小伙子们涌进来，龇牙裂嘴朝我咆哮："你他妈欠揍。"

白惠坐在冬天的阳光里，双手搭在椅子背上，眼睛微合，安静舒适地听别人为她的爱情讨要公道。

村长站起来劝那些年轻人，低声说：“千万别动手，动手我们就缺理了，让外人知道了不好。以为我这个村长带头乱搞。”

白惠妈说：“你怕他了吧，你不是说他要当县长吗？怕他当了县长把你的村长给抹了，当初要不是你，我们白惠不会吃亏，现如今出事了，你还胳膊肘往外扭。你到底姓白还是姓肖？”

村长说：“屁话，牛不喝水我强按头了？孩子是你生的，你不点头我敢做主？我只不过穿个针引个线。事情出了才说这个，尿急才想起挖茅坑，晚啦。”他回头看看一脸颓废的我，声音压得更低了：“主要针对肖家，以经济建设为中心，把钱拿下来懂不懂，你懂不懂！”

回到座位，他大声说：“我讲几句，今天我不代表村委会，所以没有调解义务，我以媒人身份来的，说来羞死人，为肖容这样的人当媒人，把亲生侄女往火坑里推，良心不安哪！”

我看白惠妈，她的大脑中忙筹备长篇大论的材料，对“亲生侄女”这种涉及她人格尊严的话充耳不闻。

白惠妈苦大仇深的控诉到下午两点还没完，一些人悄悄打起瞌睡，一些人进进出出，一些人则小声议论起明年的庄稼栽种。只有白惠妈保持高度亢奋状态。当我第十几遍重申说这些没有意义，关键问题不在这里时，睡意袭来的族长终于问我：“你认为该怎么办？”

我说：“让白惠说吧，我们俩是当事人，应该听听她的意见。”

他们这才记起白惠，面面相觑地问白惠呢。白惠起身伸个懒腰，走进来，精神突然无比抖擞，指着我说：“别以为考上大学就了不起，散伙吧，赔我们家钱，就算天下男人全死光我也不会嫁你，你这样的给我舔屁股都不配！”又转头对那伙人说：“你们还有闲心跟他啰唆，算账吧，我如果嫁不了大学生，我一头撞死在肖家人的面前。肖容算个球！”她明朗的态度和肮脏的语言让那些准备迎难而上的人倍感失望。困难没有了，他们的存在就像嘴唇上的鼻涕不但多余而且令人嫌恶。

终于，有人站起来：“噢，我忘了，马还关在圈里呢，得回去喂水。”然后那些人纷纷以各种各样的借口走出白家院子，只留下村长黑丧了脸坐着不动，使劲吹出一口烟，朝白惠妈说：

“我就说这些老东西没用，混吃混喝的能办啥事？有村委会就行了，硬不听我的，你看见了吧！”

白惠妈说：“谁白吃我谁不得好死，可惜了我那好烟好酒，都喂狗了！”

村长说：“你就服那些人吃，真正帮你办事的人倒靠边站了！”

白惠妈突然气不打一处来，指着我对村长说：“你瞧瞧，你给我办的好事，这就是你给我办的好事。好事？把我活活气死才是你的好事！”村长说：“马上给你处理，我就不信在我的地盘上还有我白世仁摆不平的事。肖容你听着，现在我代表村委会，调解你和白惠的婚约纠纷……”

父亲在我和白家讨论欠债时跌跌撞撞走进白家院子，极力辩护哪些钱是借的哪些钱是贷的，白惠妈冷冷看着他：“肖科明，你打听打听，我们家的钱有没有白借给人的，百分之五的利息那是行情，人人都知道，村委会也知道。当初你跌破脚指头上门来求我，不是我求上你家门去的，我愿打你愿挨，两厢情愿的事。”

白惠妈有一本账本，十分清楚地记载了总共拿给我家的钱物，其中包括父亲喝掉的酒和抽了的烟，我去看白惠时吃过多少顿饭，等等，一一记录在案，细到日期及天气情况，一桩桩一件件折算成钱，总共三万一千五百二十六块七角四分。而我所受的伤，他们全部矢口否认。我无言以对，给她打了欠条摁了手印，欠条上注明：利息每月百分之五，从十一月二十五日开始计算，两年内全部还清，到期还不清翻倍。

和父亲走出白家院子，已是黄昏，天边的晚霞像火焰一样晃人的眼睛。村长送到门口，说：“别着急，慢慢挣，三万多块钱才多大个数呀，对于你们家来说，小事一桩，肖容不是在城里找到有钱人了吗？赶紧去骗呀……”

他话没说完，我父亲就晕倒了。父亲栽倒的瞬间喃喃地说：“天哪，没活路啦……”

我刚把父亲背回家，白惠来了，站在院子中间，幸灾乐祸地看我良久，抛下一句“我找你”，转身走出去。我跟在她身后，来到以前我和她见过面的地方。她捡起一根枯枝，啪地掰断了，半截捏在手，蹲在地上乱画，犁起一片新鲜的泥土。她说，我俩的账必须单独算。你妈不是算好了吗？我欠条都写给她了。我妈的账是我妈的账，我的账是我的账，和她没有关系。

她把一个纸包扔到我脚下，你打开看看吧。

我打开纸包，里面一件叠得整整齐齐的白色T恤。她停止手里的动作，说你再打开看看。

我抖开T恤，没看见什么。她一把抢过去，铺在地上，指着中间一处痕迹问我，这是什么？那是一处血迹，状如不规则的地图，拇指尖大小。我茫然。她恼怒地把衣服摔到我脸上，妈的，你给老娘装傻，这是老娘的处女血，老娘把一切给你了，你必须赔我！

我一下呆住了，我记得我和她什么也没发生过，我的辩解被他理解为欲盖弥彰的逃避。事实上，我连一点关于她身体的记忆都没有。她咄咄逼人说，你喝醉了，酒后做的事，你当然不记得，可我的确失身给你了。这是件说不清道不明的事，我沉默不语，脑子里飞速回忆和她睡在一起那天晚上的蛛丝马迹，可什么也想不起来。

白惠仔细叠好衣服，重新包好，小心地塞到衣服里面。刚才当众人的面不好说，你不要脸我还要脸，现在你说吧，该怎么办？

“我没和你发生过什么，你这是讹人啊。”

“我讹人？好，那就法庭上见。”她转身走了！

那天晚上我的确醉了，我的记忆不足以证明我没和她发生过关系，我更没有人在酒精的麻醉下是否具备那种能力的经验。人们常说，酒能乱性，也许我真的糊糊涂涂地做了，只是自己没有记忆。我慌慌张张地拦住白惠，你说吧，怎么办！

她偏了头，嘴角浮起一丝嘲讽的笑，你承认了！我避开她的眼睛，说正事呢。她说既然你这样无情无义，我没必要和你绕弯子，给我两万块钱，算我的青春损失费，这事从此烂在我肚子里。

“两万？至于吗……”

“嫌多是吧，我告诉你，青春是无价的，你把我从少女变成女人就不要我了，你必须为你的行为付出代价。好狗不挡道，让开！”

“白惠，我和你商量商量……”

“商量？你和别的女人在一起的时候和我商量了吗？你不要我的时候和我商量了吗？”

“我家的情况你知道，我对不起你，我给你道歉……”

“道歉值几个钱啊，给我道歉还能把我道回处女去？”

“白惠……”

“叫我奶奶也没用，一个男人，脸上没三滴血也该有三滴汗，敢做敢当，别装出副可怜兮兮的样子，让人恶心！”

“好吧……我答应你，给你写欠条。”我咬着牙，一字一顿说，“请你别跟我家里说！”

“行，这种事说出来我脸上挂不住，但得看你的表现，你表现好我自然守口如瓶，你表现不好，我不但要告你，还会到你的学校去闹，搞你个身败名裂，别说面子，里子我都给你撕个稀烂……”

“行啦，别说了。定个期限吧。”

“我妈的你两年还清，我的一年之内还清，我没时间跟你耗！”一个星期后我回到学校，江晓琴来车站接我，她站在人流里翘首期盼的样子顿时让我心生温暖，她掸去我头上的灰尘，忧伤地说：“怎么瘦成这样啊？你妈没事，一切会好起来的！”

“怎么瘦成这样啊？”很久以前，曾晓萍对我说过同样的话。转瞬之间，已经物是人非。我的身体每次与白惠对抗都会消瘦，或者说白惠总能十分有效地给我减肥。一来一去，面对的已是不同的两个人，而身后那个她们一无所知的白惠，表面上解脱了，实际上我依然活在她留下的巨大阴影里。但是，阴影总会过去。

曾晓萍说这句话的时候，我哭了。今天，我把江晓琴揽入怀中，我由衷笑了：“是的，一切会好起来的！”

江晓琴准备考研究生，嫌寝室里太吵，办了走读手续到外面租房子住。我呢，利用周末在一家专门发放到长途客车上的杂志社打工。那是一本除了黑白和彩色广告外没有其他内容的杂志，我和其他员工一样干的是每天赔笑脸拉广告的营生。周一、周三和周五晚上还兼一个小学生的语文家教，每次两小时。我必须努力挣钱还白惠，每月一千多的利息想想就让人头皮发麻。

我跟江晓琴说，为给母亲治病家里欠下巨债，再加上我上学的贷款，不苦挣不行。她非常支持我的做法，让我和她在一起做饭吃，生活费可以节约一笔。

江晓琴租的房子在一个小四合院里，院子中间有一棵遒劲的大树，几只颜色各异的猫时常蹲在树杈上叫唤，偶尔会有鸟降临其上，留下一树的白色鸟粪。

不足十平方米的小屋，有个小阳台，十分拥挤，所幸煤气水电一应俱全，省去许多麻烦。

刚租下来时屋子乱得一塌糊涂，我陪她逛了好几处建材市场，买来地板胶和墙纸重新装饰，经过几天辛苦打理，变得挺像那么一回事了。天蓝色的床单，洁白的花边窗帘，干净的书桌上整齐地摆放着她的书和日常用具，乳黄色的小闹钟旁边卧一只形象逼真的玩具猫，温馨舒适。没事的晚上，我喜欢在她房间里待到很晚才回寝室。我总在想，将来我和她的家也许就是这个样子，干净，简单，舒适，温暖。

我们俩在阳台上做饭，很简单，但吃得津津有味，吃完了便在阳台上相偎着看城市的街道、城市的人。生活费仍然AA制，比起吃学校食堂，自己做饭的确很节约，好久也不凑一次份子。江晓琴是一个心细如发的人，她有一个小本子专门记录我们生活费开支情况，她说："人亲财不亲，钱财要分明。"我怀疑她自己多出钱，没记在账上。问她，她不承认，坚定不移地说："以账本上记的为准。"

那是我有生以来感觉最幸福的日子！

生活里的所有负累，在和江晓琴相依相偎的时间里消失得无影无踪。我们常常相拥在一起，似乎一放开手，对方就会从眼前消失。叽叽喳喳地聊个没完，再简单的内容，到了我们嘴里，立刻变得情趣盎然生动无比。聊几句就吻一下，爱情溢满我们目力所及的每个空间。我说，琴琴，该学习了。她不依，翻骑到我身上，再聊会儿嘛。好吧，好吧，其实我也舍不得你学习的。我拿剥好的橙子喂她，她咬在嘴里，露在外面的一截塞进我嘴里。

肖容，你说人离开人会死吗？

我说，会死，离开你我会死的，你是我的所有，你是我的氧气，你说人离开氧气还怎么活啊？她把脸紧贴在我脸上，我也是，你如果死了，我也不活了，我现在觉得我想你胜过想我妈了。可不，我一天到晚脑子里全是你。她说我们这样相爱一辈子多好啊！我说为什么不能呢？我们会永远在一起的。两人就久久注视着彼此，眼神一刻不愿分开。

我们絮絮叨叨一遍一遍不厌其烦规划我们共同的未来。那些遥远的生活场景，在不断的重复中变得日益清晰，并随着细节的不断完整丰富而变得栩栩如生、触手可及了。我们激动得不能自已，大喊大叫地说着自己在未来生活里扮演的角色。这种醉心的美好场景每次都被她母亲的电话阻断。

每天晚上十点钟，她母亲准时打电话给她，叮嘱她吃饭穿衣的事情，主要是提醒她好好学习，不准在大学里谈恋爱。

我在照片上见过江妈妈，一个漂亮但看起来十分坚毅刚强的中年妇女。江晓琴的爸爸在她很小的时候被一场车祸夺去了生命，她对父亲没有特别深刻的记忆，父亲只留给她一个模糊的背影，除此之外，关于父亲的记忆只能在照片上寻找。为了孩子，江妈妈从二十九岁守寡，一直没有再嫁。她从厂里下岗后，在菜场里卖过菜，街上卖过小吃，做过钟点工，现在经营一家服装店。江晓琴说，别人吃过的苦她母亲吃过，别人没吃过的苦她母亲也吃过，而她在母亲的庇荫下，没受过苦没受过累。苦难的生活让她对江晓琴寄予了过高的希望，她把自己追求的、理解的幸福和期盼统统押在江晓琴身上，她希望女儿实现她一生期盼的所有愿望。

江晓琴说起母亲的时候，满脸崇敬的神情。她说母亲为她牺牲了一辈子，这份恩情，永远无法报答。

电话铃响，江晓琴手指竖到嘴前嘘了一声，离开我的怀抱，接电话去了。妈，我在呢，学习啊。手指笃笃敲桌子，你听，我坐在桌子前面的，刚吃完饭，吃得可好了，钱啊，我没乱用……啊，是我买了一些复习资料，对啊，要的资料可多了——我没谈恋爱。边说边靠近我，一手轻轻抚摸我的脸——你每天都在提醒的，我哪敢谈啊？再说，我们学校里没一个我看上眼的。对，不急，到时候你给我找，你找的我放心，好的，妈，你多保重身体！

江晓琴挂断电话，冲我吐吐舌头，长嘘一口气，哎呀，骗亲妈的感觉真不好受，肖容，我真担心我妈不同意我们俩在一起。我说，没事，我们慢慢感化她吧，只要我们生活得好，她会接受的。唉，她忧伤地看看窗外，我这辈子最怕的人就是我妈，她为我付出太多，我就怕自己伤害了她。

不会的，我揽她入怀，低声说，相信我，我会感化她。嘴里这样说，却再也找不到安慰她的理由。凭什么感化她呢？我心里根本没底，除了一颗爱江晓琴的心，我什么也没有，而一颗真诚的心，在这个物欲横流的时代是一件多么无足轻重、多么令人耻笑的事。

江晓琴又高兴了，我相信你会有办法的，那么多的生活磨难没打垮你，精诚所至，金石为开，拿出你和胡昌杰打架的劲来，拿出你在我们宿舍楼下呼唤我的勇气来，我相信爱情的力量无所不能。她兴奋地跳到屋子中间，憋老嗓门儿说，肖容同志，你对拿下未来丈母娘这项光荣而艰巨的任务有没有信心？我立刻挺胸抬头给她敬礼，一定完成任务，请首长放心。江晓琴一头扑进我怀里。我说首长，男女授受不亲啊。江晓琴说，首长命令你，亲首长一下，你敢不从，立刻枪……话没说完，她的嘴被我立刻堵住了。

我给她说我的学生。

我的学生叫闹闹，男孩，胖得坐着也喘气。眼皮肉很厚，老耷拉着，看谁都一副不屑的样子。成绩不好，特别是数学，他骄傲地对我说：

“不是吹牛，自从上学起就没上过三十分。”

闹闹满脑子奇形怪状的问题，我第一次见到他，就觉得李志海最适合给闹闹上课，但我舍不得转让给他，闹闹家给的报酬很丰厚，他家有钱，据说父亲是个企业老总。经常和我打交道的是闹闹的母亲，胖胖的，每天闲着，吃饱没事就邀三约四地打麻将度日，骂国内的环境污染和空气质量，开口闭口人家美国、加拿大怎么怎的。日子过得让常人难以企及，他们家连狗都是定期做美容的。

每次看见那只定期做美容的狗心里挺不是滋味，妈的太不像话了，我们村里人活了一辈子不知道啥叫美容。吃屎的狗倒做上了，人活得都比不上狗了！首长你说这是什么世道？

她笑了笑："把生活弄成那样还有意义吗？"

我无法回答这个问题。所谓生活的意义恐怕没有统一的标准答案吧。

看见那只狗时会不由自主产生踢它一脚或者虐待它一下的冲动，尽管它和我无冤无仇。可惜没有机会得逞，我每次都耿耿于怀。闹闹经常一个人守在空荡荡的大房子里上网，第一次见到他，他坐在宽大的真皮转椅里，手揉着眼睛问我："你结婚了吗？"我说："没有。"

他很奇怪："这么大的人还不结婚，我都结好几个月了。"

"你结婚了？"我大跌眼镜。

"是呀。"他骄傲地笑着，敲敲电脑屏幕，"在里面结的，我告诉你，你可别告诉我爸妈，我老婆叫秋秋，我们在里面买了别墅，轿车比我爸的还名贵，还存了好多好多金币。"他得意地想架脚，人太胖架不上去，只好放弃，人呼呼喘气，继续说："我有个规矩，每天上课之前老师必须回答一个问题，拒绝回答的一般我不配合上课，事后告诉我妈听不懂，她马上给我换有趣的老师来，我跟秋秋发过誓，坚决不和没有幽默感的人打交道！"

我的汗水下来了，心里疑惑，他是地球上的人吗？慌忙说："你说吧！"

闹闹仰头看精致的天花板，小眼睛眨巴眨巴，几分钟后，若有所思地望着我：“肖老师，为什么男人和女人撒尿的姿势不一样？只准回答一次，如果答案让我满意，你就开始讲课。”

“因为……因为……古时候的男人和女人都穿长衫，不容易区分，上帝看不清他们，只好用不同的姿势来加以辨别。”我胡乱答道。“唉——”闹闹叹一口气，无限忧伤地说，“为什么你们大人总是这样没有创意呢？不过你比以前来的那些老师好多了，算你及格吧。我的答案是因为男人喜欢看天上的飞机，女人喜欢看地上的蚂蚁，图方便嘛，你瞧多简单。”

我给闹闹讲了一个半小时的课，中途他睡着了五次，每次我把他摇醒过来，闹闹抹去嘴角上的口水，也不管我说什么，一律回答：“听懂了，听懂了。我妈问我，我就这样说，你放心，不会少你一分钱。”眼皮又慢慢靠拢。

讲完课，我问闹闹：“明天的问题能透露一下吗？”

他精神抖擞地打开电脑，鼠标飞快地点来点去，另一只手挥了挥，严肃地说：“没有这种规矩！”

我父亲被警察拘留了。

那是一个月后的事，时令已是深冬，没有冰雪的天气，寒冷照样无处不在，裹挟在风里呜呜地往人袖口裤管里钻，像无数细小的针不断往人身上扎。村子里家家户户关严门窗抵御寒风，窝在炉火旁打瞌睡或者聊天，东家牛嘴粗西家马脸长，鸡啄菜苗狗尿墙角，事无巨细，不一而足，难免口舌是非。

冬天里，农村最精彩的户外活动就是看人吵架打架。

今年冬天，让村里人兴奋的是常常可以看见白惠妈和我父母吵架。白惠妈忙完家务后的第一件事就是上我们家要钱，顺便看看有什么可以抵债的，我父母的畏缩不前和低声下气让她的凌人盛气发挥到了极致。她守在鸡窝边，很耐心地边骂父亲和我，边等母鸡生蛋。当那只母鸡咯咯出声，她立刻屏气凝神，连鸡带蛋抓在手里，说："记住，算十五块，今天你们还了十五块，总账减去一十五。"头也不回地扬长而去。

很多次这样的事情发生之后，父亲忍无可忍，他在夜里磨起板斧来，目光随板斧移动，似乎也被磨得越来越薄。他瞄准我们家承包的十亩山林，镇林业站三令五申不准滥砍滥伐，被自家逼急的父亲不惜铤而走险了。

漆黑的夜里，父亲摸黑上山，那些树是在他的修剪和看护下慢慢成长起来的，他靠在树杆上用满是皱纹的脸蹭树皮，耳边响起白惠妈的声音。他坐在树下抽完一锅烟，才抡开板斧，咚一声响，木屑飞溅，一只惊醒的鸟呀一声滑进夜空，无数只鸟随之而去，扑棱棱飞进无边的黑暗。

父亲把偷砍的木材藏进一条小山沟，然后去找开小煤窑的老板们出售，谈妥价钱准备装车，林业派出所来人了，父亲正满头汗水扛木材往车上送，人赃俱获。父亲走在村子里，旁边两名威武的警察和手腕上锃亮的手铐使他成了村里最引人注目的人。闪着警灯的越野车停在村公所门口，警察们将父亲铐在屋外的一棵柳树上，他们在屋里喝酒，村长杀鸡款待他们。酒喝多了的村长老出门撒尿，也不走远，就站在父亲旁边，嚯一声拉开裤子拉链，两腿分开，腰往后拱，手朝前掏一把哗哗尿起来，尿柱子将泥地刨出一个小坑，溅起黄白色的泡沫，边回头朝屋里嚷："还在的，跑不了，放心喝吧，在我的地盘上，跑了我给你们抓回来！"警察吃饱喝足，把父亲带进屋，铐在三屉桌的桌腿上，父亲见旁边有椅子，抬起屁股要坐，村长一脚踹翻椅子，冷冷看着父亲："坐啥坐？你现在是犯罪分子，国家的罪人，你给我坐地上交代问题！"

窗玻璃上贴满村里人的脸，父亲垂下头，花白的头发在冬天的阳光里纤毫毕现。警察开始审问父亲，完了问村长的意见。村长清了清嗓子，咳出一口浓痰，用脚碾着："他这是故意破坏林木，为杜绝村里今后再发生类似情况，"他边揉肚子边转头扫一遍窗外的无数张脸，慢条斯理地说，"我们村委的意见是重罚，越重越好！"

警察们决定，木材没收归村委会，拘留父亲十五天，罚款两千元。

父亲猛然站起身，忘了手铐，手腕被手铐勒出一圈血痕，他咧一下嘴，说："同志，警察同志，我儿子是肖容，肖容是大学生，方圆几十里只有他一个。你们去过省城吧，他就在省城。嗯，省城，挺日怪的省城里，将来他有出息了，你们有事就找他办，我让他感谢你们……"警察说："你儿子还是大学生呀，大学生有啥稀罕的，找不到工作的全是大学生。别说你只是大学生的爹，大学生犯了法也一样要追究责任！"

村长乜眼看我父亲，嘴角的冷笑慢悠悠扩散到脸上，慢悠悠消失在发际里。

父亲颓然蹲下身，说："拘留我三十天五十天都行，别罚款了同志，我坐牢，我坐牢，坐牢抵钱！"

警察说："我们按法律办事，你说拘留多少天就拘留多少天？你说不罚就不罚？"警察围着父亲转圈，"你以为你是谁呀，敢跟我们谈条件！"

村长说："这是国家规定，你敢跟国家作对？没你的好果子吃！"

父亲梗着嗓子，脖子上的筋脉一条条鼓起来，像一根一根遒劲的老树藤，声音却很低："我犯法，我坐牢，求你们别罚款，求你们了！"

警察说："不行。"

父亲说："我家没钱，有钱我不会这样了！"

村长说："狡辩，谁做贼不是因为没钱？有钱人谁愿做贼？"

警察说："没钱财产总有吧？"

村长说："三间大瓦房呢，卖一半就值两千。"

警察说："好，就卖房子，三间瓦房卖你一间，现钱现货，村长你问问有买主没有，我们急着赶路。"

村长就转头看窗外，迎着目光的人纷纷低下头，村长大声说："肖科明那间房两千块太值了，青瓦松木，谁想买吭声气房子就是你的。""我买！"白惠妈挤进屋来，"但我得把话说在前，先拆房子后付钱，要不警察一走，谁敢拆谁的房子！"

警察说："你把钱拿来，现在就可以拆，拆出什么事我们负责。"白惠妈一阵风似的刮出屋外，叫上白家族间平时和她关系比较实靠的一帮人，在警察带领下朝我家浩浩荡荡走去。三间瓦房，左右两边的她看不上，偏偏看上中间的一间，指挥人上房揭瓦拆木料，搬不走的土墙壁，她也让人挖倒，尘土飞扬中，三间完整的房子一分为二，残破不堪地相对地立着。

我母亲发疯般朝白惠妈扑去，她轻轻一让，腿脚不便的母亲栽到地上，磕得满嘴是血，被警察抬进屋，反锁上门。父亲在村公所咆哮，母亲在屋里号哭，他们的声音在明净的天空中纠结着，缠绕着……黄昏，父亲被拖上警车，他的呼喊在村子上空回荡："莲芝，别告诉肖容，让他好好念书，好好念书，出息给人看！"

又喊："白世仁，等我儿子毕业了再和你算账，我就不信这村官是你祖传的，我就不信我那在大城市培养出来的儿子斗不过你这么个土包子！"

我母亲的名字叫莲芝，警笛声淹没了父亲的呼喊，滚滚车轮碾碎了母亲的目光。

父亲被拘留那天下午，我站在城里一家三星级酒店大门口，酒店老总是个大款，我们老板早盯上他，老板说谁把这单广告拉回来，提成涨到百分之十，外加三千元奖金。

我找到酒店老总，他在办公室里和人洽谈业务，我站在门外等了三个多小时，腿都麻了，不停换姿势。中途老总出来接电话，我忙递上名片说明来意，他粗暴地推开我，一言不发地走向走廊尽头，转身进了一个房间。他回来时看我一眼说："你还挺能等啊！"

黄昏，老总出来了，我迎上去一番介绍，他目不斜视一路往前走，一拨儿人在大厅等他，他迎过去，握手寒暄，出门朝餐饮部走。我忙跟过去，他走进旋转玻璃门，又退出来，对我说："想拉广告是吧，在这儿等我，我出来再答复你。"

我站在酒店大门外，天空下起冻雨，找不到避雨的地方，就将文件袋顶在头上，不敢走开半步，生怕转眼间老总就走了。等了三个多小时，头发已经结了冰，脚手冻得失去知觉，老不听使唤，让拿资料袋拿不稳，让扣纽扣，一点劲也使不上来。十一点老板没出来，我走进门去，保安问找谁，他告诉我老总在几个小时前从另一道门走了，他的车停在那边。

我的肚子空空荡荡，想起食物就一阵阵痛，身上没钱坐不了车，走到江晓琴的住处时已经说不出话来，冻僵的嘴唇变得沉重无比，怎么使劲也打不开，衣服上的薄冰片子像一层玻璃，轻轻一碰就唰唰往下掉。我看见眼泪流出江晓琴的眼眶，想为她擦去，手却怎么也抬不起来。

江晓琴斜躺在床上睡着了，左手拿一本打开的书，右手垂到床边，纤细的手指间或动一下，嘴角微微翘起，蹙着双眉。阳台上的煤气灶吐出淡蓝色的火苗，舔着锅底，她做了排骨炖萝卜，香味飘满房间。我在椅子上轻轻坐下，审视她好看的脸，感叹命运的神奇。很久以前离我很远的这张脸，如今近在咫尺，在未来的日子，她会离我远去吗？我忍不住抚摸她白皙的面容，江晓琴醒了，却不睁开眼睛，动动身子，满足地拉我的手覆盖在她温暖润湿的唇上，轻声说：“梦见你了，从梦里醒来，你就守在身边，感觉真好!”

她示意我坐上床，头枕着我的大腿，柔软的长发披散在我的腿上，像一匹黑色的绸缎。她睁开眼打量我，伸手摸我的脸颊，说：“还是这么瘦，看你老长不胖，我觉得自己挺失败!”

“没事，不长肉，长精神、长力气就行!”

她起身在CD机里放了张唱片，两个耳麦一人耳朵里塞一个，周传雄的《黄昏》忧伤地响起，我们相依相偎，看窗外的暮色渐渐苍茫，夜来了，慢慢地浸染整个房间，将我们融进黑暗里。

江晓琴突然一跃而起，耳麦没拔出，CD机被她扯到地板上，她来不及捡，啪地揿亮灯，几步跨到阳台上，沮丧的声音传来：

“肖容，排骨炖煳啦!”

炖煳的排骨有一股苦味，萝卜都变成了暗黄色，江晓琴用清水漂洗几遍，重新兑了汤，苦味还在。她懊恼地说：“这就是梦想和现实的本来面目——做甜梦，吃苦排骨。倒了吧，我们重新做别的吃。”

“不，”我将一块排骨放进嘴里大嚼，“把苦的东西吃出甜味来，这才是爱情的伟大之处!”

江晓琴就走过来，张着两手拿头往我怀里拱。

吃过饭，江晓琴烧水洗衣服，我在灯光下数钱，一千五百块，我一连数了三遍。江晓琴说：“不会数错吧?”

“没错。一千五。”

她抹掉手上的泡沫，接过钱重新数一遍：“真是一千五，你挣的辛苦钱，千万不能错，明天就寄回去吧。”

“把生活费扣除了。”

“生活费你别操心，寄回去要紧，那钱可是有利息的，还一分就少一分利息。”

江晓琴重新洗起衣服来：“把你箱子的钥匙给我一把，我去你们寝室把你的衣服都拿过来，以后这些事都交给我，你专心挣钱还债。”十点钟，我走出江晓琴的房间，她送到楼梯口，说：“忘了给你说我的梦了，猜我梦到什么了？”

“梦见你嫁给我了？”

“臭美吧你，我梦见我们分手了。在空无一人的火车站，各自拖着旅行箱在站台上走来走去，无数次的擦肩而过，一句话都不说。好像是个废弃的火车站，铁轨下面长满荒草，我们准备搭乘的列车，影子也没有……肖容你说我们会分开吗？”

“不会，”我搂住她的肩膀，“我们不会分开，你说过无论发生什么我们都不会分开！”

夜漆黑一团，从我们站立的楼道看出去，四周没有灯光，世界上的一切仿佛都消失了，只剩下我和她，在黑得看不清对方的角落里紧紧相拥。

一千五百块钱，我给家里寄了五百，给白惠寄了一千。我是有私心的，家里欠的那笔钱虽然有利息，但还不至于把我置于死地，大不了多辛苦几年，多出些钱。我私下欠白惠的可不能掉以轻心，弄不好我真的会身败名裂，更重要的是我怕因此失去江晓琴。

白惠打过几次电话给我，主要是催我还钱，顺便骂我几句。再恶毒的话我都默默忍受了，我不敢激怒她，我的尾巴攥在她手里，她随时可以改变我的处境。白惠的趾高气扬在那时得到了淋漓尽致的发挥，她高兴了不高兴了都会打我电话。问我一些让我进退两难的问题。诸如我和几个女人睡过，其中有几个正宗处女，和谁睡觉的感觉更好等等。我小心翼翼应对她，生怕她不高兴了，闹到学校来。我知道，白惠绝对是说到做到的人，她不要脸的性格加上破罐子破摔的劲头，让她一直所向披靡。我变成了白惠手中的玩物，供她消遣供她泄愤，而我，只能忍气吞声，不敢怒不敢言。

那段时间，我一次次梦见白惠，她把我一次次惊醒过来，躺在黑暗之中，无助地流泪。我有生以来第一次怕一个人怕到如此程度，恨一个人恨到如此程度。这种难以自制的情绪，像烈火一样时时刻刻在我心中燃烧，炙烤着我的心我的灵魂我的身体。我只有忍受，丝毫不可以让火苗往外蹿，哪怕一缕有着火迹象的烟雾也不行。我在心里一遍一遍骂自己，躲在没人的地方抽自己的耳光，我依靠这种自虐的方式平息胸中的怒火，达到阴阳五行的相互平衡。如果世界上没有法律，或者说杀人不偿命的话，我会毫不犹豫地杀了白惠。

为了安全起见，和江晓琴在一起的时候，我关掉手机。关机时间长了，白惠就不满了，质问我是不是和女人睡觉去了，和谁在一起，有我好吗？我说我挣钱去了，给人当家教，上课的时候不能开手机。她依然不依不饶地说，你别嫌我烦，手不逗虫虫不咬手，我告诉你，也就是我脾气好了，换了别人，你现在早坐在牢房里了，还大学生呢，你他妈是个强奸犯，哄老娘喝酒，然后把老娘的武功给废了。你他妈经验挺丰富的，老手了是吧？我是第几个受害者？

如果我哪一天彻底还清白惠的钱，不再受制于她，我会痛痛快快和她吵上一架，然后狂欢三天三夜，热烈庆祝翻身农奴得解放！现在我能做的就是夹着尾巴做人，拼命挣钱还欠下白惠的债。

白惠挺讲信用的，收到钱后，给我寄张收条过来：“今收到肖容欠我的破除处女青春损失费一千元整，余额尚欠一万九千元，请抓紧偿还。否则，我将血债血偿!”我厌恶万分，顺手想撕毁收条，转念一想，不能撕，万一白惠不承认还钱或者还的数字不对怎么办？她那种人，不得不防啊。我把收条折起来，小心翼翼夹进书里，放进箱子底层。

如果没有白惠的骚扰，我的日子过得极其舒心，江晓琴的爱情滋润了我干涸的心灵，满眼尽是勃勃生机。有了她，再大的苦难也不在话下，她像明媚的阳光，将我的世界照耀得明亮通透，温暖无比。

为了我，在家里从不干家务活的江晓琴挑起了重担，买菜洗衣做饭，事无巨细，全被她揽过去一个人包干到底。她水葱般娇嫩的手，让琐碎的家务活磨砺得十分粗糙，指尖起了倒皮，受伤的伤痕随处可见。一道伤口还没痊愈，又添一道伤口，她的手上从没断过创可贴。我心生内疚，不让她干，抢着和她分担一些活，但总拗不过她，她看似温柔的性格里其实掩藏着难以服从别人的执拗，她有一股认死理的劲头。她把我按坐在椅子上，肖容，你好好歇着吧，我本来想给你分担一点的，可我没那个能力，只有为你做这些事了，谁让我那么爱你呢？我是心甘情愿的，为你做事我感觉很幸福，一点不觉得苦！她嘻嘻笑着，幸福溢满她美丽的双眼。

爱情原来就是为对方心甘情愿地付出，甚至是牺牲。我还能说什么？我无法言说江晓琴对我的爱，在她面前，所有的语言都苍白无力了。我默默握住她的手，翻来覆去地看，一遍一遍地抚摸，那些伤痕，长在她手上，痛在我心里。

也许我给江晓琴带来了太多的负累，我感觉她的气色没有以前好，红润的脸一天比一天苍白，皮肤下青色的血管清晰可见。更糟糕的是她的饮食日益减退，什么东西吃到嘴里惹得倒海翻江地一番呕吐。她的身体渐渐消瘦下去，人整天昏昏欲睡的，精神十分萎靡。我强行送她去医院，她不肯，说也没哪里感觉疼啊什么的，过两天就好了。江晓琴肯定累坏了，我给她买各种各样的补品，她吃了一些，不见好转。尽管这样，江晓琴仍然不肯让我留在她身边照顾她，我执意留下来，她就生气，不和我说话，不配合我吃东西。她常常装出一副无所谓的样子，说别耽误了你的事，快去吧，我没事的。有几次我走出去后偷偷折回来，躲在角落里观察她，她吐得鼻涕眼泪都出来了，一个人嗷嗷地叫。

到后来，江晓琴支撑不住了，和我商量，让我回学校生活几天，叫她母亲来照顾照顾她。我本来不愿意的，这叫什么事啊？我心爱的人儿，为我累出来的病，正该我抱头扶脚鞍前马后服侍她的。她坚决不同意我的想法，坚持说她没事，我挣钱还债事大，不能耽误。我只好同意。江晓琴当天给母亲打电话，电话那边急了，声音里立刻传来哭腔。

我们在一起的事，她母亲丝毫不知情，我们俩认认真真地收拾房间，把我留下的痕迹尽可能抹去。然后两人默默坐在床上，我几次要走，江晓琴不让，说还早呢，我妈要三个多小时才能到。手扣在我的脖子上，定定地看我。我会让我妈尽快走的，说着笑了，肖容，你说我是不是特没良心，有了你就嫌我妈多余了？我说我也一样的，花喜鹊尾巴长，娶了媳妇忘了娘，我们村里的童谣都这么唱。

我听见时间飞快奔走的声音，嘚嘚，急如飞马，我几次走到门边，回头和她告别，看见她泪光盈盈的眼睛，仍不住扑回来抱住她。我们这是怎么了啊？肖容，我相信你的话了，我们离开对方会死掉的，你要回来看我，偷偷地来。好的好的，我回来看你，不回来我也受不了啊，我站在院门口，你可以看见我的地方，你别关窗户，把窗帘固定好，别让风吹下来遮住视线，我从门口一眼就看见你了。好好，你说我们爱得多可怜啊，肖容，你说什么时候我们才能分分秒秒不分开呢？快了，大学毕业就可以了，告诉你首长，我死也要死给你！

我失魂落魄回到寝室，寝室里空无一人，曾经热热闹闹的“144”，如今已是呈现一派落寞的冷清和萧条，室友们四处奔忙，快毕业了，新的生活即将拉开序幕，谁也没心思待在寝室里无所事事地想入非非，曾经悠闲的时光，现在想来多么的奢侈。那些时光去了哪里呢？它们还会不会回来？

我躺在床上，时间像被斩断四蹄的飞马，停滞在原地，徒劳挣扎，发出低低的嘶吼。人在寝室，心在江晓琴的小屋里徘徊。她母亲到了吧，她老人家就坐在我常坐的地方，和江晓琴说话，心疼地看着她几乎变形的女儿。我体会得到她的心痛。那屋里的一切，突然之间就与我无关了，我心里充满挥之不去的失落，尽管我知道这是暂时的，我还会回去继续我的幸福生活。江晓琴说，没有什么能把我们分开。我也相信，没有什么能把我们分开。

一整天，我没心思干其他事情，不在江晓琴身边，生活一下乱了套，我如同一只玻璃瓶里的苍蝇，看见了眼前的路，却胡乱飞舞找不到上路的出口。中途高政国回来过一次，我们像久别重逢的故人聊了许久，朝夕相处的室友，因为忙碌的生活，已经难得聚在一起开怀畅聊了。我这才知道，程振和冯华分手了，也不知程振哪根神经错乱了，他回头去追李红雨，到处堵李红雨，给她表白，可李红雨死活不买他的账。高政国说我挺佩服李红雨的，人得有点骨气，好马不吃回头草，当初程振怎么对人家的，程振这人，挺让人瞧不起，我听王倩说，李红雨的父亲是个挺大的官员，程振向王倩打听过李红雨家里的情况，得到证实后就疯狂追人家了，呵呵，司马昭之心路人皆知哪。张仪峰和包宁课余去电脑城兼职，包宁居然戒了烟。李志海没工夫胡思乱想，忙着四处应聘找工作。

每个人都变了，不再是当初的那个人，是生活改变了人，还是人改变了生活？

晚饭时候，高政国约我一起吃饭，我没有胃口，婉言拒绝他的盛情。

我靠在床上，环顾空空如也的寝室，想起李红雨在我们寝室玩碟仙的情景，竟然恍若隔世。我给李红雨打电话，她正在吃东西，嘴里呜里哇啦的，她说，你还记得我啊？我以为你被爱情冲昏了头脑，失忆了呢。怎么想起我来了？不会又失恋了想找我喝酒吧？我哈哈笑起来，哪里，我们好着呢。那你怎么想起我来了？不知道该如何回答她，我的确不知道为什么想起她来了。李红雨见我默不作声，问我有事吗？我说没有。她迟疑一下，那……挂了吧。我想说，我忘不了她对我的好，那些事我一直放在心里，念念不忘。张张嘴，终于没说出来，说出来又有什么意义呢?!

我说："听说程振追你了？"

"是啊，追了。"

"你可千万别答应，程振那人我知道，城府深着呢。"

"难得有个人追我，你也不希望我好，居心不良啊你，是不是觉得我这样的人不配拥有爱情？"

"你误会了，我是为你好，程振追你，不是因为爱情，他不懂爱情！"

"你懂爱情吗？"不等我回答，她自己长叹一口气，"唉——肖容，你说这世上有没有真正的爱情？只为爱而爱，没有一丝杂质。"

"有啊！"

"你想说你和江晓琴的爱情是真正的爱情吧，但愿你的想法没错。感谢你提醒我，其实我心里明镜似的透亮得很，我虽然没吃过猪肉，眼前却老是你们这些猪跑来跑去的，看怕了！"

我找不到合适的话题和她继续下去，害怕她提起我和她的事来，我知道她心里有我，而我心里满满的全是江晓琴。爱情是件很无奈的事，尽管我十分同情李红雨，在这件事情上，我不能像她帮助我那样对她慷慨解囊。想对她说声对不起的，却从始至终没说出口。

夜幕降临，我对江晓琴的念想和夜幕一样铺天盖地席卷而来。近段日子里，我还没离开过她这么久，我习惯她靠在我怀里，在我的眼前晃来晃去，在我耳边窃窃私语。失去她依靠的怀抱，感觉轻飘飘的，仿佛已不是自己的身体。

我偷偷潜回江晓琴租住的四合小院，那里的一切无比亲切，几个小时不见，却有一种久别重逢的感动涌上心头。躲在老树干后面看我亲爱的首长窗口亮着灯，窗帘高高地挽了一个结，可以清楚看见里面的活动场景，江妈妈坐在椅子上喝口水，嘴不停地翕动，估计在给我的首长灌输她的人生观、价值观、世界观。首长坐在靠窗的书桌前，一手托腮，一手摆弄着笔，看看书，看看窗外，又看看手机。她在等我，她像我想她一样地想我，我们约好我来看她的，以信息为暗号，我罪该万死，出门的时候太匆忙，忘了带手机出来。首长趁她母亲起身倒水的间隙飞快摆弄手机，她给我发信息了。

我急得不行，紧紧和一棵毫无生机的老树拥抱在一起，眼睁睁看着我的首长不敢越雷池半步。内心如同一锅沸腾的油煎熬着我，几只无家可归的猫在我旁边绕来绕去，眼睛萤火虫似的飘荡。起风了，掠过树梢，呜呜地响，首长的窗帘飘来飘去。不行，我必须尽快想办法让首长看见她亲爱的士兵，万一她母亲嫌风大关上窗子，我就前功尽弃了。

我猫腰朝窗口靠近，蹲在窗子下面，清晰地听见江妈妈喝水的咕咕声，她说，把窗子关上吧，风凉，小心感冒。我不冷，屋里空气不好，透透气。你透多久的气啦，我穿得比你厚我都觉得冷。妈，我习惯这样了，风吹着，头脑清醒，学习效率高嘛。她妈咕哝，死犟死犟的，和你爸一个德行，你这身体啊就是被你自己拖垮的。

我把身子躲在黑暗里，慢慢直起腰来，首长和我只有一墙之隔了，一激动，没看清窗扇的位置，头刚好撞上去，哐啷一声响，首长吓了一跳，谁？谁啊？说时迟那时快，江妈妈一个箭步跳过来，把江晓琴一把拉到身后，厉声问，什么人？我跑不了，只好现身说，对不起，我……我收电费的。首长愉快的笑声立刻被她用咳嗽掩盖了，她的眼睛那么明亮，炯炯地直视我，心里的愉悦爬满她的脸。收电费？这么晚了还收电费，你真够敬业的。她居然质问起我来，调皮的首长自己忍不住笑出声来，她硬生生将欢笑憋成冷笑。江妈妈附和，是呀，这么晚了还收电费，偷东西的吧！我连声说不，窘得不行，只好抽身走。江妈妈不放心，站出门来，一直目送我。等我第二次折回去的时候，窗户已经关上了，院坝里那盏常年不亮的路灯罕见地亮了，灯光里，江妈妈和房东比手画脚地交代着。我知道，从今晚起，有江妈妈在的日子里，我没有机会再靠近屋里的江晓琴了。

我以为上课时间可以见到我的首长，第二天课间去找她，说她请假了。我给她发信息她不回，打电话，关机了。下午收到她的信息，要我别给她打电话发信息，她很好，让我放心，她妈妈准备明天带她去医院检查。隆重地告诉我，她妈妈怀疑她恋爱了，老翻她的手机，到处寻找线索，昨晚考问了她一个晚上。

当然，她是坚贞不屈的，我悬起来的心终于落地了。

第三天早上课间，我和李志海站在暖暖的阳光下天南海北地吹牛。看见走廊那边的人群一阵骚动，一个气势汹汹的中年妇女骂骂咧咧走过来，一直走到我们教室门口。我的心立刻揪起来——江妈妈，不会是来找我的？我的首长经不住威逼利诱招供了吧？

果然，江妈妈大呼小叫起来，肖容，谁是肖容？给老娘滚出来，乌龟王八蛋。她边骂边往上捋袖子，嘴里呼哧呼哧地往外喷气。没有人告诉她谁是肖容，所有人的目光齐刷刷地看向我。你就是肖容？她朝我径直走来，目光像火一样炙烤着我。我说是，我已经无路可退。她一把抓住我的衣领，把我往她面前拉，响亮的耳光落到我脸上。人群嗡地惊了，李志海死死攥住她的手，怎么随便打人，你是谁啊？李红雨从人缝里挤进来，惊恐地问我怎么了这是？这是怎么了？

我也不知道这是怎么了，我找不到不让她打我的理由，只要能和江晓琴在一起，要打要骂我都承受。想到这些，心里坦然了许多，我把火辣辣的脸凑到她面前，就当负荆请罪吧，想打就打吧，我身无长物，也只能提供身体给她让她出出气了。我拉开李志海的手，说她是江晓琴的母亲。我听见人群再次嗡的一声，曾晓萍欢笑的脸盛开在人群里，十分醒目。李志海和李红雨愣住了，嘴张着面面相觑。

你知道我是谁？她娘的你是有预谋的，我打死你个畜生、禽兽，猪狗不如的东西，我女儿被你祸害成什么样了。她的手轮番落到我脸上，她的眼泪汹涌而下，悲伤的哭声在响亮的耳光伴奏下愈发高亢。任何人也制止不住她，她说你们别管，与你们无关，什么事？他自己心里清楚，我要给我女儿讨回公道。她打累了，拉着我走出人群，一直朝学校外面走去。

江妈妈一直把我拉到江晓琴的住处，我的脸肿了，要努力撑开厚重的眼皮才能看清眼前的一切，我做梦也没想到会以这样的方式回到我魂牵梦绕的地方，会以这样的模样和面孔见我日夜思念的首长。江妈妈咬牙切齿地看着我，说吧，该怎么办？我茫然地看着蜷缩了身子坐在角落里的首长，她的肩膀一耸一耸地哭得十分伤心，她仰起泪眼婆娑的脸，颤声说，肖容，我，我怀孕了——！

她的声音像尖锐的利剑刺穿了我的心，我平生第一次听到晴天霹雳，那呼啸而至的震天动地裹挟了我，往深不见底的深渊里飞扑。惊恐从天而降，狠狠击中了我，使我浑身战栗不止。我的腿被谁抽去骨头，软软地往下盘。江妈妈此刻倒冷静了，一把抓住我的衣领，拧我站直。

她开始诉说她抚养江晓琴的万般艰辛，小时候身体不好，她整夜整夜为女儿担心，患了重度神经衰弱。那时家境不好，她刚下岗，没有固定收入，床上连条像样的被子都没有。大冬天，外面寒风呼啸，风里带着刀子直刺人的脸，她把被子叠成双折，紧紧裹住女儿，熬过寒冷的冬天，病根落下了，肩膀天气变化就疼，至今未痊愈……说母女俩如何相依为命，江晓琴三岁，没有人照顾，家里没钱，上不起幼儿园，她在外面做事挣钱养家糊口，不能带孩子。她们租住的房子在二楼，窗户上没装护栏，怕女儿出意外，她每天出门前在女儿腰里系根布带子，一头系在床头，把女儿的活动范围固定在安全范围之内。时间长了，女儿习惯了，看见她准备出门就哭，也不黏她，自己找出带子拴自己，满眼满脸的惊恐……说江晓琴如何如何懂事，三岁自己上厕所，七岁会煮饭洗衣服，十岁生活不用她操心，从不会乱花一分钱，即使后来她的生意做大了，生活条件改善了，女儿也没改变原来养成的良好习惯。这么好的姑娘，被你祸害成这样！

说着说着，她的眼泪流满脸颊，哽咽里充满难以名状的伤心和绝望。她是一位让我敬重的好母亲，她感动了我，我的眼泪止不住地往下流。三人各自为政地在同一个屋檐下面哭泣。

说着说着她再次愤怒了，泪水浇不灭她心里的怒火，她说我辛辛苦苦抚养长大的女儿，从小到大我没动过她一手指头，你凭什么糟蹋她？她摇晃着我，抱抱江晓琴，又回来摇晃我。我没想过我糟蹋了江晓琴，我们对这样的后果没有预想过，甚至可以说一无所知，幸福冲昏了我们的头脑，我们在无边的幸福中酿成了大错。

“说吧，该怎么办？”

“我，我不知道……”

“你做的事情你不知道？你是畜生啊？想不负责任啊？”

“我是……我不是……”

“妈，你别逼他，他家里穷，他比我还可怜。”

“你猪啊，都成这样了还替他说话。穷，当初怎么不想想后果，穷不是不负责任的理由！”

“阿姨，您别怪她，是我一手造成的，她不懂事，这个责任我承担到底！”

“你拿什么承担？”

“您说吧，承担什么我都愿意！”

“好吧，我明天就带她去医院手术，你承担手术所需的一切费用！”

“妈，我自已有钱，不用他承担……”

“闭嘴，我真怀疑你不是我生的，怎么变成这样了？”

“阿姨，您放心，这是我应该做的。”我看看江晓琴，她满脸哀怨看着我，“我这就去准备！”

我刚转身要走，江妈妈叫住我，说：“记住，这件事完了，你们两就此分开，你走你的阳关道，她过她的独木桥，老死不相往来！”

“妈……”

“阿姨，我是真心爱她的！”

“你能给她什么？除了伤害她我看你什么都给不了，年轻人，现实一点，我不让你赔偿她算我够仁慈的了，换了别人你试试！”

我明白她说的意思，我有切身体会，但是，她并不了解我的真实想法。我丝毫没有推卸责任的念头，为了我的首长，比天大的责任我都愿意承担。万般沮丧走出院子门外，李志海、高政国、张仪峰、李红雨等一伙人缩头缩脑地往里张望。看见我出来，呼啦把我围在中间，出什么事了肖容？与其让人无端去胡思乱想，还不如自己从实招供来得坦然心安。我长叹一口气，说，江晓琴怀孕了。李志海立刻恨铁不成钢地猛捶我的肩膀，白和我混了，我平时怎么教导你们的！张仪峰说哥们儿，枪法挺准。高政国说也好，生米煮成熟饭了，这辈子她跟定你了。程振说龟儿子，是你事先策划好的吧。李红雨显然被意料之外的消息吓住了，呆呆看我，半天才反应过来，她没说话，复杂的情绪在她眼里风起云涌。

为筹钱的事，我在床上想了一下午，头想爆了也没想出个头绪来。其实根本不用费脑筋去想，我没有出路也没有退路。这期间，江晓琴偷偷给我发信息，说她卡上有钱，让我去银行取回来，骗她妈妈是我的钱。我的感动无法言说，眼泪滴落在手机屏幕上，模糊了字迹。我的良心不允许我向江晓琴伸手，不能愧对于她。我给她回信息，说有办法。她回说你有什么办法？别死扛了，我的就是你的！可怜的首长，到这种时候还想着不遗余力地帮我，就凭她对我的这份情，她的钱我坚决不要。

我决定去卖血，这是我可以迅速筹到钱的唯一途径。首长为我牺牲那么多，卖点血算什么？我义无反顾朝血站跑去，这个决定让我的内心充满欣喜，同时还有一丝宽慰夹杂其中，用卖血的钱给江晓琴做手术，被穷困逼出来的办法，此时笼罩了悲壮的意味。不是血债血偿，而是爱情的另一种表达，生命诚可贵，爱情价更高。我的首长如此，我亦然！

体检、常规检测一切顺利，广阔的农村天地给不了我财富，让我在贫瘠的土地上练就一副好身板，医生说你可以卖500CC。我不干，太少了，这点血换来的钱不足以表达我对首长的歉意。医生说，一般人我们只敢抽400CC，你已经是特例了。感谢我那着急时落下的眼泪，求你了医生，我最亲最亲的人住院了，没钱治疗，我急需用钱挽救她的生命，求你了，身体不要紧，能挺住，你放心抽吧。黑红色的血在小手指般粗细的管子里流动，管子搭在我的手背上，热乎乎的。盛血的透明塑料袋放在天平上，轻轻地左右摇摆。医生说，如果头晕或者哪里不适，请你及时告诉我，你这个年轻人太犟了。我没感到哪里不舒服，心里充满愉悦，仿佛置身于花香四溢的田野里，风清气爽，艳阳高照，整个人气定神闲。抽到800CC了，医生要拔出针头，我死死捂住不让他拔，嘴里说再来点，还多着呢，我就是血多。抽到900CC，医生坚决不干了，叫另一个医生拉住我的手，不由分说拔出针头。

我怀揣卖血得来的两千多块钱，嘴里叼着医生额外赏赐给我的纯牛奶，一身轻松走出血站。黄昏了，夕阳懒懒地挂在山顶，光芒仍然耀眼。我站在路边给江晓琴发信息：首长，搞定！一抬头，看见李红雨站在我身边。我吓了一跳，你在这里干吗？她说我早就在这里了，她忧伤地看着我，肖容，你怎么用如此愚蠢的办法筹钱？我说还能有什么办法，我身上所有的东西，就这个能换两个钱。你找人借啊，找我啊，钱重要还是生命重要？万一有个三长两短的……我打断她，我不是好好的吗？瞧你说的，借钱要还的，血可以再生，不用还，医生说，卖血对健康有益无害，两全其美的事。

她把头别过一边，不看我的眉飞色舞。我俩并肩走在黄昏的街头，她托着我的手，拿我当病人照顾，我想挣开她，终于任由她扶着。心里说，李红雨，你对我的关爱，今生无法报答了，来生加倍偿还你吧。爬天桥台阶的时候，我的腿一软，一下瘫坐下去，汗水层出不穷，瞬间流满我的脸。

我的脸苍白了不少，薄薄的单眼皮仿佛灌了铅，沉沉地往下坠，老是撑不起来。怕江晓琴看出破绽，当天晚上我没送钱过去，一觉睡到第二天中午，起床照照镜子，脸有些苍白，但比昨天精神了不少。

我到江晓琴的住处时她妈妈不在，上街取钱了，她说其实我妈没想要你的钱，她是没处出气才说那样的话，你倒当真了，你还去卖血了！她紧紧抱住我，左一遍右一遍看我的脸。我说没卖血啊我。我知道我的辩解软弱无力，李红雨肯定把一切都告诉她了，我特后悔昨天没交代李红雨别跟江晓琴说，她总改不掉嘴快的毛病。江晓琴哭得浑身发颤，鼻涕眼泪涂满我的衣襟，我说没事没事，我不是好好的吗？她说你要有什么事，我怎么办？我宁愿我出事也要你好好的！我用嘴堵住她的嘴，江晓琴，我该如何去爱你啊！

江晓琴的手术比我预想的要简单得多，我在手术室外面一分一秒地数时间，刚好四十分钟，她出来了，熟睡的脸上看不到痛苦的痕迹，疼痛都转移到她母亲的身上，母亲的心痛胜过女儿身体的创伤。我无限内疚地跟在江妈妈身后，虽然她已不再对我横眉冷对，那旁若无人的态度反而使我愈发不安，我希望她打我骂我，不希望拿我当空气看待。

我以为手术后要住院治疗，输完几瓶药，医生说可以走了，观察几天，有情况再来医院。第二天，江妈妈要带江晓琴去医院，她死活不干，说没事了，说她怕医院那股呛人的药味。江妈妈无奈了，数落几句，也就依了她。只有我知道江晓琴的意思，她怕花我的钱！

我站在江妈妈身后，我和江晓琴的目光在虚空里纠结，传递只有我们两个人懂的信息。江妈妈却在这时转过身来，说你回去吧，没你的事了！

江妈妈说的意思是从此没我的事了，我当时没领会她话里蕴含的深刻含义。第二天，江晓琴给我发信息，说我们没机会见面了，她妈妈决定留下来，陪她读书。我惊慌失措，却毫无办法，我无法预知我和首长的未来，面对她的母亲，她无能为力，我束手无策。我说那就等等看看吧，等她气消了再说。江晓琴说，她不准我用手机了，以后连短信也不能给你发了。

那天之后，江妈妈像个忠于职守的贴身丫鬟，寸步不离陪在女儿身边，上学全程陪同，上课等在外面，风雨无阻，任何人休想接近她女儿半步。我只好远远地看看我的首长，一遍一遍翻看她留在我手机里的照片和信息，一千遍一万遍地后悔当初和她激情过头造成了严重后果。如果不发生这些事，江妈妈对我的印象不至于差到如此不堪，如今我浑身是嘴也无法挽回她对我根深蒂固的成见。我心里绝望得像一个无边的泥塘，我一点一点往下陷落，无法自拔。

终于有一天，江晓琴悄悄请人捎给我一封信，长篇累牍诉说她对我的相思之苦，末了说，我们不见面是暂时的，这个学期她妈妈肯定会陪到底，为了让她妈妈打消下个学期陪读的念头，我们表面上绝情一点，装出彻底决裂永不和好的样子，好让她妈妈彻底放心。信的末尾，她写了一句比毛主席语录还振奋人心的话："除了我们自己，谁也不能分开我们!"字的上面，是她特意涂了口红吻上去的唇印，唇印后面的括号里括了四个激动人心的字"吻你吻我"。

她的信成了我的圣经，一遍遍翻读，一遍遍亲吻，最终不堪重负破烂不堪。一个百无聊赖的晚上，我像李红雨一样把那句话刻到课桌上，一刀一刀，仿佛刻在心里，抚摸新鲜的刻痕，力量感从指间直达心灵。这句振奋人心的话，刻到课桌上，光芒万丈，像明媚的阳光，照亮了我的世界!

我在大学里的最后一个假期过得异常煎熬，我没有回家，留在大学所在的城市打工，我急需钱，不找事情做不行，更重要的是我不想让自己安静下来，我害怕一个人默默想念江晓琴的孤独。她无处不在，填满我思想的每一个缝隙。

我白天在一家公司做文案，专门写动画片的人物对白，几乎等同于白痴的对话消磨了我的白天。晚上我也没闲着，继续做家教，我故意把自己折磨得不堪重负，每有空闲，倒头就睡，身体累垮了，但精神没垮，一天到晚风风火火的。

这个假期，我终于体会到找工作面临的艰难困苦，每个就业岗位前面都排着长长的队伍，数以万计的大学生手里拿着印制精美措辞华丽的简历挤得满头大汗。在大学里培养出来的骄傲和自信被残酷的现实打磨得一干二净。找工作如同打仗，你不去冲锋陷阵就不可能突出重围，就算冲锋陷阵了也不见得可以如愿以偿，许多人一样战死沙场，无果而终。我先后面试过七家公司，趾高气昂的用人单位像在菜场择菜一样无情地翻拣精华，一拨儿一拨儿的人像烂菜叶似的被扔到一边。我终于深刻体会到刘敏当初对我说过的话，对她选择那样的生活寄予深深的同情。

如果不是李红雨帮我，现在这家公司我也进不来。据说，这家公司是李红雨父亲的朋友开的，她没告诉我实际情况，她只是当我的面给对方打了个电话，然后轻描淡写地说你明天去上班。我几乎要高喊李红雨万岁、李红雨万寿无疆了。李红雨身上的确有一股说不清道不明的强大吸引力，与长相无关，与身体无关，却让人难以抗拒，难怪程振拼了命地追她。

有事情做，又有钱赚，日子一天天熬过去了。临近开学的几天，我坐立不安等江晓琴，天天到车站望眼欲穿地盼她，那些与她相近的身影，一次次使我心惊肉跳，又一次次地让我失望。那天晚上，我收到一个陌生号码发来的短信，说凌晨四点到。我知道是江晓琴发来的，内心的喜悦铺天盖地，我坐不住了，晚上十点就去火车站等她。

我在刺骨的寒风中徘徊了六个小时，丝毫没有感觉到大自然的寒冷，内心的温暖覆盖了我的每一个毛孔。江晓琴从人海里朝我奔来的样子美极了，美得惊心动魄。我们在熙熙攘攘的人群里紧紧相拥，她无比高兴地说，我们成功了，我妈妈不来啦！

许久不见，有几分劫后余生的沧桑感，四目相对，竟然无语凝噎，共同经历了一场不大不小的磨难，将我们俩的心连在一起，皮肉相连，血脉相通。我们的爱情，愈发深厚了。

不用说，我们更加地快乐，当然也更加地小心，时时提防她母亲搞突然袭击。一年之计在于春，春天来了，万物复苏，我和江晓琴的爱情，在春天里蓬勃生长。

时间变成了过隙白驹，一个月倏然而逝。江晓琴依然勤勤恳恳任劳任怨照顾我的饮食起居，把我打理得神清气爽，我放在寝室里的衣物，包括臭袜子脏内裤，全被她洗得干干净净。

有一天晚上，江晓琴把晾干的衣服叠好，整整齐齐放进塑料袋。叠曾晓萍送我那件毛衣时问我："谁织的毛衣？真漂亮。"

"嗯……我姐。"

"你姐？你不是只有妹吗？哪里钻出个姐来？从没听你提起她。"

"我……堂姐，在城里打工，织毛衣在我们村那可是一等一的好手，没人比得上她。"

"这么厉害，她叫什么名字，有机会让她教教我。"

"名字……叫……肖白惠！"

"肖白惠。"她重复一遍我的话，说，"记住了。"

晚上，我气喘吁吁回到寝室，打开箱子翻看白惠写给我的欠条。欠条安静地躺在那里，它不能告诉我江晓琴是否见过它了，我惴惴不安把欠条撕成碎片，扔进下水道里。

不久后的一天，江晓琴在饭桌上问我："你姐叫什么来着？"

心被什么有力地鼓捣一下，我停住伸到中途的筷子，我的心呼地提了起来，摇摇晃晃悬着："肖白惠呀！"

她说："真巧，我认识一个叫白惠的人，与你姐的名字只是一字之差。"

"白惠？"我心里抽了一下，放下碗，觉得不妥，忙掩饰性地去阳台擤把鼻涕，回来我说："天下同名字的人多了，据说，北京城里光'王伟'这个名字就有两千多人。”

江晓琴的微笑使我莫名紧张，她说：“扯那么远干吗？我说白惠，你认识的人里有叫白惠的吗？”

“我们村里的人都叫我姐白惠，可她姓肖啊。”我抹把汗，“你在蘸水里放了多少辣椒，辣得我满头大汗。”

江晓琴大笑，说：“我怎么没觉得辣呢？辣椒也有人性，专辣坏人！”

江晓琴肯定发现了什么，我感到从未有过的慌乱，各种猜想纷至沓来，彻夜难眠。第二天就把曾晓萍送我的毛衣寄回家，不幸的是那件毛衣让逼债的白惠拿走了，白惠不知道是曾晓萍送我的，她有点惊喜地对我母亲说：“这件衣服质量不错，抵一百五十块吧，算你高价。”

那件毛衣变成白世财冬天穿着上班的工作衣。

当天晚上，我回答闹闹的问题出了错。他问我：“肖老师，阴毛为什么不和头发一起长出来？它长在那种地方是为美观还是为什么？”

我六神无主看着眼前这个养尊处优的男孩，他可曾知道世上什么叫贫穷、苦难和伤悲？当意识到一个半小时之后我就要面对江晓琴，心便一点一点往下沉，我厌恶地说：“上课吧。”就开始照本宣科，闹闹对我的表现十分不满，根本不配合我，一会儿上厕所一会儿喝水，气喘吁吁折腾不休。待我口干舌燥讲完，闹闹乜眼看我：

“我会告诉我妈你上课太差劲，根本听不懂，你以后没机会给我上课了，哼！”

我坐在闹闹家宽大豪华的客厅里等他妈回来结账，机会不会再有了，这些家长只相信老师不好，丝毫不会怀疑问题出在孩子身上，要不然为什么走马灯似的给孩子换家教？

这一次，终于逮到虐待那只狗的机会，我去卫生间它跟进去，它穿了一件真皮马夹，偏着脑袋看我撒尿，我说："进来吧。"它听话地进来，拿它定期做美容的头蹭我的腿。关上卫生间的门，想起它们家族的古老职业，一脚踢到它身上，声色俱厉提醒它："你去吃屎吧！"它表示凄惨的叫声听来一点不凄惨。出来后我对闹闹说："你们家狗叫得真好听。"

闹闹骄傲地拍一下狗头："那是当然，外国进口的嘛，值好几万呢！"

我结完账走到闹闹家别墅的大门边，一辆奥迪车驶到我面前停下，车上下来的人边走边打电话："我到家了，别打我电话了，宝贝，明天一定过来陪你。你说什么？哦这个啊，有个过程，毕竟离婚不是小事，再说当初我和你是讲清楚的……钱够用吗？没了你尽管吱声……"

他看我一眼，不说话了，走过去，突然叫我："喂，你干吗的？"

我回答他的问话时认出了他——刘敏的王总。他不理我，转身急走，边摁门铃边破口大骂："妈的，开门，你他妈安的什么心，给孩子找家教找的全他妈小白脸，不怕我吃醋啊。"他踢门的时候朝我一个劲儿挥手赶我快走。

我漫无目的走到街上，拿出手机想打刘敏的电话，按了几个数字马上又清除了。能告诉她什么？我茫然地靠在广告牌下面，巨大的城市依然繁华，灯光闪烁，车水马龙，歌舞升平，看不见苦难和忧伤。在街上买了几斤苹果，回到江晓琴的住处，她正在看书，抬头看我一下，面无表情低下头去继续看。我放水洗苹果，边观察她的脸色，没有发现任何异样，这使我更加担忧，不知道她的平静里孕育着什么。接下来什么也没发生，江晓琴吃苹果的声音很脆，略带了故意放大的夸张，她给我热好饭菜，一如往常泡了茶，一如往常听我们喜欢的CD，讨论我们喜欢的话题。说起被闹闹家辞退的事，她正儿八经地义愤填膺："这样的人家，不教就算了，省得怄气！"

我知道她的正常是装出来的，她从不吃带皮的苹果，那天晚上她吃得那样忘乎所以，她对我的同情和宽容就在那脆生生的咀嚼声里凸现出来了，越要掩饰越发明显。

从那天起，她再没问过我家里的事，有时不经意提起，她受了惊吓般哎哟叫一声，想方设法转移话题。她开始大量谈论她和胡昌杰的往事，口气是不容置疑的批判，但我总能在她闪烁的目光中找到神往的碎片，那些离她远去的往事在时间里窖藏久了，在与现实的对比中散发出诱人的异香。

没过几天，我重新找到一份家教工作，这次比上次好一些，只是报酬低了近一半，时间也延长到两小时。教一个即将高考的女学生，压力重多了，上课之前的备课就得花费大量时间，那个忧心忡忡的学生不停地问我：“肖老师，你说我能考上大学吗？”

我理解她的心情，但找不到说服她的理由，连自己都说服不了，又怎么能说服别人呢？只能安慰她：“好好复习，能考上的，放心。”这空洞的话如同放屁，对她郁闷的心情没有丝毫改变作用，反而增加了无形的压抑。她总在我无力的安慰中垂下头去，无奈地说：“每个人都这样说，就没一个人说一句考不上也没关系的话，真累啊！”我吃了一惊，不是她的话，而是她的声音，当她说“真累啊”的时候，她的声音异常苍老，我仿佛看见长满皱纹的声音老态龙钟地从她年轻的嘴里爬出来，她十七岁的心里已经有了与年龄不相符合的沧桑，属于她的纯洁无邪、活泼伶俐呢？生活催人变老的速度和力量大大超越了时间，我，高中女生，以及我们身边那些人，似乎都在劫难逃。

走出女学生的家，我仍没有从她带给我的忧伤情绪中走出来。

江晓琴在阳台上打电话，看见我，挂断电话说：“你自己做饭吧，我今天不舒服，没做饭！”

“需要去医院吗？”

“做你的饭，操那么多心干吗？需要去我早去了，还等你回来？”我很少动手做饭，操作起来不熟练，老找不到东西，我问：“味精呢？”

“锅架旁边的搭板上。”她忙着发短信，头也不抬。

“大蒜苗呢？”

“水池上红塑料盆里。”

“又找不到酱油了。”

江晓琴一言不发走过来，找出袋装酱油，两手指捏着袋子在我眼前晃。转身回屋，手拄着腮，定定地看着窗外，然后突然问我：“你和曾晓萍好了多久？”

“一年多吧。”

“还和别人好过吗？”

“没有了，就她一个，还是她主动追我。”

“真的没有了？”

“白惠呢？”暴风雨终于来临了。我深吸一口冷气，想要告诉她真相，她继续说，“问你个问题，你必须如实回答我：破除处女青春损失费是什么意思？”她的目光像熊熊燃烧的火，将我融化成水。“你听我从头跟你说好吗……”

“编好故事了是吧，肖容，我真没看出你来，我为你那样了，你还忍心骗我，家里欠了贷款，你看看你欠的是什么钱，你比狗还肮脏，狼心狗肺的东西，想想我是怎么对你的！”

她呼地站起身来，紧紧抓住我的衣领，憋在胸中的怒火鼓涌奔突，冲撞得她的胸脯剧烈起伏，她挥起的手轮番落到我脸上，她的声音突然嘶哑了，脸上泪水横流。我扑通跪倒在她面前。

“我对不起你，没给说实话是怕你嫌弃我，那都过去了，我对你是真心的，真心的！”

“真心的？”她呵呵冷笑，带了严重的鼻音，“你这样还叫真心的？骗三岁小孩去吧。都过去了，说得挺轻松，你过去了我过不去，想想你箱子里的东西我就恶心，你他妈什么人啊，纯粹的畜生！你还挺有魅力呀，实话告诉我，你真心爱过别人吗？我恐怕是下一个白惠吧！”

我说：“爱过，只有你，就是你，真的只有你！”

她垂下头去，喃喃地说：“我不敢相信你了，其实我什么都不想知道，知道了又能怎么样？也许，你和我都不懂爱！他妈的什么狗屁爱情，全是骗局。你走罢，走啊。立刻滚出去，我不想看见你！”

我的心，一下被江晓琴掏空了。回到寝室，我给她发了无数的信息，告诉她事情的始末以及我隐瞒她的真正原因。她一个字没回给我，我打她的电话，已经关机了。我感觉自己正往看不见底的深渊里坠落，一路呼啸，却一直坠不到底。

第二天，天刚亮我就去找江晓琴，刚要敲门，门开了，她站在门里，双眼红肿，衣衫凌乱，显然一夜未眠。我们什么都没说，默默地坐了许久。她起身做饭，我赶忙去打下手，她不看我，也不撵我，吃饭时默不作声给我盛了一碗。

第三天，我们开始说话，局限于打招呼。我想江晓琴没有和我提“分手”两个字，完全是基于对我的同情，那两个字，她说不出口，我也不愿听见！

第四天是星期六，该凑份子钱了，江晓琴找出账本算一下，咬着笔帽说：“这个月你多出五十吧，上个月油和米是我买的。”

我诚惶诚恐地说：“行呀，不能老让你吃亏，我早该多出钱了。”她猛地放下笔，把账本扔到我面前：“好好看看吧，从头到尾都在上面，别以为我讹诈了你!”

之后的日子里，江晓琴的脾气像干燥的风一样充满火气，她开始挑剔我走路的姿势，嫌我吃饭咂嘴的声音太响，握筷子的方式夹菜的动作都成为她指责的对像。经常用她看不惯我的地方向我提出疑问：“农村人是不是都像你这样？真让人受不了。”

然后在淋漓尽致的批评后说一句：“不知好歹!”

我每天怀着悔过自新的心情和她在一起，终于发现自己的一无是处，常常在她的指责声中自卑得无以复加。

只有我将谎言用悲伤的语调寻找新的方式表达出来，她才会半信半疑恢复到从前的样子，我以口头上自我残害的方式将我的过去割裂得惨不忍睹，以受尽苦难的姿态出现在她面前，才能勉强感动她。我像一个工匠不停地用谎言为她建造迷宫，将她牵引进去，让她泪水涟涟地行走、观望、感动。谎言使我感到了负累，必须时刻把那些并不存在的悲惨事实在心中“留下”的“烙印”表现在脸上，表现在思想里以及日常语言中，每天活得小心翼翼如履薄冰，我为此付出了意料之外更为沉重的代价。

但我已不能自拔，我离不开江晓琴带给我的一切，就算江晓琴是一杯毒药，也会毫不犹豫地一饮而尽!

叫“兄弟”的乐队解散了，五个曾经誓死要红遍中国冲出亚洲走向世界的男孩，也过不了毕业这道坎。刘敏说大学是道墙，的确不假，许多人把与现实相距甚远的梦想都留在墙内，留在记忆深处，带走的是什么呢?!

乐队解散的原因众说纷纭，具体谁也说不清楚，有一点是肯定的——校园里从此没有他们五个人共同的歌声响起。

主唱的满头长发剃光了，头皮是好久不见阳光的白嫩，他们的乐器卖给了几个一年级的新生。据传，那几个一年级的新生组建了一支新乐队，叫“蓝色梦幻”，正处于筹备阶段，还没有公开排练。李志海说：“他妈的，不知道新生中有没有类似‘三斤’这种光吃饭不唱歌的组合，我们‘三斤’后继无人，就此灭绝了！”

他的话使人黯然伤神。

有一天晚上，有个戴帽子的家伙敲门进来，肩膀上挂满大包小包的东西，一看就知道是搞推销的。他从包里拿出几双棉袜，说是航天用品，质量可靠，保暖祛湿除汗，见说不动我们，又拿出电动剃须刀、手机充电器、洗脸毛巾、紧身内裤、牙膏、牙刷……他身上如同一个小型杂货铺。他往包里放东西，很失望地说：“你们什么也不买呀，都是好东西，这个价，超市里根本买不到。”边说边摘掉帽子抹汗，我们认出他是“兄弟”的主唱，感到十分意外。

曾经，他带领的乐队，以他们的疯狂他们的叛逆他们不落俗套以及孜孜以求的精神暗暗与我们内心相呼应。而现在，那一切都离他们远了，离我们远了，我们的眼睛顾不上远方的风景，只顾眼前的路。偶尔会看见主唱抱着木吉他靠在篮球架下弹，没有歌声，忧伤的旋律水一样从他的指间流淌出来，飘零到过往的风中，初夏的阳光洒在他苍白的脸上，他闭着眼睛，不知是陶醉了还是不愿睁开！

我坐在自修室最后一排，正想着解散了的“兄弟”乐队。李红雨穿着那条洗得发白的牛仔裤，迈着坚实的步子朝我走来，在我旁边坐下，悄声说：“课桌上那字是不是你刻的？”

“什么字？”哦，想起来了，有一次和江晓琴无意中坐到留有李红雨手笔的课桌旁，发现她当初刻下的字迹很清晰，怕江晓琴看见，一直用衣袖盖着，后来悄悄用小刀将“肖容”两个字弄模糊了。当我端详那些刻痕，不知怎么的，眼前突然浮现李红雨忧伤的眼睛，她陪在我身边的夜晚便历历在目，就把那个“?”剜掉，刻上“伤害”两字，没想到被李红雨看见了。

我说：“对，我刻的!”

“还是觉得我可怜？同情我?”

“没有，我觉得很内疚!”

“没必要内疚，这是强求不来的事。好久不来找我喝酒，日子过滋润了就重色轻友!”

“今天晚上喝吧，不喝啤酒，要来就来白的，不信这次喝不过你。”

“先别吹，是骡是马拉出来遛遛。”

晚上停电，小饭馆的餐桌上点燃红色蜡烛，黄色烛焰像一颗小小的鸡心不停跳荡。一秉红烛，驱散黑暗一方，流下烛泪一行一行。餐馆里人很少，面对烛光，面对这暗淡得足以使一切真实的东西变得虚幻的环境，内心突然涌起强烈的倾诉欲望。干完第二杯酒，我说：“给你讲讲我的故事吧，不，是经历，可以当故事听的经历。”

从进大学讲起，一直说到欠白惠家的债，和江晓琴之间的关系，那些事像一团丝线，紧紧捆绑着我的心，现在被我不停地往外抽，感觉到内心逐渐舒展开来的轻松。

李红雨喝一口酒，说：“我觉得你是个善良人，至少，本质不坏。”她对我那些爱情故事避口不提，包括她自己和江晓琴。她接着说：“你不能老这么打零工挣钱还债，你想想，利滚利要多长时间才能还完？这可是无底洞，对于你目前的收入来说。”

“没办法，等毕业再说。”

“其实你可以这样，找一家用人单位，签几年工作合同，然后预支一部分工资，一次性还清最好，这么东拼西凑的什么时候是个完!”“就怕人家不同意，工作没开始就预支工资，好像说不过去。”

“试试嘛，有很多贷款读书的人都用这种方法还债，又不是白拿人家的。要不，我给你介绍一家，我爸的朋友开了一家医药公司，他想让我去帮忙，我不想在熟人手下做事。你愿意就去试试吧，工作不太难，专门翻译进口药品的说明书，待遇还不错。”

“你帮我太多了，我都不知道该如何感谢你，怎么能抢你饭碗?”

“饭碗? 没你说得严重，我真不想去，我跟他说了如果我不干，就帮他介绍个能干并且可靠的人。”

“那也得等毕业后再说。”

“很快了啊，时间可真快，转眼间就毕业了。”

“是啊，真快，喝酒吧，毕业了怕再没机会和你喝酒了。”

“肖容，你说我们毕业后有机会见面吗?”

“你算算吧，碟仙会告诉你的。”

李红雨羞涩地笑了:“我要能算还问你干吗? 那时年幼无知，闹着玩的!”

“很多人有可能一辈子也见不到了，其实毕业就是永别。不说这些，干杯吧!”

“干!”李红雨仰头喝酒的瞬间，我看见了她眼里的泪光。

告别李红雨，我独自在街上走了很久，走得脚板发烫小腿发软，才朝江晓琴的住处走去。站在那棵遒劲的大树下，闻到树叶发出的清香。一只猫蹲在黑暗里，眼睛像两盏莹火。江晓琴的窗户透出淡黄色的灯光，窗帘在晚风里微微飘动。那灯下的一切，熟悉的一切，无论在想象里还是现实中都使我倍觉温暖。

江晓琴坐在椅子上修剪脚指甲，长发垂下来遮住她的脸。她头也不抬，说:“这么晚了，你来干吗?”

“来……看看你!”

她伸手拨开头发，撩起眼皮：“早些时候干什么去了？我以为你不在人世了呢。知道我往你们寝室打过多少次电话？不回来吃饭给我打个电话呀，你知道我等你多久？看看你，说得比唱得还好听，你拿我当丫鬟使唤惯了!”她呼地站起来，指甲刀砸到桌子上，砰地弹起，落到床的角落里。

“对不起，我忘了……”

“知道你忘了，和别人喝酒就忘了我，没事就想起我，拿我当消遣。你看看吧，我一天到晚都干些什么，做饭给你吃，帮你洗衣服，为你担心为你伤心。可你呢，你干了些什么？我怀疑我是发神经了，没见过男人，逮住一个就不顾一切地忘我牺牲英勇就义!”

我吃惊地看着她，原来矛盾就像水，点点滴滴地汇聚，只等风来，变成波涛汹涌的大海。一切都没过去，只是掩藏得更加深了。

“首长……晓琴!”

“你还有脸喝酒，还有脸回来看我？肖容你知足了吧，一个农民，你还想怎么样，你有什么资格对我这样?”

“我是农民，我没说我不是农民，农民对你怎么了？农民对你忠心耿耿!”

“你还有理，这么大声和我说话？你不配说忠心耿耿，你他妈一个农村人有啥稀奇的，一身牛屎马粪味，臭到骨头里去了。活该当初让胡昌杰打了，我是瞎眼哪，为你这个伪君子出头，他把你打死了就为民除害了!”

“江晓琴……”

“你不配叫我，你没有资格叫我，你滚吧，看见你我就恶心！流氓！骗子!”

我有点想哭，眼泪上来了，热乎乎的，硬控制着没让它们流出来。解钥匙的手有点颤抖，像那个被人骗在酒店门外挨冻的夜晚一样不听使唤。那时，我有个温暖的去处，手在那里不会再颤抖，而现在，我已经失去这个温暖的地方了。

把钥匙解下来，放到桌子上，收拾她为我洗干净的衣服，她喘着粗气，两手抱在胸前一动不动看我。我转身要走，她说你等等，拉开抽屉拿出我送她的照片，甩到我脚下。

我捡起来，掸掸灰尘，装进衬衣口袋，走出她的小屋。她砸门的声音很响，掀起的风赶上来，呼地掠过我，消失在前面的黑暗中。

我独自在街上走，实在走不动，靠着街边的栏杆茫然失措地看来来往往的人潮车流，然后接着往前走，漫无目的，不知道要往哪里去。经过客车站，走进候车室，椅子上散落着零零星星的旅客，满脸倦容地等待着踏上新的旅程。我头枕着手臂睡在椅子上，一拨一拨的人从我身边走过去，不知道去了哪里；一拨一拨的人走进来，不知来自哪里，他们都是匆匆过客。

我觉得自己很正常，痛苦到极限剩下的就是清醒，你难道说清醒的人不是正常人吗？李志海朝我笑一下，装吧你，都这样了还不承认。我怎么了，不就喝酒容易醉吗？这是酒量的问题啊。室友们试图安慰我，架势都拉开了，但我拒绝和他们谈江晓琴的事，我内心都拒绝想这件事，其他人休想介入，我必须让自己绝望。

那天晚上，我们在寝室里边喝酒边唱我们自编的那支歌，正热闹，江晓琴打电话来。她在哭泣，她说肖容，你出来吧，我想你了！她的声音在黑暗的另一端响起，为我铺开一条通向她的闪亮轨道。

已是夜里十二点，学校大门关了，只能翻围墙出去。室友们为我搭起人梯，咬牙切齿地帮我翻围墙，说："幸福的时候想想我们这些难兄难弟吧，你的幸福是踩着我们的肩膀得来的。"

围墙很高，墙的阴影下什么也看不见，我义无反顾往下跳，膝盖撞到了硬硬的东西，碰撞部位很热。我在路上奔跑，衣角翻飞，灯光下奔跑的影子像一只艰难飞行的鸟。脚出汗了，鞋里黏乎乎的，很热，但左脚为什么不出呢？管它呢，愿出不出。

江晓琴站在阳台上等我，看见我，转身朝楼下跑，我们在楼道上气喘吁吁相遇，然后紧紧抱在一起。那是一种劫后余生的感动，我的眼泪那时才流下来，肆无忌惮地流进她的脖子，我胸前的衣服，早被她弄湿了。

我的膝盖受伤了，这是我们在灯光下看到的事实，血流到蓝色牛仔裤上，血浸染过的地方变成深黑色，白色运动鞋和袜子已经血红一片。江晓琴小心给我包扎伤口："肖容，我们别吵了好不好，一想起突然间失去你，真的受不了！"

"不吵了，不吵了！"

"我知道你对我隐瞒了一些事，肖容，其实你的举动比你想隐瞒那些事对我伤害更大。你为什么就不能光明磊落地面对呢？"

"因为我怕失去……才那样……再也不会了！其实我很自卑。"

"我们好好的，行吗？"

"我们好好的，永远不分开！"

接下来的日子，尽管我和江晓琴都极力维护这份感情，我依然看到了我们之间的裂缝以及裂缝后面的巨大深渊。相信她也看到了，我们更加小心翼翼，这个过程使我们的爱情在五月干净明亮的阳光下如同肥皂泡一般光彩夺目。

今年中药龙胆草的价格不错，晒干八块钱一斤，新挖的八角一斤。这是父亲从镇上带回来的好消息，一家人都为之振奋，母亲艰难地牵动嘴角：

“都……上山吧，挣钱……还……白家!”

家里除了口粮几乎一无所有，白家三天两头上门逼债，我们家从前鸡鸣狗叫的院子被折腾得残破不堪，到了鸡无毛狗无种的境地。白家总在晨昏里骂骂咧咧走来，手里拿着我们家的东西，骂骂咧咧而去。有时是白惠妈有时是白惠，有时她们团结一致地共同行动。

母亲拄着拐杖在屋檐下用一只眼睛流泪，终于把泪流干了，表情木然地听白家辱骂，她望着白家人远去的背影说：“咯咯的像只下蛋的鸡。”然后笑了，对妹妹说：“你哥做得对，人穷志不短，白惠怎么配得过你哥!”

旷日持久的战争让我的家人产生了司空见惯的冷漠，父亲对白家的同情油然而生，他对我母亲说：“白家也太累了，她们比我们还累。”母亲说：“抓紧挣钱还人家吧，债总是要还的，还完了就挣钱修房子，把好日子过给白家看看!”

夏天的早晨，母亲拄着拐杖，麻木的左手使不上劲，她找来绳索，把竹篮绑在左手上，艰难地朝山里走去。傍晚，她提着一篮子龙胆草从山上走下来，那时，她将竹篮掌握在右手里，生怕不听使唤的左手照顾不了它们。

满天霞光映红了母亲苍老的脸。

经过一条窄窄的山路，她放下篮子，伸出拐杖试探着慢慢一步一步往前挪，前进一步，再回头把篮子往前挪一步，注意力的高度集中使她尚未痊愈的大脑产生了瞬间眩晕，她看见无数小黑点在眼前蠕动，然后黑暗陡然从天而降，我母亲像一只大鸟扑下山去……

父亲找到母亲已是第二天上午，母亲横担在一棵斜生的粗大树干上，头和脚悬在空中，鲜红的血已经变成了暗红，洒在树干下面的树叶和绿草上，像一片盛开的小花。几只乌鸦蹲在树枝上哀嚎，一只老鹰盘旋不去。

母亲死了，支撑她身体的拐杖甩在远远的草丛里，而她的右手还紧紧握住竹篮，竹篮里的龙胆草被她的血染成暗红色。人们抬她下山的时候，想尽办法也没把竹篮从她手上取下来，父亲请人给她做了道场，她的手指依然没有松开。无奈，父亲只好使劲掰她的手指，一根一根全掰断了才取下血迹斑斑的竹篮。

见到母亲的时候，她安详地躺在一床毛毯下面，洗干净的脸上没有血迹，像入睡了一般，只是没有呼吸，没有我听惯的呼噜以及喃喃的梦呓，她的脸在闷热的夏天冰冷如雪，苍白如雪。

安葬母亲那天白惠妈站在她家门口，对去我家帮忙的人说："看吧看吧，儿子作孽，应验在母亲身上了。报应啊，她儿子把她害死了，一家人里没个好东西，这种人家你们还去帮忙?"

那些人头也不回，自顾往前走。一个年老的人对白惠妈说："人这一辈子，谁家门上挂着无事牌啊!"

那时，我跪在母亲的新坟前，膝盖上的伤磕破了，血流出来，流进坟前的泥土里，一片鲜红的潮湿。

办完母亲的丧事回学校，江晓琴来车站接我。她从李志海那里打听到我母亲去逝的消息，不知道我什么时候回去，就每天去车站等我，我走时没有告诉她，回学校也没通知她。

她朝我跑来，泪水似乎流了很久，头发贴在脸上，当她看见我满脸的胡须和手臂上的黑衫，呜呜哭出声来。我只好安慰她："没事，没事，人死不能复生，我挺得住!"

江晓琴对我的宽容和同情在那些日子里表现得淋漓尽致，不让我干活，给我买烟和啤酒，做好多好吃的，还总是忧伤地看着我，似乎盼望着我眼里流出泪水。我惭愧得低下头，她就抱住我，抚摸我的脸，她的手指长久地停留在我眼窝里，干涩的眼睛好像让她很失望，她说："你是不是不太爱你母亲？”

她的话让我愤怒，可没有表现到脸上，仰头喝干啤酒，为她和我之间越来越明显的距离感到痛心，眼泪那时不由自主盈满眼眶，她轻轻拍我的背：“没事没事！”仿佛安慰夜半惊醒的孩子。

一个多月后的一天，江晓琴的童年伙伴来看她，说是受她母亲的委托特意从家里赶过来的。我进门时他们俩聊得极为热烈，客套性的介绍后两人继续聊，久别重逢的欣喜洋溢在她脸上，对往昔的追忆使他们沉醉。

我站在阳台上，看院子里乘凉的老人们摇着扇子拉家常，突然想起母亲，眼泪怎么也控制不住。江晓琴到阳台上烧水，她没注意我，说：“烧开了你提进来泡杯茶吧。哎呀，好久没这么快乐了，和你在一起老哭哭啼啼的。”

我的眼泪在她转身进屋的瞬间汹涌而下。

给他们泡了茶水，她的童年伙伴首先发现我的异样，他对我说：“你眼睛好像有点肿？”

江晓琴说：“他妈妈刚去逝不久，还处于伤心阶段——我妈那时特烦你，嫌你来我们家老不敲门，还不爱换拖鞋，穿着皮鞋在我们家地板上横冲直撞……”

我走出门去，江晓琴说：“肖容，顺手把门关上。”

我在大学里最后一次酒醉是在毕业考试那天晚上，毕业考试结束，大学生活宣告结束了。我独自躺在草地上，没有月亮，深蓝的天空缀满星星，夜露很重，皮肤潮润，草地潮湿。我的身边围着一圈啤酒，像一群忠实的士兵，列队等待我的检阅。喝完堆在身旁的啤酒，站起来才发现自己醉了，天旋地转，脚步踉跄，我成为世界的轴心，周围的一切都围着我转。

想起许多许多的往事，那些往事像周围的房屋树木一样围着我飞快旋转，看见了，但抓不住，它们总在我的指尖接近时溜过去，保持着若即若离的距离。后来我开始大声怒吼，大声唱歌，想将它们吓退，但它们总在眼前。

那天夜里，走在熟悉的校园里，可所到之处让我感到陌生。后来到了一个不知道什么地方的角落里，我开始呕吐，有人轻轻帮我捶背，我抓住那只温暖的手，说："首长……"

一个声音在我耳边响起："是我，李红雨……"

关于那天晚上的事，我只能回忆到此，之后的事情我一无所知，我的记忆链条被过量的酒精烧断了。后来的事是李红雨告诉我的。

李红雨在背我回寝室的路上摔倒了，从操场到我们寝室要下三十多级很陡的石梯，她矮小的身体背着我，我的脚拖在地上增大了重量，使她刚走几步就气喘吁吁。她背不动，便改用拖，双手搂着我，倒退着把我往梯子下面拖。我恍惚听见她的尖叫，但不知道发生了什么。醒来才发现自己和李红雨躺在同一间病房里，她头上缠着白色的绷带，还处在昏迷状态，鼻孔里插着管子，氧气瓶像开水似的咕咕响个不停。李志海告诉我，她从三十多级石梯上摔下来，一直摔到底……李红雨在医院里一躺就是四十多天，当她重新站起来的时候，她的右腿永远地瘸了！

我和李红雨的爱情从她腿瘸那天真正开始，我和她的爱情注定是一场宿命，也许她一刀一刀往课桌上刻的时候就把我刻进了她未来的日子里。尽管她不承认，我嘴上不辩解，可我心里一直这样认为——我已经习惯了忍让和妥协，掩饰真实的自我，迎合她，迎合她的生活方式，迎合她父母的不屑态度和睥睨眼光——他们为李红雨找了我这样一个农村人而痛心疾首，他们总是设想假如李红雨是个健全人的种种幸福生活，追根究底，对我的恨就无以复加。她妈妈甚至说我那次酒醉是个蓄谋已久的计划，就为了想方设法缠住李红雨，留在城里。她盯着李红雨看半天，然后谁也不看，兀自仰头对天空说："宁嫁城里的狗，也不嫁农村的人！"

我无言以对，眼泪只有在黑夜里才悄然滑过脸庞。我和李红雨的爱情在她家人的一致反对中一瘸一拐地开始了。幸好，李红雨很理解我的处境，我找到工作的第二天，她就义无反顾搬进我租住的房子，和我住到一起。

我给父亲写信说我结婚了，按父亲的想象，我的婚礼应该是村里有史以来最隆重的。他曾经失去的一切，都指望在这一场史无前例的婚礼上找回来，他无数次在村里人面前宣称我当了官，比县长还大，找了个大城市有钱人家的女儿。

从那天起，父亲开始了母亲死后的新生活，过去的苦难和伤痛被他像脱衣服似的脱去，扔在记忆的角落。他仰头喝干了半瓶多年未沾的酒，在村里走来走去，用嘶哑跑调的声音开始了五十年来他的第一次巡回演唱。他不会别的歌，只会半首《大海航行靠舵手》，五音不全的声音刚响起就吓坏了许多人，他们互相询问什么声音，接着他们就看见我父亲背着手，踱着方步，边唱边朝白惠家走去。到白家门前，双手拢成喇叭罩在嘴上，双脚一前一后死撑着地，身子往前一躬，声音陡然升高，像一条鞭子抽向天空。

白家的狗狂叫着跑出来，朝父亲扑去。他没有后退，唱着歌，龇牙咧嘴冲向狗，狗跑了，他稳若泰山待在原地。

这时村中央的高音喇叭响了，不是村长的声音，李娜的《青藏高原》以高音喇叭能够释放的最大分贝震撼人们的耳朵。人们厌恶地看看高音喇叭，兴致勃勃打量我父亲，听不见声音，只看见父亲不停翕动的嘴。

"肖科明怎么了？"一个人问。

"高兴呗，儿子出息了，苦日子出头了，听说年底要在白家买走房子的屋基上盖四层小洋楼——肖科明亲自告诉我的！"

“他唱错词了，他唱的是‘大海航行靠肖容，万物生长靠肖容’。”畏畏缩缩生活了大半辈子的父亲大大方方走到人前去，开始公然与村长的高音喇叭对抗，和李娜PK，逢人就说我的事，他总在人们叫我大学生的时候另类地叫我“小狗日的”，在亲切谩骂中赢得了人们的尊重，迎来了人生的辉煌时刻。

那年冬天，有十八户人家杀年猪的时候请父亲去吃饭，十户人家的喜事请他坐席，而村长总共只有三户人家请，这三户人家后来后悔不已。因为他们听说父亲每次吃完饭之后都要许诺，有事尽管找他，他会让那“小狗日的”办，父亲挥着手，粗声大气地说：“大学生怎么了，他就算当上皇帝我还是他爹！”

他多次去镇上打电话，要求我以最快的速度把村长拿下，村里人都说他公平正直，准备推选他当村长。他对我的支吾搪塞大为不满：“你越来越像你妈。”又说：“你妈如果在世，她肯定支持我当村长，老嫌我没本事，等我有本事的时候人没了。”声音就哽咽。

见我许久没有动静，父亲急了，再次来到省城，穿着他认为最光鲜的衣服，两手夹在双膝间，局促不安地看着瘸了腿的李红雨。那天，正好李红雨的母亲来接她回家吃饭（她隔三岔五就接李红雨回去，从不管我），李母对父亲的存在熟视无睹，一进门就吸着鼻子对李红雨说：“什么味啊，走吧走吧，这屋里比厕所还臭，待不下去！”

屋里的味道是父亲的旱烟味和他身上特有的村气。

父亲当天下午就走了，他说城里金窝银窝不如他乡下的猪窝狗窝。他走的时候李红雨没有回来，我们俩走在城市的街道上，他一直低垂着头，几次撞到别人的怀里。上了车，他久久地看着我，然后长叹一口气，说：“有时间回去看看你妈的坟吧，草都漫过腰了！”

父亲沮丧地回到村里，开始他沉默寡言的生活，一心扑在庄稼上，谁请他吃饭喝酒都不去。他硬逼着念到高中的妹妹退学回家，对我的劝说无动于衷，只说一句："我看透了。"他劝村里那些有孩子上学的家长，念到高中就行了，上大学没意思，还不如种地实在，不受气，不看人脸色。

这一切，李红雨不以为意，她在乎的是我的现在，我对她的爱，对她的生活圈子的融入程度，她的家人对我的哪怕是微不足道的变化，都让她欣喜若狂。每次从她父母那里回来，她总兴高采烈地对我说："肖容，我爸这次没骂你，我妈还说，你长得还挺洋气，一点不像你老爸!""肖容，我在我爸面前夸你了，他不言不语，应该是默认，对，就是默认!"……

在她的欢笑声里，我的笑容如同枯萎的花，保持着盛开的姿态僵死在脸上，我听见心里响起坍塌的声音，过去的岁月在心里构筑起来的那一切渐渐倒下去，倒了下去，在那一片心灵的废墟上，我还能构建什么样的图景?

那图景，属于我还是属于李红雨？还是属于这个叫城市的地方?!

二〇一二年的情人节，我十分意外地接到江晓琴的电话，我躲在小区僻静的角落和她通话，我们聊了很久。她说她离婚了，她的前夫是她的童年伙伴。现实生活里的万般无奈让她十分怀念大学里的爱情，干净、纯粹，为爱而爱，弥漫着阳光的气息。她说她老梦见我，在那间她租住的小屋里，我们的容颜一如当初，我们的故事一如当初……那些尘封在心里的过去，在我们的叙说里复活过来又悄然死去——过去属于历史，未来属于自己，毕竟，人不会回到过去，我们走在了各自的生活道路上。

蒙蒙细雨打湿我的头发，初春的风，带着料峭的寒意悠悠吹拂。我抬头张望对面楼上第十三层从左数到右的第六个窗口，那盏灯依然亮着，灯下的李红雨总会等我，无论多晚!